KB057804

원 그리기

원 그리기

신 호 철 소설

문이당

작가의 말

우리 집엔 작은 정원이 있었습니다. 물론, 어릴 적 아이의 눈으로 본 우리 정원은 아주 컸습니다. 별다른 놀거리가 없던 시절이긴 했지만, 저는 정원에서 노는 걸 좋아했습니다. 연못엔 금붕어가 헤엄치고, 창고 입구의 십자매는 알을 품고, 사철나무 아래엔 메리가 꼬리를 흔들며 반겨줍니다. 위치에 따라 다른 종류의 개미가 살고 있어, 그들의 영역싸움을 구경하는 것도 재미있었습니다. 살아있는 것을 바라보는 것에 정신이 팔렸던 때었습니다.

살아있는 것은…… 그 자체로 풍경이 되는 능력이 있는 것 같았습니다. 그때 무슨 생각을 떠올렸는지 지금은 기억나지 않습니다. 하지만, 그때 생각했던 '나'라는 것에 대한 의문은 오랫동안 기억이 남습니다. 왜 하필 이 몸에 내가 있지? '나'가 죽으면 어떻게 되는 거지? 앞으로도 해답을 찾지 못할 그런 의문들 말입니다.

사람에 대한 관심도 꽤 컸습니다. 남들과 비슷한 성장기에 말이죠. 살아있는 것들과 사람은 뭐가 다른 거지? 이 사람은 왜 이렇게 화를 내고, 저 사람은 왜 저렇게 슬퍼하지? 제각각 그럴만한 이유가 있었고, 또 어떤 이는 이해할 수 없었습니다.

솔직히 말하자면, 저는 여전히 인간을 모릅니다. 학교에서 배운 대로 아는 척하고, 경험적으로 가장 무난한 자세로 나와 상대를 대할 뿐입니다. 앞으로도 그럴 수밖에 없다는 것을 알고 있기에, 그래서 글을 쓰고, 그 글 뒤에 숨으려 했던 것일지도 모릅니다.

간단한 소감이나 쓰려고 했던 것이 또 장황한 글이 되고 말았습니다. 소설이란 것이 그런 것 같습니다. 하나의 이야기를 쓰려고 보면, 크게 상관없는 생각들이 주절주절 딸려 나옵니다. 누구의 이야기든 하나의 사연으로 이뤄진 것은 없었습니다. 내가 보고 듣는 것도 하나의 사물과 소리로 인지하는 것이 아니며, 내 마음속의 '나'도 하나의 '나'만 있는 것이 아닌 것처럼 말입니다. 하지만, 결국 그물처럼 얽힌 대부분을 날려버리고 몇 줄기만 모양을 남깁니다. 그 몇 줄기 글줄을 제대로 표현하고 싶어 고민하는 것이 많은 작가의 고민이 아닌가 싶습니다.

작가마다 각자의 방식이 있겠지만, 저는 과학적 개념을 선택했습니다. 졸업한 학과가 하필 이공계열이기도 했고, 저로서는 과학적 개념을 가미한 방식이 더 새롭게 느껴졌습니다.

소설집 『원 그리기』에는 9편의 단편이 수록되어 있습니다. 단편마다 인간 본연으로 드러나는 모습을 다양하게 담아내려 했습니다. 욕망, 타인의 시선, 자아, 중독, 타락, 아름다움, 죽음 등의 소재로 삶에 관해 이야기하고, 그 살아있음이 과연 언제까지 인간의 변명으로 통할 수 있을지를 자문했습니다.

저 나름의 개념과 방식으로 쓴 이야기들이 부디 독자들에게도 식상하지 않은 낯설음이 되었으면 하는 바람입니다.

2022년 8월
무지개를 기억하며
신 호 철

차례

작가의 말

관측 가능한 불두덩의 중력장

교주? 그거 아무나 하는 거 아니다. 아랫도리가 헐어빠져도 미륵처럼 소글소글 웃으며 곰팡이가 폈는지 안 폈는지 제 뼛속을 살펴볼 줄 알아야 한다. 게다가 공중부양쯤은 입술에 침도 안 바르고 해낼 수 있어야 한다. 우리 일심교 교주라면 당연히 그래야 한다.

"숭악한 것들이 붙었어."

척, 하면 삼천리라, 문지방 넘어오는 여자를 보자마자 장 교주는 그렇게 도장을 찍고, 여자는 여우털인지 개털인지 아무튼 북실북실한 코트를 쿠션 삼아 철푸덕 엎드린다. 그놈의 흉악한 것이 어디 바람피우는 남편뿐이겠는가. 속 썩이는 자식 놈에, 숨겨둔 사내놈일 수도 있다. 철렁 내려앉은 시늉으로 가슴 쓸어내리던 여자는 손바닥부터 비벼댄다.

"옴마니밧메훔, 옴마니밧메훔."

"사내놈에 복장 터지고 자식새끼 엇나가니 어디 사는 재미가 있나. 얼씨구, 약값도 가당찮구먼."

어쩌나 싶어 던진 첫마디에 여자는 하르르 한숨 삼키고 눈시울까지 붉힌다. 그러니 껍데기 홀랑 벗겨 쪄먹기 좋겠다고 장 교주도 딱 알아봤을 것이다. 등 따신 여편네에 마땅한 영감탱이가 어디 있으며, 그 나이에 삭신 쑤시지 않을 여편네 있을까. 효도하는 자식 놈? 그거 기대하는 년이 쪼다지. 설사 있다 해도 상관없다. 저 듣고 싶은 말 담기 바쁜데, 옆으로 샌 말 귀에 들어올 턱이 있나. 까놓고 말해서 이거 순 사기꾼이네 하고 따지고들 소견머리가 우리 일심원에 점 보러 들락거릴까.

"좋은 말할 때 갈라 서."

"예?"

믿어지기는커녕 똑 비웃음 사기 알맞은 말이라도 서릿발 같은 효험이 있다. 다만, 밑도 끝도 없는 예언이 늙은 남편인지, 숨겨둔 사내인지 헷갈리는 모양이다. 누구 좋으라고 꼭 집어 일러주겠는가. 장 교주는 숨 쉴 틈을 주지 않고 닦아세운다. 내 엉덩이만 보면 헐떡대는 교주도 저런 것 하나는 잘한다.

"아, 명대로 살려면 당장 헤어지라고."

"하이고, 이기 무신 일이고……."

여자는 축축한 눈꺼풀을 찔꺽 짜내며 웅얼거린다. 애인 버리긴 아까운 궁리고, 영감탱이 어찌할 생각은 추호도 없을 테지. 장 교주는 그쯤에서 의미심장한 한마디를 흘려준다.

"다 자네 정성에 달린 거야."

떼꿍하게 치켜든 여자 눈을 확인한 장 교주는 얼른 두꺼비 파리 삼킨 얼굴로 달아건다. 이제부터 내 차례다.

등판 떠밀어 상담실로 밀어 넣으면서 나는 얼마쯤 우려먹을까 고민을 했다. 껴입은 입성 괜찮고, 반지 알도 굵다. 보석이 진짠지 가짠지 구별할 요량은 없지만, 뭐든 치밀한 계획하에 이루어져야 뒤탈이 없는 법 아닌가.

"우짜꼬, 갈라지라카는 건 또 무슨 말잉교?"

"그러니까. 정성이 필요하다잖아요. 고비 잘 넘겨야죠."

"그 인정머리 없는 인간하고 이날 입때꺼정 찌지고 뽁고 살아준 거는 다 뭔교? 그기 지극정성 아잉교?"

"아무렴요. 두어 달 치성만 드려보세요."

"이녁도 들었다 아잉교? 붙어 있으면 누가 죽는다꼬. 아이고, 내사 마 차라리 안들은 걸로 했으믄 좋겠구만, 괜히 와 갔고."

"치성으로 못 이룰 일이 있겠습니까? 우리 교주님이 직접 풀어주실 거예요."

"돈 많이 들낀데?"

"아휴, 별걱정 다 하시네. 아침저녁 올리는 시주하고, 이것저것 경비 다 합해도 월 삼백밖에 안 들어요."

"삼백?"

요 여편네 눈 깜짝이는 것 좀 봐라. 난 또 잘못 때렸나 싶어 괜히 켕겼네.

"석 달로 쳐서 천만 원도 안 들어요. 온 집안 편안해진다 생각해 보세요. 그게 비싼건지."

"허기사, 썩을노무 자석. 합의금으로 삼천이 나갔어."

"그럼요. 그것 보세요."

그렇게 맞춰주다 보니 울컥 배알이 뒤틀린다. 쌍년, 그래 너 돈 많다. 아무쪼록 맛나게 알겨먹을게. 턱살이 통통하니 이빨 새에 끼지도 않겠다.

오후 다섯 시까지 이 짓거리로 보내고 나면 슬그머니 밥때가 된다. 우리 일심교 신도들이 일심원에 모이는 시간이기도 하다. 어슬렁대며 허드렛일 하는 여자 외에도 파출부 나가는 경미 언니, 농약 집 경리 보는 순덕이 언니, 그리고 시장통에 새장 놓고 십자매 점 봐주는 조 영감. 다 합하면 열다섯이 넘는다. 그 많은 인원이 저녁 기도 올리고, 조신스런 걸음으로 급식실로 내려갈 때는 진짜 그럴듯한 신앙단체 같기도 하다.

그러나 늙은 년, 덜 늙은 년, 새파란 년까지 배식판 받아놓고 식탁에 마주 앉아있자면 피식, 웃음밖에 안 나온다. 모두가 자매님. 자매님. 주거니 받는데, 피차 오갈 데 없어 모여든 처지에 무슨 각별한 신앙을 나누겠는가. 그저 교주님, 교주님 부르짖으며 엎어지라면 엎어지고, 물귀신 자지러지는 웃음 터뜨려가며 밥이나 퍼먹어 주는 게 제일 무난한 처신이다.

별실에 있는 장 교주에겐 따로 식사를 마련해 줘야 한다. 여자 둘이 밥시중을 드는데, 그중 하나는 언제나 내가 맡는다. 식사 시중이래야 별것 없다. 5대 영양소 순서대로 반찬 얹어주고, 숭늉 챙기고, 가끔 치마 밑으로 손이 들어오면 허리 아래를 두어 번 꼬아주면 된다. 식사 시중이 데꺽 잠자리 시중으로 바뀌기도 하지만 까짓것 못 할 일도 아니다. 더러 온몸 새큰하게 만들어줄뿐더러, 대외적으로다 내 서열을 확인시켜주는 행사이기도 하기 때문이다.

물론 내가 애간장 살살 녹이는, 그러니까 누에가 뽕잎 갉아 먹듯 가장자리부터 차근차근 갉아 들어가 결정적인 순간에 숨통 바싹 죄어 붙이는 재주가 있어서 차지한 서열이라는 걸 굳이 강조하고 싶지는 않다.

어쨌거나, 나는 저녁을 일찍 먹고 양치도 마쳐야 한다. 식사시간이 조금만 늦어도 발광을 해대는 장 교주다. 칫솔질하러 세면장으로 가니 치마를 훌렁 뒤집어 뒷물하는 순덕이 언니가 보인다. 엉거주춤 아래턱을 반쯤 벌린 자세로 내 눈과 마주치자 저도 민망한지 뭐라 시부렁댄다. 아니, 저년이 등치고 간 빼 먹을 년이네. 언제는 남자 눈길만 닿아도 온몸에 닭살이 올라 소스라친다더니, 밑이 닳아빠지도록 문질러 닦는 저 정성은 대체 뭔가. 하긴, 되다만 년 젖통만 크다고 저 물풍선 같은 젖통이면 교주가 입맛 다실 만도 하겠다.

말이 나왔으니 하는 말인데, 누구 꼬셔보겠다고 엉덩이 실룩대고 눈꺼풀 깜박이는 짓 따위를 왜 하는지 모르겠다. 손발 오그라들 짓 안 해도 콧김 허옇게 뿜으며 달려드는 사내가 널렸다. 일년 전에 승천한 황 교주나 지금의 장 교주도 다른 거 없다. 저만 믿으면 극락에 갈 수 있니 없니 거룩하게 설교하지만, 당장 극락을 맛보려 껄떡이는 낯짝은 웬만한 사람보다 몇 배는 더 두껍다.

그러니까 몇 년 전이었더라? 학교 때려치우고 여기저기 아르바이트하다가 낙원 다방에서 일하게 된 것이? 아이, 가물가물하네. 아무튼, 그때 안면 튼 사람이 바로 황 교주다.

커피 배달로 오토바이를 몰아가니 간판 이름이 일심 철학관이었다. 개량 한복을 입은 남자는 신들신들 웃으며 앉으라 하고, 난껌 소리 짝짝 내며 보온물통 뚜껑을 돌렸다. 한데, 그새를 못 참고 문어 빨판 같은 손이 내 엉덩짝에 척 들러붙는 게 아닌가. 놀란 척 흡뜬 내 눈이 그 사람과 그윽하게 마주쳤고, 그때부터 일심교의 해괴한 구멍에 빠져들었지 싶다.

이후로 황 교주는 두어 시간씩 티켓을 끊어 줬다. 그중 한 시간 정도는 사타구니 득득 긁게 만드는 설교였다. 이를테면, 세상 모든 종교를 초월하는 새로운 신앙 창시자가 바로 자신인데, 여태 그 위대함이 드러나지 않아 안타깝다. 안타까운 신앙 이름은 일심교이며, 일심교의 위대한 신은 감히 이름 붙일 수가 없어 그냥 하늘님이라 부른다.

웃겼던 내용도 있었다. 일심교 신은 부처나 예수도 상관없고, 지푸라기 인형도 될 수 있다. 황 교주는 이 점이야말로 일심교의 진정한 우월성이라 얼굴 붉혀가며 침을 튀겼었다. 그러니까 신은 어떤 형상이든 가능하기에 진짜일 수도 가짜일 수도 있으며, 여하튼 전지전능한 신은 존재하므로 아무것이나 떠받들어도 상관없다는, 어디서 주워 짜냈을까 싶은 아리송한 설명 때문이었다. 난 내 얼굴에 튄 침을 닦아내며 표 안 나게 실실 웃었다.

한 귀로 듣고 한 귀로 흘려버리던 중에, 사람에게도 신이 깃들어 참으로 고귀하다고 강조할 때는 나름 잊을 수 없는 체험을 하기도 했다. 황 교주는 사람의 고귀함을 증명하려 위짝이 되어 올라탔고, 아래짝이 된 나는 황 교주 등짝에 손톱 고랑을 만들어 줬다. 그리고 며칠 지나지 않아 난 일심원으로 옮겨졌고, 뒤늦게 알게 된 사실이지만 황 교주는 꽤 많은 내 빚까지 청산 해줬다.

순덕이 언니가 고귀함을 체험하고 싶어 하는 것도 어찌 보면 안쓰럽게 봐줄 일이다. 새로 바뀐 장 교주가 사내란 사내는 죄다 쫓아버렸으니 말이다. 가만, 하나 남아있기는 하다. 십자매 풀어놓고 점 봐주는 조 영감. 사내 것이 달렸어도 그쪽 방면으론 쓸모없어 사내 축에 넣지도 않았는가 보다.

그래서 나는 순덕이 언니와 밥상 맞들고 들어가면서 생각했다. 오늘은 언니가 고귀함을 만끽하도록 놔두자. 사람 좋아 마냥 봐주는 것은 아니다. 눈꼴이 시어빠지더라도 모른 척해주는 것이 이인자의 너그러움이다. 대신, 두 연놈 일거일동을 죄다 지켜볼 비위 정도는 있어야 한다. 그래야 기회 봐서 언니 머리채 한 움큼씩을 뜯어낼 수 있다. 남의 자리 걸터듬는 것이 얼마나 주제넘은 짓인지는 가끔씩 상기시켜줘야 한다.

일심원 일상은 이처럼 새로울 것 없고, 그리 심심하지도 않다. 문틈에서 뻗질러 오는 감탕에 맞춰 그날 들어온 돈을 헤아리는 나에겐 더더욱 그렇다.

담배는 피우라 있는 것이고, 평화는 깨지라고 있는 것이라 어느 유명한 사람이 말했던 것 같은데, 진짜인 것 같다. 승천한 황 교주의 오른팔이자 명실상부 수제자였던 박술봉이가 돌아왔기 때문이다. 그의 등장은 흙이 부실 부실 패어 내리는 삼월 초하루, 그러니까 황 교주의 첫 번째 기일 밤 11시쯤이었다.

한복 곱게 차려입은 우리들은 두루마기 복장의 박술봉을 알아보고 탄성을 질렀다. 박술봉, 그가 누구인가. 그 어렵다는 황 교주 교리를 낱낱이 깨우치고 교세 확장을 위해 불철주야 뛰어다녀, 마침내 십여 명의 신도를 창출해낸 장본인이 아니었던가. 소문에 의하면, 수 시간 교리 논쟁을 벌이던 어느 교회 집사가 박술붕의 고매한 신앙에 혀를 내두르며 물러났으며, 멀리 조계종 계열 백천암 공양주 보살과 담판 지어 신도 한 명을 뺏어 왔다는 말도 있었다.

그랬던 박술봉이 홀연히 떠나버린 사건은 두고두고 입결에 얹힐 일이었다. 무식하기 짝이 없던 장대식이 느닷없이 황 교주 뜻을 이어받았다 선언하며 교주자리 꿰차고 앉았을 때 분기를 삭이지 못해 눈깔 허옇게 뒤집던 그가 아니었던가.

장대식이는 또 어떤 인간이던가. 입만 벌리면 욕이요, 주먹만 쥐면 싸움질이던 그에게 역서易書 한 줄이라도 가르치려 애쓰던 황 교주가 급기야 에익! 차라리 내가 돼지 홀레 붙이는 게 낫지. 이놈은 도저히 사람 종자가 아녀! 소리치며 역서를 갈기갈기 찢어버리게 만든 당사자가 아니었던가.

일설에는 장대식을 후계자로 지명했다는 사실에 절망하여 스스로 떠났다는 말도 있고, 장대식 주먹질에 날 샌 올빼미 신세로 도망쳤다는 소문도 있었다. 그런 숙덜거림은 장대식이 두들겨 패 쫓아냈다는 쪽으로 시름시름 기울어졌고, 사람들은 큰 기둥 하나를 잃었음을 이틀간 탄식하다가 이내 잊고 지냈었다. 그로부터 딱, 일 년 만에 등장한 인물이니, 우린 그저 당혹스러운 신음만 꼴깍 삼킬 수밖에 없었다.

놀라기는 장 교주도 마찬가지일 텐데, 제상에 술 올리려다 비슥 돌아보는 상판을 보니 과연 도박판에서 광 팔아먹던 관록답게 콧구멍만 두어 번 벌룽거릴 뿐이었다.

"술봉이 왔는가?"

"오늘이 기일이지 싶어 서둘렀는데, 때맞춰 왔는지 모르겠구면."

모르겠구면? 반말도 아니고, 그렇다고 혼잣말도 아닌 저 능글삐딱한 말투는 뭔가? 분명 그랬다. 그러나 장 교주는 못 들은 척, 박술봉이 술 한 잔 올리도록 선선히 자리를 내준다. 모르는 사람이 봤다면 장 교주가 박술봉을 받아들이고, 박술봉 또한 자비로운 새 교주 품에 안긴 것으로 비쳤을 것이다. 어림 반 푼어치도 없는 소리다. 이것은 전쟁의 시작이며 피비린내 진동하는 동족상잔의 재탕이다. 나는 앞으로 벌어질 삘쩍지근한 장면을 애타게 기대하며 입술에 침을 발랐다.

과연 박술봉은 제사가 끝나고도 돌아가지 않았다. 난 더욱 마음을 다잡았다. 기왕 일심원에 남았다면 심통이 빤하지 않겠는가.

며칠 지내보니 역시 예상대로였다. 독하게 사려먹은 박술봉이 설레발은 발이 땅에 붙는지 흙에 붙는지 모를 지경이었다. 요기조기 쥐뿔 나게 들쑤시며 그중 부려먹기 좋은 년에겐 온갖 잡일거리 떠맡기고, 썩을 놈으로 취급하려던 어느 눈치 없는 언니에겐 무슨 꼬투리를 잡았는지 머리끄덩이 잡아 뜯고 발 내밀어 자빠뜨렸다.

그 행실을 교주가 모를 리 없다. 저 시건방진 놈을 어떻게 휘

잡아야 할지 대놓고 고민해야 할 상황인 것이다. 한데, 한마디 입바른 소리라도 할라치면, 깐죽깐죽 말대꾸를 서슴지 않는데, 말마디가 얼마나 야무진지 멀찍이서 넘겨보는 내 어금니까지 깨물어질 지경이었다. 며칠 지나지 않아 장 교주 상판이 눈에 띄게 해쓱해졌다. 지켜봐야만 했던 나로서는 치솟는 안타까움과 연민을 억누를 수밖에 없었다.

무슨 말 못 할 사정이 있기에 그 유명한 성질 다 죽이고 저렇게 손가락만 깨물고 있을까 하는 의문은 잠깐 제쳐두더라도, 아니 세상 바뀐 지가 언젠데? 우리 일심교 교주는 엄연히 장대식이다. 반장, 부반장은커녕 똥걸레도 아닌 놈이 여기가 어디라고 바락바락 기어오른단 말인가. 제 까짓것이 아무리 째고 발겨봐야 과부 수절 타령밖에 안 된다. 나는 속으로 그렇게 퍼부으며 장 교주에게 전복죽을 쑤어 올렸다.

샌님이 당나귀 배때기 차더라도 해본 가락이 있어 들썩인다는데, 박술봉이 음흉한 궁리 또한 그랬다. 옷자락만 살랑해도 어느 놈팡이 콧김인지 알아채는 내가 그리도 만만해 보였을까. 그놈이 내 이불 속으로 불쑥 기어든 것이다. 딴엔 벼르고 날을 잡아 달려들었을 테지만 난 진작부터 놈의 게슴츠레한 눈빛을 읽고 있었다. 올커니, 이놈도 꼴값하느라 급기야 헐떡이는구나. 그런 요긴하고 이치 바른 계산을 다 떠올린 후에, 놈의 귓결에 짧은 신음을 뱉어주었다. 뜨겁게 뱉으며 놈의 혓바닥을 세차게 깨물고, 아랫도리 몰랑한 주머니를 힘차게 쥐어줬었다.

한데, 박술봉 또한 만만치가 않았다. 내 입에서 알았다는 소리가 나올 때까지 옆구리부터 오금까지를 싹 훑어 내리지를 않나, 콧구멍에서 단 기운이 솟구쳐 오르도록 가슴팍을 골고루 얼버무려 주기도 했다. 난 아예 미친년 행세를 해버릴까 하다가 생각을 바꿔, 참으로 가소롭다는 웃음을 와하하 터뜨려 놈의 바싹 달아오른 기운을 수울 빠뜨려주었다.

이틀 굶은 개처럼 게걸대던 박술봉은 그제야 질척한 눈꺼풀을 치뜨며 입술을 깨물었다.

"자네 이러긴가?"

바지를 추어올리며 탁 가라앉은 목소리로, 그러나 꽤나 섭섭하다는 투로 씹는다. 그 틈에 혼미해진 정신과 홀렁홀렁해진 아랫도리를 간추릴 수 있었다. 이 잡것이 여자 속 후무리는 기술이 참으로 대단했지만, 허벅지에 송곳 쑤셔 박기를 서슴지 않는 내 결기를 꺾을 순 없었을 것이다.

그가 총총 사라진 뒤로도 한참을 망연자실해 있었다. 찔끔 맛만 보다 그친 그 몰몰한 기분 때문이기도 했지만, 그보다는 시종 덤덤한 낯빛으로 마치 제 것인 양 올라탔다가, 아이갸, 오늘 글러뿌렀네? 하며 둘레둘레 사라지는 놈의 뻔뻔스런 작태에 부아가 치밀어서였다.

감히 나를 건드리다니, 이것은 교주에 대한 명백한 도전이자 반란이다. 흐트러진 이불을 바로 하고 다시 누우려는 찰나 떠오른 결론이었다. 나는 벌떡 일어나 별실로 달려갔다. 마침 교주는 순덕이 언니와 붙어먹고 있었다. 야하, 정순덕 많이 컸다. 젓탱이만 큰 줄 알았더니, 간덩이가 팅팅 부었어. 그러나 마음이 바빴던 나는 행동부터 앞세웠다. 일단 요분질에 여념 없는 엉덩짝을 걷어차 두 살덩이를 갈라놓은 다음, 언니 머리끄덩이를 아퀴 잡아 두어 바퀴 세차게 흔들어줬다. 그리고는 반 모금 숨을 들이켜고 이빨 사이로 토막토막 뱉어냈다.

"당장 박술봉이를 쫓아내요."

팍 김샜다는 표정으로, 두 눈을 으그러뜨린 교주는 내 귀싸대기부터 한 대 올려붙일 기세로 손바닥을 치켜든다. 순간, 나는 깨달았다.

바로 이 형상이구나. 방구석에 모로 자빠진 이 모습이 바로 교주로구나. 눈 닫고 귀 닫은 교주는 벌건 입술로 연한 살만 발라먹는 망령이로구나. 소원과 기도를 노래 삼아 간도 핥고 창자도 핥아 먹은 교주는 결국 뼛속에 핀 곰팡이만 남겨둔 채로 홀연히 사라질 테지. 아, 어리석어서 불쌍하기 짝이 없는 신도들이여. 나는 한탄을 삼키며 교주 젖꼭지를 암팡지게 꼬집었다.

"방금 박술봉이가 날 덮치려 했다고요."

"뭐시 어째?"

"그놈이 내게 흑심을 품고 있다고요."

교주의 툭박진 얼굴이 한쪽으로 구겨지더니 이내 입술마저 실룩 휘어진다.

"그놈이 뒈지고 싶어 환장을 했네."

뜨겁게 달구어진 콧김에서 질투의 냄새를 맡을 수 있었고, 난 그제야 마음을 놓았다. 교주는 열 손가락을 머리카락 속에 찔러 넣어 살아있는 권력자답게 고뇌에 빠져들기 시작했다.

이른 아침, 예복을 차려입은 교주는 박술봉이를 불러들였다. 그러나 별실로 들어서는 박술봉 표정도 그리 만만치 않았다. 만만찮은 정도가 아니라 여차하면 교주 귀때기라도 물어뜯을 기세였다. 문 앞에 바싹 붙어 무슨 말이 오가는지 엿들으려 했지만, 한껏 여유로운 소리밖에 들리지 않았다. 잠시 후 아래턱을 치켜든 박술봉이 방에서 나오고 나는 재빨리 교주 옆에 들러붙었다.

"알아듣도록 이야기했어요?"

"이거, 말로 해서는 안 되겠어."

교주의 멀렁멀렁한 얼굴을 마주 보는 순간 한숨이 터져 나왔다. 이 덜떨어진 작자가 도리어 약점을 잡혔군. 장 교주 약점이라…… 나는 무럭무럭 피어오르는 기억에 딸꾹질을 세 번이나 했다.

일 년 전, 장대식이 헐레벌떡 달려와 교주님이 갑자기 승천하셨다고 난리법석 떨었던 날이 있었다. 신도들은 경악하여 회합실에 모였고, 장대식은 교주님이 하늘로 올라가던 광경을 눈물

콧물 닦아가며 전하면서 마지막 남긴 한마디에 특히 목청을 높였다.

"새로운 교주로 장대식을 지명하노니, 모든 신도는 두말없이 따르라."

말을 끝내고 좌중을 스윽 살펴보는 장대식을 신도들도 멀뚱멀뚱 마주 봤다. 저 무식한 놈을 교주로 모시라고? 교주가 승천한 게 아니라 저놈이 미친 게 아닐까 하는 의심이 들었지만, 감히 따져들 용기는 아무도 없었다. 황 교주께서 직접 그렇게 말했다지 않는가. 과연, 황 교주는 저녁밥 때가 지나도록, 밥상 차려놓고 기다리던 순덕이 언니가 굴비 한 마리를 슬쩍 찢어먹어도 나타나지 않았다.

다음날부터 장대식은 대놓고 교주행세를 하기 시작했다. 신도들은 똥사발을 앞에 둔 사람처럼 서로 눈치 보며 건건 찝찌름한 입술만 빨아대는 형국이었다. 어수선하기 짝이 없던 그날 밤, 나는 장대식의 은밀한 부름을 받았다.

왜 불렀을까? 물론 짐작은 하고 있었다. 보나 마나 황 교주 모든 것을 생짜로 차지할 심보였을 테고, 범이 날고기 삼키듯이 당연한 이치였다. 그렇다면 내가 처신해야 할 방향은 빤한 것이다. 한 이불 속에서 내 서방이지 승천한 황 교주가 아랫도리 잘 건사했다고 표창장 줄 것도 아니지 않은가. 기왕 줄라면 활딱 벗고 주되, 시커먼 가랑이 쩍 벌려 정나미 떨어지게 하지는 말아야 할 것이다.

그날 밤, 장대식은 황 교주의 유품에 깃대를 꽂았고, 그것으로 교주 교체가 완료되었음을 선포했다. 그 효과는 이튿날, 장대식 방에서 나오는 나를 목격한 박술봉 표정에서 확연히 드러났다. 박술봉은 바로 그날로 고지를 빼앗긴 패잔병처럼 이곳을 떠나 버렸던 것이다.

일심원을 성공적으로 접수한 장대식은 그야말로 방약무인이었다. 절름발이지만 성실했던 김 씨, 황 교주 교리를 외고 다니던 백 씨, 자잘한 일거리를 군소리 없이 해치우던 정 씨까지, 사내구실 할 만한 사내는 모두 쫓아내 버렸다. 투명한 신앙생활을 위한 부조리척결이라는 명분이었다. 나름의 개혁도 단행했다. 일심원 식구끼리 '보살'이라 호칭하던 것을 '자매'로 바꾸고, 월세를 내야 했던 일심철학관의 보증금을 빼내 버렸다. 그리고 일심원에서 직접 점을 봐주는 직영체제로 전환하여 소득증대에 박차를 가했다.

그렇게 바싹 당겨진 모습으로 두어 달 보내더니, 석 달째부터 흐물흐물 풀어지기 시작했다. 대놓고 술을 마시고 다른 여신도까지 건드렸다. 도박판에서 개평 때먹고 드잡이나 벌이던 작자였으니, 그 가락 어디 가겠는가. 우린 슬슬 개 버릇 나오는구먼 하며 견뎌낼 수밖에 없었다.

그러던 어느 날, 교주가 다짜고짜 내 방에 들어와 널벅 엎어진 적이 있었다. 얼마나 처먹었는지 술 냄새가 진동하는데, 그렇다고 꼭지 돌아갈 정도는 아닌 것이 까딱하면 밤새도록 괴롭힐 조짐이었다. 그러나 교주는 내 아랫도리에 코를 처박고 대뜸 씨월거렸다.

"꿈자리 사나워 가봤더니, 멀쩡하더구면."

"뭐가요?"

"황 교주가 멀쩡해."

무슨 말인지 모르게 횡설수설하더니 물을 찾았다. 교주는 급하게 떠다 준 물 한 대접 다 비우고서야 웃물이 도는 표정으로 거슴츠레 눈을 떴다.

"승천한 황 교주님이 멀쩡해요?"

"골로 갔지."

"근데요?"

"그런 게 있어."

그렇게 던지고 입을 꾹 닫아버린다. 다시 말하지만 내가 누군가. 살살 주물러 껍데기 벗겨 먹는 데는 전문 아닌가. 오히려 뭔가 말하고 싶어 안달 난 교주라는 걸 알고 있었다. 그럴 때 살살 긁어주면 할 말, 안 할 말 자발없이 뱉고 만다. 멀쩡할 땐 그나마 사람 같다가도 술만 처먹으면 양 귀때기에 붙인 손바닥 펄럭거리며 우와우와, 목도리도마뱀 흉내를 내고, 세상은 또 뭐가 그리도 잘못되었는지 기염은 도맡아 토해내는 교주 행신 머리에 침을 살살 발라 주는 것이다.

"흥, 보나 마나 딴 년이랑 붙어먹고 와서는 무슨 황 교주 타령이야."

온몸 덜덜 떨릴 지경으로 웃어젖히던 교주 바지 밑으로 방귀가 뿡 나오고, 그 반동으로 벌떡 머리를 쳐들었다.

"사람이 어떻게 죽는지 알아?"

"아파죽고, 늙어 죽고, 차에 치여 죽고."

"또?"

"또, 라뇨?"

"탁, 치면 그대로 엎어져 죽는 수도 있단 말이야."

말인즉슨 제가 황 교주를 죽였다는 것이다. 장소는 요절한 어느 부잣집 딸 무덤가, 이유는 내가 너무너무 탐이 나서였단다.

"대체 무슨 말인지?"

"무슨 말이긴, 멀리 옮길 것 없이 그 자리에 파묻었지. 부잣집 딸년 묻힌 자리니 명당자리는 틀림없을 테고."

아무렇지 않은 표정으로 씨부렁대던 교주가 또 한 번 껄떡껄떡 웃었다.

"황 교주 염치론 오히려 좋아했을 거구먼. 남의 무덤에 턱 들어서면서 어떡했겠나? 허허, 이거 다 같은 귀신끼리 낯가리고 할 것 있겠소? 아따나 집도 넓네. 하며 땅강아지처럼 뻴뻴 기어 넓벅 누워버렸을 것 아닌가. 누웠기만 했겠어? 젊은 처자, 그간 얼마나 적적했소? 하며 그날 밤 넘기기 전에 올라탔겠지."

징그럽게 웃어대는 교주 뒤통수를 보며, 저놈 대갈통에 꽈당, 벼락이나 때려줘라 싶었지만, 물론 생각뿐이었다. 사람 죽인걸 저리 태연스레 말하는데, 무슨 짓인들 못 하겠나 싶어 무섭기도 하고, 이제 내 사람인데 달리 어쩌랴 했던 것이다.

장 교주가 잡힐 약점이라면 분명 그 일이지 싶은데, 둘밖에 모를 비밀을 박술봉이 어찌 알았을까? 잠시 생각에 잠겼던 나는 이내 고개를 끄덕였다. 술만 처먹으면 가로세로 뒹굴며 온갖 년에게 찝쩍이고 나불대는 주둥이가 나한테만 열렸을까.

어쩌면 일심원 사람 모두가 아는 공공연한 비밀일지도 모른다. 생각이 여기에까지 미치자, 당장 무슨 일 결행할 듯 눈알을 뒤룩거리는 장 교주가 앞으로 어떻게 나올까 더욱 궁금해졌다.

며칠 동안 어디 걸려들기만 해라는 시늉으로 나대는 교주였지만 정작 눈썹만 건드려도 똥 쌀 얼굴은 교주 자신이었다. 저딴 가락수라면 교주 장담은 십중팔구 헛소리가 될 수밖에 없었다. 게다가 나쁜 놈 잡으라면 없는 놈 잡아들인다고, 애먼 순덕이 언니 머리채만 잡아 뜯었다. 누구누구에게 꼬리를 쳤다나 어쨌다나. 사십 넘은 계집 눈알 똥그랗게 떠봐야 얼마나 야릇했겠는가. 보나마나 박술봉 보라고 벌이는 패악인데, 결과적으로 제 발등에 오줌 갈긴 격이었다. 얻어맞고 훌쩍대는 순덕이 언니 등을 슬슬 토닥이며, 조금만 참으면 새벽이 올 걸세. 정의는 언제나 이기게 되어있으니까. 하고 달래주는 박술봉이 말본새가 덕분에, 고맙소. 하는 듯했다.

상황은 이래저래 숨통을 죄어오는데 마땅한 묘안이 없으니 그저 멧돼지 발광하듯 고함치고 제풀에 흐무러지는, 참으로 지랄 같은 나날의 연속이었다. 차라리 나라도 나설까 조급증이 생길 무렵, 드디어 바싹 치켜뜬 교주 눈자위를 마주할 수 있었다.

그날따라 유난히 집요했던 교주였다. 몸뚱이에 꽂은 깃대가 못미더워 몇 번이나 다시 꽂기를 반복하던 교주가 벌렁 나가떨어지더니 바싹 마른 입술을 축이고 내 귀에 입을 갖다 댔다.

"이번엔 여하간 결말을 지어야겠네."

그의 말투에서 따귀나 몇 대 올려붙이는 그런 결단이 아니라는 걸 직감할 수 있었다. 덩달아 긴장한 나는 다음에 나올 교주의 무서운 말을 기다렸다.

"한번 벌인 일을 두 번 못하겠어?"

그러면서 엉금엉금 기어 방 한구석에 놓인 금고 다이얼을 치륵치륵 돌렸다. 금고에서 꺼낸 것은 비닐봉지에 든 하얀 가루였다.

"이거 한 봉지면 코끼리 열 마리도 죽일 수 있어."

"이게 뭔데요?"

"청산가리."

청산가린지, 홍산가린지 그걸 물은 게 아니라, 이걸 왜 나에게 보여 주냐는 의미였는데, 교주는 날 꼬나보며 눈만 끔벅끔벅했다. 안돼요, 그런 끔찍한 일은 할 수 없어요. 제아무리 간을 빼서 나눠 먹을 우리 사이라지만, 이건 옳은 일이 아녜요…… 라고 왜 거절하지 못했을까. 난 오히려 삐져나오는 웃음을 참아내느라 양 뺨을 필사적으로 오므리고 있었다.

"내가 기회를 만들어 볼 텐데, 임자가 도와줘야겠어. 마음 단단히 먹으라고."

교주는 꽤나 결연한 표정이었다. 하긴, 날 쥔 놈이 자루 쥔 놈을 당하겠는가. 멋모르고 설치다가 속절없이 뒹굴게 된 놈. 이제 박술봉이는 죽은 목숨이다.

고민거리를 처리할 꿍꿍이였다면 교주는 결심한 그 날부터 목적을 달성한 셈이었다. 누렇던 얼굴이 눈에 띄게 밝아지고 잔주접도 많아졌다. 오며 가며 마주치는 박술봉이 팔짱을 낀 채 어야, 술봉이. 얼굴 좋네? 하며 농을 걸기도 했다. 안 하던 짓에 놀라 무르춤하게 쳐다보는 박술봉에게 어야, 날씨도 푹한데, 우리 바람이나 쐬러 갈까? 하고 능청 떨어 보일 땐 교주의 그 뻔뻔스러운 기백이 되돌아왔음을 확인할 수 있었다.

그러나 교주의 모략이 마냥 넌출지고 덩굴지게 얽혀간 것은 아니었다. 박술봉이 얼마나 영악한지는 나밖에 모를 테지만, 이쪽에서 송곳니로 얼씨구나 물어뜯으면, 그놈은 어금니로 절씨구나 덤벼드는 놈이었다. 이쪽 동정이 뭔가 심상찮다고 판단했는지 나를 후미진 곳으로 끌어다 놓고 어깃장에 넌덕까지 떠는 것이다.

"니가 해달라는 데로 다 해줄 테니, 하겠다고 대답혀!"

"나보고 이걸 먹이라고요?"

박술봉은 음성을 한결 낮춰 재촉했고, 난 터져 나오는 웃음을 참으려 또다시 안간힘을 써야 했다. 어디서 단체로 구입했는지 똑같이 생긴 비닐봉지 하며, 그 청산가리를 교주 먹을 밥에다 깨소금처럼 뿌려달라는 박술봉의 심각한 표정까지 우스웠다. 내 얼굴에 웃음기가 비치자 박술봉은 자신감까지 얹어 지부럭거렸다.

"자기한테는 구정물 한 방울 안 튀게 할 테니, 아무 걱정 말고……."

자기? 무슨 개 풀 뜯어 먹는 자기냐고? 어마! 그러고 보니 내가 말을 빠뜨렸네. 아이 참. 내 입으로 실토하려니 좀 민망하다. 그러니까. 박술봉이 내방으로 기어들어 온 날, 혓바닥을 모지락스럽게 깨물고, 뜨뜻한 물건 세차게 꼬집어준 것까지는 밝혀 뒀지 싶다. 한데, 얼굴이 두꺼워서 눈깔이나 뒤집어 까는 놈으로 알았는데, 그놈의 말은 얼마나 희떱게 하는지 나도 그날 처음 알았다.

깎일 대로 깎여 속만 남은 얼굴로 주절거리는데, 야박하게 대하지 못한 것은 나도 어쩔 수가 없었다. 인정 많은 년 속곳 마를 날 없다고 내가 딱 그 짝이었다. 간절하게 애원하는 그놈 시선을 피해 고개를 좌우로 틀다가 차츰 오금을 펴고, 이윽고 고개를 끄덕일 수밖에 없었다. 다 까발려 놓자면, 그래. 겁나게 좋았다. 온 삭신이 고소해서 박술봉이가 새삼 예쁘게 보일 지경이었다.

그래, 그런 일이 있었고, 그 후로도 몰래 만난 적이 서너 번 더 있었다. 그래놓고 쪼르르 달려가 일러바쳤냐고? 글쎄, 그게 나도 잘 모를 일이다. 옹골차게 들쑤셔 줄때는 그렇게도 좋더니만, 문득 정신 차려보니 더럭 겁이 나더란 말이지. 게다가 술봉이 내뱉는 다짐 속에 장 교주 내쫓고 제가 교주 되겠다는데, 대충 생각해봐도 껍질 씹는 소리로 간주할 수 없는, 능히 실현될 다짐이 아니겠는가. 자고로 복은 쌍으로 안 오고 화는 홀로 안 오는 법인데, 살 한번 맞댔다고 냉큼 돌아서는 것도 참으로 못 할 짓이었다.

두 사람의 곤란한 제안으로 이걸 어쩌나만 연발하던 중에, 덜컥 날이 잡혔다. 장소는 부잣집 딸 곁에 묻힌 황 교주의 도둑 무덤가. 구실은 기왕 이렇게 된 거 무덤에 큰절 한번 올리고 앞으로 잘 지내보자. 해설하자면, 내가 만든 김밥을 먹고 데꺽 엎히는 사람이 황 교주 곁에 나란히 묻힐 당첨자인 것이다.

하늘은 화창하고, 누구 하나 파묻기엔 참으로 좋은 날씨였다. 마주치기만 해도 눈알을 부라리던 두 사람도 설 미친 풋 매미마냥 시종 헐헐대며 걷고 있었다. 어색한 정황을 웃음으로 때우려는 수작이겠지. 그러다 가끔 내 쪽으로 돌아보며 한쪽 눈을 찡끗하는 것이, 아무쪼록 자네만 믿겠네 하는 애원이 뚝뚝 떨어졌다. 난 그럴 수 없이 싹싹해진 두 남자가 번갈아 쏘아대는 눈짓에 확인도 부인도 않으면서 그저 비죽이 웃는 시늉만 해줬다.

부잣집 묘지는 역시 뭔가 달라도 달랐다. 50평은 넘음직한 널

찍한 터에 동그란 봉분이 있고, 새파란 잔디는 잡풀 하나 없이 깨끗했다. 장 교주는 새카만 오석으로 만든 묘석을 지나 봉분 뒤쪽으로 돌아가더니 헛기침을 했다.

"여기쯤 되겠구먼."

장 교주는 봉분 뒤쪽의 두루뭉술한 자리를 발로 꾹꾹 누르며 힐끗 하늘을 쳐다본다. 거기라고 하니 거기인 줄 알지 도무지 알아챌 수 없는 모양새였다. 잔디는 말끔했고, 그 아래 무얼 묻었다는데 봉긋 솟은 흔적 하나 없다. 박술봉은 말이 떨어지자마자 돗자리부터 깔고 상을 차리기 시작했다.

"좀 맺힌 게 있더라도 다 옛날 일인데 잊어버리소."

멀뚱히 서 있기가 뭐한지 장 교주도 그렇게 중얼거리며 손바닥을 폈다 오므렸다 한다.

어색한 분위기에 몸 둘 바 몰라 하는 것은 두 사람이 똑같았다. 콩깍지 도리깨질하듯 꺽죽꺽죽 절 올리더니 다 끝났다며 어느새 무르팍을 툭툭 턴다. 그리고는 철퍽 주저앉아 올려놓은 술부터 들이켠다. 연거푸 두어 잔을 마시더니 나만 알아들을 암호 비슷한 말들, 이를테면 '아따나 좀 걸었더니 출출하구먼.' 라든지 '어이구야. 조요용 하구먼.' 하는 말들을 번갈아 외어 던진다. 그렇게 볼품없는 신호와 눈짓을 혼자 다 받아내며, 나는 정해놓은 순서를 밟듯 놀라우리만큼 침착하게 하나씩 하나씩 점심거리를 꺼내 들었다.

깨소금 골고루 뿌려놓은 김밥을 펼쳐놓자 박술봉은 대뜸 뱁새 눈으로 좌우를 톺아 본다. 안 보는 척하면서 실은 내 일거일동을 죄다 훔쳐보고 있었던 모양이다. 이 김밥에 뭐를 뿌렸는지 장 교주는 모를 것이다. 애매하고 안타깝기는 나도 마찬가지다.

장 교주가 그래도 임자, 임자 하며 아껴주기는 했다. 그 흔한 손찌검도 내게 만큼은 아꼈으며, 딴 여자와 붙어먹긴 했어도 그게 어디 다른 교주라고 달라질 행실이겠는가.

박술봉이가 나쁘다는 뜻은 아니다. 아랫도리 곱이 끼지 않도록, 애간장 살살 녹이며 긁어줄 사내가 어디 흔한가. 아이참. 어쩌면 좋아? 이런 일은 입이 무거울수록 좋다고 다짐했건만, 나만 알게 살짝 미소 짓는 것까지는 괜찮겠지.

저저마다 놓인 도시락을 힐끗 내려 본 두 사람이 다시 나를 희뜩 돌아본다. 그러거나 말거나 난 아예 모르는 척, 해맑게 웃어 보였다.

"처음 만들어 봤는데, 맛이 어떨지 모르겠어요."

내 말을 신호로 두 사람은 김밥을 집어 들고 더금더금 먹기 시작했다. 나에게 향해있던 수상쩍은 눈길이 이젠 상대 입을 더듬고 있었다. 상대가 하나 먹으면 저도 하나 먹고 그 먹는 표정까지 낱낱이 훑어 내렸다. 김밥 씹는 소리가 무덤가에 나른한 기운을 부려놓는다. 난 그 야릇한 기운 위에 걸터앉아 내 김밥을 맛나게 집어 먹었다.

코앞의 인간이 언제 자빠지나 신경 쓰느라 아무 맛도 모른 채 우물거리던 장 교주가 문득 입을 열었다.

"교주? 그거 아무나 하는 거 아니다."

"하믄, 내 말이 바로 그 말이지."

박술봉이 지지 않고 대꾸하는데, 상대가 피를 토하며 쓰러지는 뻑적지근한 장면을 상상했는지, 말투가 불손하기 짝이 없다.

"뭐이라?"

"아, 누구처럼 남의 생살 뜯어 먹고 앉아서 되겠냐는 말이지."

이제 막판이다 싶은지 귀가 번쩍 뜨일 말들이 팡팡 쏟아져 나온다.

"이놈이? 눈에 뵈는 게 없나?"

"그려, 뵈는 건 없어도 누구 버드러지는 꼴은 볼 것이구먼."

"이, 이…… 썩을 놈이?"

나오는 데로 씩둑거리던 두 사람 심장에 뭔가가 턱 하니 닿았던 모양이었다. 동시에 비슥 돌아보는데, 얼굴이 아니라 넋 빠진 껍데기 두 짝이었다. 난 이미 배꼽을 틀어쥐며 웃고 있었다. 무덤가를 선명하게 만드는 그 청량한 웃음 속에서 각자 무엇을 떠올렸을까?

"교주? 그거 아무나 하는 거 아니라면서요?"

웃음 속에 겨우 뱉어준 말에 박술봉은 손가락을 목구멍에 쑤셔 토하려 하고, 장 교주는 대번 기운이 까라져 가쁜 숨을 몰아쉰

다. 그 광경에 다시 웃음이 터진다. 내 불두덩에 삭신이 노그라지도록 엉겨 붙던 작자들이 뭐가 그리 억울한지 모를 일이다.

불두덩 곁에는 언제나 교주들로 북적거린다. 아무나 가질 수 없는 보물이라며 고함을 치며 서로 차지하려 한다. 두 눈을 멀쩡히 뜨고도 그랬다. 구불구불한 음모들 속에 덫처럼 어웅한 구멍을 보고서도, 머리채 풀어헤친 유령에 질질 끌려가면서도, 눈먼 개 젖 탐하듯 흙바닥에 얼굴을 비비며 쭉쭉 파고들었다. 내 불두덩이 그만치 탐나고 아리땁기 때문이리라.

교주들은 그저 기쁨에 겨워 헐떡이고, 나는 예예, 머리 조아리다가 널브러진 교주 몸뚱이를 타 넘어가면 되는 것이다. 머릿니 잡아 손톱으로 눌러 죽이는 것만치 쉬운 일이다.

나는 슬쩍 하늘을 올려봤다. 해가 기울려면 아직 시간이 많이 남아있다. 때가 되면 순덕이 언니가 유서를 발견할 것이고, 어리석은 사람들은 우르르 달려올 것이다. 그 유서가 진짜인지 가짜인지 구별할 요량은 일심원 누구에게도 없다.

아이, 왜 이리 목구멍이 근질거리지? 하긴, 목이 쉬어도 상관없다. 소금 좀 뿌리고, 그냥저냥 서러운 척 울어주기만 하면 되니까.

슈뢰딩거 고양이

돔형 CCTV를 올려보면 기분이 팍 상한다. 새카맣고 동그란 덮개가 꼭 눈알처럼 생겼다. 눈알은 계산대 위에 붙어 있고, 매장 모서리, 주류 창고 천장에도 붙어 있다. 점주는 그 새카만 눈알을 통해서 매장 안을 살펴본다.

감시당해서 기분 나쁜 게 아니다. 점장 눈알과 연결된, 그 연결의 끝에 도사리고 있을 어둡고 막막한 규칙 때문이다. 떠올릴 때마다 농도가 달라지는 체념을 도저히 이겨낼 수 없을 것 같아서, 그래서 더 화가 난다.

숙취해소 음료를 내밀며 반말 찍찍 해대는 자식을 향해 개새 끼라 중얼거려줬다. 내 욕을 어찌 알아듣고 주먹을 날려준다면 오히려 감사할 일이다. 합의금 청구할 건수를 만들어 줬으니 말이다. CCTV 좋은 점이 바로 그거다. 보이는 것만 보여준다는 것. 예전에 120만 원까지 챙긴 적도 있다. 경찰서 들락거리는 수고쯤은 얼마든지 감수할 수 있다.

그러니 얼마든지 지켜봐도 된다. 나는 싱크대에 소변을 보지 않고, 삼각 김밥을 몰래 먹지 않는다. 게으름 피우지도 않는다. 정해진 시간에 신선식품 유통기한을 확인하고 매대 정리하고 시식대를 청소한다. 어차피 난 숨을 곳이 없다.

"나무젓가락은 어디 있죠?"

머리카락을 노랗게 물들인 손님이 스타킹과 컵라면을 계산대에 올린다. 건네준 젓가락을 받는 손길이 나른하다. 노랑머리는 나무젓가락을 입에 물고, 계산 끝낸 스타킹을 종이가방 속에 구겨 넣는다. 정수기 쪽으로 주춤주춤 걸음을 옮기더니 컵라면에 뜨거운 물을 붓는다. 몸을 옮길 때마다 하이힐이 질질 딸려간다. 누가 봐도 아침의 퇴근이다.

여자는 시식대 의자를 당겨 앉더니 머리칼을 귀 뒤로 넘긴다. 컵라면 뚜껑을 덮고 나무젓가락으로 밀봉하는 동작이 제법 능숙하다. 여자가 컵라면을 양손으로 감싸고 기도하듯 고개 숙인다. 일과를 끝낸 안도가 눈 밑에 그늘로 내려앉는다. 서늘한 아침 햇살이 만들어낸 스펙트럼이다. 산란된 빛은 여자 정수리에 부스스한 광채까지 씌워준다.

노랗게 부푼 머리카락을 보고 있자니 눈이 따갑다. 질끈 감았다가 다시 눈을 떠도 뻑뻑하다. 연이어 하품까지 나온다. 입술을 꼭 다물고 하품을 했다. 코끝이 시큰해지고 눈물이 찔끔 나온다.

물기가 묻어 속눈썹이 무겁다. 젖은 속눈썹은 비치는 빛살을 육각 도형으로 부풀려준다. 별로 신기하지는 않다. 눈을 깜박일 때마다 도형이 바뀐다. 색깔도 달라진다. 휘황한 육각 무늬, 원 무늬, 방사 무늬가 눈꺼풀에 부딪혀 쩔그럭거린다.

출입문의 미세한 틈은 이중슬릿이다. 햇살을 칼날처럼 벼려내는가 하면 이따금 입자 덩어리도 통과시킨다. 그러니까 지금, 싸가지 양복 놈이 나가는 순간 총알같이 날아들어 진열대 유리에 턱, 부딪힌 벌처럼 말이다.

벌은 입자이기도 하고 파동이기도 하다. 위협적인 소리를 내며 충돌한 것을 보면 입자가 틀림없고, 비명 질러대는 손님을 보면 파동이다. 뜻밖의 확률사건이 실제로 일어난 것이다. 게다가 저렇게나 큰 벌은…… 그러니까 내 관찰이 틀리지 않았다면 저건 말벌이다.

노랑머리 여자는 출입문 바깥으로 피신해있다. 맨발로…… 바깥에서 유리문을 막은 채로 입술만 벙긋거린다. 또 다른 손님은 창고 앞에 바싹 붙어 선회하는 말벌을 눈으로 겨냥하고 있다. 여차하면 눈알을 쏘아 말벌을 추락시킬 기세다.

두 손님이 각자 양쪽 문을 막아섰으니 내가 나설 수밖에 없다.

더 꿈지럭댔다가는 CCTV가 용서치 않을 것이다. 나는 재활용통 안에 버려져 있던 슬러시 컵을 주워들었다. 투명한 플라스틱 컵을 조용히 고쳐 쥐고 말벌을 향해 눈을 돌렸다.

놈의 비행은 위협적이다. 위협적이긴 한데, 왠지 안타깝다. 날갯짓이 거칠어질수록 더 그랬다. 그건 두려움의 증거다. 저 너머가 보이는데 넘을 수 없는 장벽들, 모든 직감은 비행을 멈추는 순간 죽을 것이라 경고하는데, 아무리 돌아도 출구를 찾을 수 없을 때 느끼는 그런 두려움 말이다.

놈은 맹렬하게 돌진해서 유리와 충돌한다. 그때마다 큐티클 골격이 부서지는 아픔을 느낄 것이다. 살아있다면 느낄 수밖에 없는, 그런 통증에 미쳐버릴 지경일 것이다.

말벌은 모른다. 이곳은 고립계이며 탈출이 허락되지 않는 곳이다. 뭐에 홀려 여기까지 왔는지 모르겠으나 늦었다. 누군가가 문을 열어주기 전까진 절대 벗어날 수 없다.

체포는 의외로 싱겁게 끝났다. 스낵류 과자 위에 앉아 헐떡대는 놈 위를 슬러시 컵으로 덮어버렸다. 덮어서 통째로 뒤집으니 과자봉지는 훌륭한 뚜껑이 되었다.

"잡았어요?"

자춤거리며 다가온 노랑머리가 종이가방을 챙기며 묻는다. 대답 대신 투명한 용기를 들어 올려 보였다. 여자는 몸서리를 친다.

"얼른 죽여요."

곱게 생긴 여자가 독하네. 상냥하게 웃으며 고개를 끄덕여줬다.

손님들이 나가자마자 제 짝으로 된 슬러시 컵 뚜껑으로 바꿨다. 혹시 몰라 유리 테이프로 감고 숨구멍도 뚫었다. 숨은 쉬어야지. 왠지 기분이 좋아졌다. 콧노래가 저절로 흥흥 흘러나온다. 옛날 영화에, 우산을 쓴 남자가 탭댄스를 추며 부르는 노래였는데 제목은 모르겠다.

녀석도 여섯 개 다리로 탭댄스를 춘다. 궁둥이를 들썩일 때마다 긴 독침이 불쑥불쑥 튀어나온다. 다행히 투명용기는 단단했다. 억센 주둥이로 꺽죽거려보지만 미끄러질 뿐이다.

날개를 부르르 떨더니 위로 솟구쳐 오른다. 그러나 이내 부딪혀 바닥에 나뒹군다. 뒤집힌 몸뚱이가 너무 힘들어 보인다. 몸을 얼른 세우지 못하고 마디진 다리로 버둥거린다.

넌 갇혀버렸어. 그러니까, 5월 12일 오전 일곱 시 반부터…… 좋은 날도 있고, 나쁜 날도 있는데 아마도 너에겐 나쁜 날이겠지. 근데, 아직 확정되지는 않았어. 내일 어찌 될지 아무도 모르니까. 그러니까 지금 발버둥 치는 거겠지.

말벌은 제법 끈질겼다. 벽을 두드리다가 날아오르고 또 추락했다. 버둥대며 일어나서 다시 벽을 두드린다. 쓸데없이 용쓰지 말고 그냥 가만히 있지. 멍하게 지켜보고 있으니 슬슬 졸리다. 시계를 보니 교대시간이 아직 두 시간 반이나 남았다. 벌써 이러면 곤란하다.

슬러시 컵을 계산대 아래에 밀어 넣었다. 넣으며 또 하품했다. 기척 없이 흘러나온 졸음이 슬금슬금 몸뚱이에 스며든다. 숨결을, 입술을, 눈꺼풀을 적시더니 엿가락처럼 축축 늘어진다. 담배 손님, 음료수, 담배, 음료…… 계산대에 물건 올리는 손님 동작이 느려지고, 바코드에 찍힌 숫자는 끔벅끔벅 잔상을 남긴다. 계산을 마친 손님 등허리를 보며 마른세수를 했다.

교대하면서 도시락과 샌드위치를 얻었다. 점주는 유통기한이 두 시간이나 남은 것들이라 강조했다. 어차피 매대에서 뺄 것들인데, 점주는 굳이 생색을 낸다. 검은 비닐봉지에 담아주며 요즘 공부는 잘 되냐고 걱정까지 해준다.

그냥 둘러댄 말이었는데 진짜로 믿었나 보다. 면접 같지도 않은 면접에서 점주가 물었었다. 일 년 정도 일해 줄 사람을 찾는데, 이런 일을 오래 하겠냐고. 왜? 대졸자는 검은 머리 파뿌리 되도록 오래오래 일하면 안 되나요? 라고 대꾸할 수는 없었다. 그래서 그냥 공무원 시험 준비 중이라고 대답했었다.

정말로 공무원 시험공부를 하기는 했었다. 그것도 삼 년이나 고시원 생활을 했다. 졸업하고 첫해에는 7급 기술직을 지원했다. 나머지 2년은 9급 행정직에 매달렸었다.

나는 그 문을 통과하지 못했다. 문 입구는 좁은데, 나는 내 몸 피를 깎아 내지 못했던 모양이다. 몸뚱이는 시간이 지날수록 더

불어났다. 자존심이 붙고, 초조함이 붙고, 나중에는 열등감까지 붙어 버렸다.

체중계 바늘이 100kg을 넘기는 날, 나는 뜨거운 라면에 입바람을 후, 불다가 문득 깨달았다. 인생에는 정답이 없고, 오답인 줄 알면서도 선택해야 할 때가 있다. 그런데, 나에겐 포기하는 것이 정답이다. 그렇게 깊이 깨우치고는 라면 국물에 밥을 말아 먹었다.

포기하고 나니 마음은 편해졌다. 그래서 그런지 졸음이 쏟아졌다. 일할 때도, 밥 먹을 때에도 잠이 왔다. 졸음은 무섭게 쏟아지는데, 오히려 깊이 잠들 수가 없었다. 꿈들이 뭉쳐져 온몸이 뻣뻣해지고 밤새워 뒤척이다 보면 나는 어느새 실눈을 뜨고 있었다.

소위, 잠들지도 깨어있지도 않은 멍한 상태. 그때, 누가 나를 봤다면 이렇게 물었을 것이다. 죽었나? 아니, 잠들었나?

아침에 포획한 말벌도 비슷한 상태다. 나는 놈을 죽여야 할지, 다시 날려 보내줄지를 결정하지 못했다. 내가 마음을 정하기 전까지 말벌은 산 것도 죽은 것도 아니다. 그러니 벌써 죽어버리면 곤란하다.

"그게 뭐냐?"

고개를 희뜩 돌린 점주가 눈썹을 치뜨며 묻는다. 입만 웃고 있는 얼굴이다. CCTV 돌려보세요. 라고 말하고 싶지만, 비닐봉지를 활짝 열어 보였다.

"다 먹은 슬러시 통을 뭐 하러 가져가?"

아무것도 보이지 않을 것이다. 점주에게 말벌은 파동함수일 뿐이다. 말벌이 눈에 띌 가능성만 있는 파동. 내가 도시락을 빼돌릴 확률에 비하면 아주 희박한 가능성이다.

바람이 거셌다. 원룸으로 올라가는 이면도로는 특히나 바람이 세다. 비닐봉지가 바람 따라가겠다며 치륵치륵 소리 지르다가 내 손까지 흔들어 댄다. 얼결에 손을 놓아버릴 뻔했다. 놓아버리면 비닐은 노란 도로 경계석을 넘어 한참 날아갈 것이다.

멀리 날아서, 날아서…… 걸음을 멈추고 도로 경계석 아래를 굽어봤다. 흠, 그래 봤자 축대 아래 주차장에 떨어지겠네. 비닐은 주차장 이쪽에서 저쪽 구석까지 가로세로 뒹굴어 댈 것이고, 통속에 갇힌 말벌은 죽음조차 모르게 부스러질 것이다. 게다가 나는 유통기한이 두 시간이나 남은 도시락을 잃어버리게 된다.

주차장을 볼 때마다 느끼는 것이지만 차가 참 많다. 힘껏 밀면 앞으로 굴러갈 것 같은 것들이 촘촘하게도 세워져 있다. 그리고 우뚝우뚝 솟은 아파트들. 사람들이 어떻게 저 속에서 살 수 있을까 싶을 만큼 반듯하게 생겼다. 나와 연결된 것은 하나도 없지만 그래도 궁금하다. 저 너머 사람들이 살아가는 방식이 참 궁금하다.

원룸 현관에 들어서면 궁금한 것이 또 생긴다. 내가 없는 동안 혹시 세현이가 다녀가지 않았을까? 가끔 문자를 보내던 세현이가 이제 전화도 받지 않는다. 세현이가 지금 무엇을 하고 있는지도 궁금하다.

컴퓨터 전원을 켜고 도시락을 꺼냈다. 도시락 옆에 누워있던 슬러시 컵도 들어냈다. 놀란 말벌이 부르륵 날갯짓한다. 서늘한 곳이 어디 있을까 두리번거리다가 창틀 위에 올려놓았다. 컵을 놓다가 발길에 툭 차인 플라스틱 상자에서 소란이 일어난다. 너희도 사람이 무서우냐? 이것들아 살살 뛰어라. 아래층에서 올라오겠다. 농담으로 알아듣고 와하하 웃어 주면 좋겠지만, 상자에선 바스락대는 소리만 울린다. 모두 생기가 넘쳐서 다행이다.

인터넷을 하면서 도시락을 먹었다. 동영상, 웹툰, 뉴스, 잡다한 댓글들을 뒤적였다. 펜션에서 동반자살로 추정되는 30대 여자 3명. 제목만 보면 저절로 궁금해진다. 클릭. 클릭. 누르기 전엔 궁금했었는데, 금방 궁금하지 않게 된다. 원래부터 궁금하지 않았다는 것을 깨닫기도 전에 궁금한 게 또 생긴다. 이때만큼은 잠시 졸음이 달아난다. 하지만 무한정으로 즐길 수는 없다. 휴대폰 알람을 오후 일곱 시로 맞춰놓고 간이침대에 눕는다.

다리를 뻗고 기지개를 켰다. 뻑뻑한 눈을 비비며 하품도 했다. 오늘 일정을 다시 간추려봤다. 오후 일곱 시에 일어난다. 이것저것 준비해서 저녁 여덟 시에 방송 시작. 예행연습을 해보진 않았지만, 방송 분량이 30분 정도는 나올 것이다. 양치하고 아홉 시 반에 편의점으로 출근. 출근 전에 저녁은 뭐로 때울까?

고개가 나도 모르게 출입문 쪽으로 휙 돌아갔다. 딩동~ 하는 초인종 소리를 들은 것 같다. 아니, 딩~ 까지는 못 들었지만 도옹~ 하는 울림은 들은 것 같다. 숨을 멈추고 귀를 곤두세웠다. 도옹~ 하는 울림이 자꾸 귓전에 맴돈다. 진짜인지 착각인지 구분이 안 된다. 초음파보다 더 가냘픈 소리가 다시 고막을 건드린다. 인기척이다. 문을 두드릴까 말까 망설이는 그런 인기척. 벌떡 일어나 현관문을 열었다.

아무도 없다. 통로를 지나가는 사람도 없다. 헛웃음이 나온다. 컥컥 웃다가 뭐, 하긴…… 혼자 되뇌며 다시 자리에 누웠다.

하긴, 나였어도 떠났을 것이다. 취업준비만 사 년이었고 결국 제대로 된 직장을 얻지 못했으니 말이다.

난 알만한 회사만 골라 이력서를 넣었고, 세현이는 작은 병원의 간호조무사로 취직했었다. 7급 공무원으로 목표를 바꿀 때쯤, 세현이는 병원 가까운 곳에 원룸을 마련했다. 9급 공무원에 도전할 즈음엔 자연스럽게 세현이 원룸에 같이 지내게 되었다. 그리고 불과 보름 전, 세현이는 제 이름으로 계약된 원룸을 남겨놓고 나가 버렸다. 아, 제법 긴 여행을 떠날 텐데, 관리비 정도는 내가 감당할 수 있기를 바란다는 말도 남겼다.

잠을 잤는지 망상에 빠졌는지 모호한 중에 알람이 울린다. 간단히 세수하고 거울을 봤다. 나와 똑같이 생긴 놈이 물을 뚝뚝 흘리며 마주 보고 있다. 피둥피둥 살찐 저놈이 나와 닮았지만 나는 아닐 것이다. 괜한 적개심이 꿈틀거린다. 거울을 쏘아보니 놈은 더 매섭게 쏘아본다. 눈 밑은 어둡고, 흰자위에 자잘한 혈관이 붉거진 놈이다. 내가 눈을 돌리지 않는 이상 놈도 눈을 깔지 않을 것이다. 늘 변명만 늘어놓는 놈. 혀를 한번 차고 다시 머리를 감았다.

먼저 식용유부터 준비했다. 튀김 건지기, 나무젓가락, 버너에 장착할 부탄가스도 챙겼다. 시계를 보니 벌써 여덟 시가 넘었다. 컴퓨터를 부팅하고 웹캠을 점검했다. 방송 전에는 언제나 시간이 빨리 지나간다. 모니터에 비치는 얼굴을 잠깐 살펴보고 마이크도 확인했다. 이상 없음. 아, 중요한 것을 빠뜨렸다. 의자에서 일어나 창틀 아래에 놓여있던 플라스틱 상자를 들고 왔다. 딱 맞는 게 없어서 뚜껑을 적당히 개조한 통이다. 전체가 투명한 재질이 아닌 게 좀 아쉽다.

속으로 숫자를 세고 방송 시작 버튼을 클릭했다. 모니터에 비치는 내 얼굴을 힐끗 확인하고 커서를 드래그해 오른쪽 대화창을 확대한다. 반 모금의 숨과 함께 앵무새처럼 되뇌었던 멘트를 날려준다.

"안녕하십니까. 아닥테의 기니피그. 여러분의 동국, 동국, 우동국이 인사드립니다."

대화창에 아이디가 하나 떠오르더니 주르륵 위로 올라간다.

굴렁팩8989ghj : 1빠

와꾸대장yui0323 : ㅎㅇ 마루타

아딕pddkekrpd34 : 아가리 닥치고 테스트!!!!

버블파이터sungjin9712 : 책상 위에 저거 뭐야.

까루까루karukaru18 : ㄱㄱ

멋진 광경이다. 입실하기 위해 기다리고 있었다는 뜻이다. 아저씨도 있고, 중학생도 있다. 상관없다. 내 방에 들어와 별풍선만 준다면 모두가 형님들이다.

사실 일 년 전만해도 인터넷 개인방송이 뭔지 몰랐다. 물론, 들어보기는 했다. 그저 자기 위로를 위해, 혹은 여자가 아슬아슬하게 옷을 벗으며 단돈 몇백 원의 사이버머니를 받는 그런 곳인 줄 알았다. 그런데 그게 엄청나게 돈이 된다고 했다. 수천만 원은 쉽게 번다고 했다.

나도 옷 벗을까? 세현이가 벗는 시늉을 해 보였고, 우린 키득거리며 웃었다. 웃기는 같이 웃었는데, 난 속이 메스꺼웠다. 내가 돈 한 푼 못 버는 취업준비생이라 그럴지도 모른다. 솔직히, 할 수만 있다면 내가 홀라당 옷을 벗어 보이고 싶었다.

세현이는 별별 종류의 개인방송이 있다고 했다. 게임하는 방송, 혼자서 배 터지도록 음식만 먹는 방송, 팬티 굴러다니는 방을 그냥 보여주는 방송. 어디서 그런 걸 봤는지는 모르겠다.

고등학교 친구 중에 몸매는 우등하고 성적은 겸손했던 애가 있었는데, 동창 결혼식에 얼굴을 싹 뜯어고쳐 나타난 거야. 몰랐는데, 걔 꽤 유명하더라. 신랑 친구들까지 알아보고 껄떡대더라. 우와 세상에 그렇게도 돈을 버는구나.

진심으로 감탄했었다. 돈을 많이 번다는 것보다도, 그토록 많은 사람이 남을 구경하고 있다는 사실이 놀라웠다. 아무 상관 없는 사람이 밥 먹고 게임하고 노는 모습을 돈까지 쥐가며 구경하고 있다니? 처음에는 그게 그렇게나 신기했었다.

"자, 오늘은 예고한 대로 바퀴벌레입니다."

시작하자마자 오늘의 이벤트를 강조했다. 나는 아직 초보에 불과하다. 자극적인 방송은 널려있고, 구경꾼은 엿장수보다 더 변덕스럽다. 열 명이 우르르 들어왔다가 순식간에 빠져나가기도 한다. 나는 대화창을 흘낏대며 모니터에 잘 비치도록 플라스틱 통을 당겼다.

"사실 이놈들 모으느라 고생했습니다. 이젠 요령이 생겨서 한 번에 네댓 마리는 잡습니다. 에~ 대략 백 마리는 되겠는데 모두 잘 살아있네요."

모니터 앞에 부착된 웹캠을 떼어내 통 안을 비춰줬다. 화면에 크고 작은 바퀴벌레가 우글거린다. 오른쪽 대화창에 댓글들이 주르륵 올라간다.

무르팍사골mlpsg241 : 으악?

와꾸대장yui0323 : 캬아!!!!

아닥pddkekrpd34 : ㅋㅋㅋㅋㅋㅋㅋㅋ

버블파이터sungjin9712 : 오우 먹음직스러운데?

까루까루karukaru18 : 아 시팔. 깜딱이야!

계정삭제0816smme : 어쩔

"계정삭제님 어서 오세요. 에, 또…… 무르팍사골님, 암거나님, 릿백도님, 끝판왕님, 반갑습니다. 와우…… 지누팁님 별풍선 감사합니다."

반응이 의외로 괜찮다. 처음 보는 아이디도 제법 눈에 띈다. 인터넷 방송 석 달이면 성패를 가늠할 수 있다는데, 최소한 실패는 아닌 것 같다. 삼 년은 기본으로 투자해야 한다는 공무원에 비하면 훨씬 괜찮다.

그렇다고 여기까지 쉽게 온 것은 절대 아니다. 첫 방송 땐 한 명도 없었다. 두 번째, 세 번째에도 마찬가지였다. 인터넷에 떠도는 초보자를 위한 강좌를 보고서야 알았다. 입실자 수가 0으로 표시된 방송에는 아무도 들어오지 않는다는 것. 나라도 들어가지 않을 방송을 혼자 하고 있었음을 뒤늦게 배웠다.

네 번째부터는 친구 아이디를 이용해 다섯 명을 채워 시작했다. 세현이에게도 부탁했는데 절대로 하지 않겠다고 했다. 도와

주는 것은 물론이며 내가 이런 방송을 하는 것 자체를 싫어했다. 내가 카메라를 향해 형님들, 인간 모르모트가 바로 여기에 있습니다. 라고 말할 땐 오빠, 도대체 왜 그래? 하고 화를 냈다. 나도 할 말은 있었다. 직장생활 시작하면서 맡겨만 주시면 최선을 다하겠습니다. 라고 말하는 거랑 뭐가 다른데? 세현이는 완전 다르다고 우겼고. 그걸로 우린 자주 싸웠다.

"자, 이제 본격적으로 요리를 시작하겠습니다. 본연의 맛을 즐기기 위해선 생으로 먹어야 하겠지만, 여러분도 아시다시피 기생충 문제가 있습니다. 그래서 살짝 소금 간을 한 튀김으로 하겠습니다. 그전에 이놈들을 죽여야겠죠."

나는 바퀴벌레가 든 상자 안으로 헤어드라이어를 작동시켰다. 입구를 막아놓은 스타킹 망을 통해 뜨거운 바람이 들어갔다. 놈들도 바람에 쓸려 휘돈다. 하지만 기대만치 쉽게 죽지 않는다. 이리저리 휩쓸리면서 끊임없이 버둥거린다. 버둥거리며 어딘가를 붙잡으려 한다.

모니터를 확인해 봤다. 헤어드라이어를 들고 엉거주춤 내려보고 있는 얼굴이 보인다. 댓글도 조용하다. 키보드에서 손을 떼고 내 행동 하나하나를 지켜보고 있는 것이다. 공연히 조급해졌다. 얼른 버너를 켜고 기름 두른 프라이팬을 올렸다.

"살아있는 걸 요리하려니 시간이 더 걸리는군요."

나무젓가락으로 비실거리는 놈을 집었다. 더듬이는 휘휘 움직이고 여섯 개 다리는 여전히 허우적댄다. 놈을 웹캠 가까이에 댔다. 화면에 시커먼 것이 어른거린다. 초점을 맞추고 다시 모니터를 확인했다. 댓글이 우르르 올라온다. 대부분 욕설이다. 확대해서 보니 소름 끼치고, 더럽고, 징그럽다고 한다. 이럴 때는 같이 욕하며 장단을 맞춰줘야 한다.

"바퀴벌레의 위엄. 지립니다. 아, 씨발, 졸라 맛있겠네."

버둥거리는 놈을 뜨거운 기름 속에 푹 담갔다가 꺼냈다. 나머지 놈들도 꺼내서 똑같이 숨통을 끊어줬다. 바퀴벌레는 여섯 개 다리를 몸통 쪽으로 고이 접어 자신이 완전히 죽었음을 알려줬다.

튀김 망에 담긴 바퀴벌레가 제법 그득했다. 이후부터는 모든 것이 순조로웠다. 튀김 망을 기름 속에 담그니 진짜 튀김처럼 부글부글 끓는다. 끄집어내어 탈탈 흔들자 과자처럼 바스락거린다. 로봇 팔처럼 접혔던 다리도 뚝뚝 떨어진다. 그 모든 것들을 놓치지 않고 화면에 담았다. 반응이 좋을수록 댓글은 달아오른다. ㅋㅋㅋ, ㄱㄱ, ㅎㄹ, ㅎㄲㅈ, ㅇㅅ. 글자로 완성되지도 못한 자음들이 잔뜩 흥분한 채로 대화창을 밀어 올린다.

"자, 이제 본격적으로 먹어보겠습니다."

바퀴벌레를 입안으로 넣으며 모니터를 확인했다. 댓글들이 주르르 올라온다. 우무적우무적 씹다가 입안의 것을 보여줬다. 댓글들이 비명을 지른다. 나도 비명을 지르고 싶다. 하지만 내가 흥분해서는 안 될 일이다. 천천히 씹으며 댓글 중 하나를 읽어줬다.

"아, 암거나님, 바퀴벌레가 불쌍하다고 합니다. 저번에 개미 먹을 때 잔인하다고 하셨던 분으로 기억되는데, 하하, 마음이 비단결이시군요. 그런데 어쩝니까? 우리가 먹은 것 중에 살아있지 않았던 것은 없었답니다. 와꾸짱님 별풍선 감사합니다. 살아있다면 둘 중의 하나입니다. 먹느냐 먹히느냐. 다행히 오늘은 제가 먹고 있네요."

뭔가를 계속 보여주고, 더 말해야 한다. 두세 마리를 한 번에 털어 넣고 와사삭 부서지는 소리를 들려줬다. 짓이겨지는 소리, 접혔던 다리가 바스러지는 소리가 마이크로 전달된다. 댓글에서 더럽다는 말이 나오기 시작한다. 주어가 없던 욕설이 이제 나를 향한다. 희한하게도 별풍선은 이때 가장 많이 쏟아진다. 백 원짜리 별풍선이 클릭, 클릭, 배설되어 내 얼굴에, 내 입술에 뿌려진다.

"까루까루님, 무르팍사골님. 별풍선 감사합니다."

방송은 성공적이었다. 어쩌면 예고 동영상을 유튜브에 올려서인지도 모른다. 문제는 내가 그만 흥분해버리고 말았다는 것이다. 입소문 타기 시작하는 이 상승세를 성공적으로 살리고 싶었다. 방송 말미에 나는 그만 불쑥 뱉고 말았다. 계획에 없던 멘트였다.

"자자, 이 분위기 이어갑니다. 다음 아닥테는 바로바로, 말벌입니다. 먹는 거 아닙니다. 말벌에 쏘이면 어떻게 될까? 아가리

닥치고 테스트! 자, 내일 바로 이 시간입니다."

언젠가 세현이가 물은 적이 있었다. 오빠. 아주 꽉 막힌 상자
가 있는데 말이야. 그 상자엔 한 시간 후에 확률 50%로 터질 독
가스 장치가 되어있대. 그리고 상자 속엔 고양이도 들어있어. 한
시간 후에 상자 속 고양이는 어떻게 되었을까?

워낙에 쓸데없는 소리 잘하는 세현인지라 나는 쉽게 대답했었
다. 어찌 되기는, 죽었거나 살았거나 둘 중에 하나지. 아니지. 한
시간이면 그 좁은 상자에서 답답해서 죽었겠네. 틀림없네.

세현이는 웃지 않았다. 틀렸어. 고양이는 죽은 것도 살아있는
것도 아니래. 고양이 생사는 누군가가 그 상자를 열어보는 순간
에 결정된 데. 살아있거나, 혹은 죽었거나…… 누군가의 시선에
의해 삶과 죽음이 결정된다는 말, 오빤 이해가 돼?

물론, 이해되지 않았다. 그런데, 이해되지 않던 그 말이 자꾸
만 생각난다. 세현이는 상자 속의 고양이라고 했다. 누가? 내가?
내 얼굴이 고양이상이야? 딴청 부려봤지만, 세현이는 작정한 듯
이 쏘아붙였다.

오빠도 그렇고, 나두 그렇고…… 우리 사는 게 왜 이리 자꾸
꼬여? 왜 하필 우리가 상자 안에 들어가 있는 거야? 세현이는 그
렇게 물으며 습기 찬 눈을 끔벅거렸고, 왜 스스로를 판정할 수 없
게 되었는지, 왜 남의 시선이 필요하게 되었는지 따지며 목소리
를 높였다. 그걸 왜 나한테 물어? 내가 할 수 있는 대답은 그것뿐

이었다.

왜 그랬는지 짐작은 하고 있었다. 세현이는 내가 개미 먹는 광경을 보고 기겁을 했었다. 세상에서 제일 더러운 포르노였어. 세현이는 혐오스럽게 말했고, 나도 기분이 상했다. 개미가 더러운 거야? 먹는 게 더러운 거야? 그래, 나도 남들처럼 고상하게 돈 벌고 싶어. 그렇게 고상하게 앉아있으면 누가 봐주나? 개인방송이 원래 그런 거잖아. 보여주고, 보는 거. 그렇다고 내가 남에게 피해 준 거 있어?

사실, 나도 부끄러웠다. 벌레 먹는 것이 부끄러운 게 아니라, 골방에 처박혀 남의 배설물이 되기 위해 골몰하고 있는 것이 부끄러웠다. 그래서 괴로웠다.

나는 정해진 시간 내에 통과하지 못한 부류였다. 힘들게 문 하나를 통과해봤자 그다음엔 더 좁은 문이 버티고 있었다. 좁아터진 문 앞엔 나와 똑같은 사람들이 싸움을 벌이고 있었다. 시간이 지나면 닫혀버릴 문이었다. 그렇다고 되돌아갈 수도 없었다. 갈 수만 있다면 열 번이라도 되돌아갔을 것이다.

세현이는 누군가가 문을 열어줄 때까지 기다리고 있을 사람이 아니었다. 그녀는 아예 문을 부수고 나갈 것이다. 아니면 대신 문 열어줄 사람을 찾아내든지…… 어쩌면 지금쯤, 상자에서 탈출했을지도 모른다. 어쨌거나 나는 세현이의 선택을 축복해줄 작정이다. 내가 할 수 있는 건 그것뿐이다.

방송을 끝내고 아홉 시 사십 분에야 편의점으로 출근했다. 시간이 이렇게나 흘렀는지 몰랐다. 덕분에 저녁도 먹지 못했다. 사실 배가 고프지 않았다.

바퀴벌레를 먹어서 일까? 그럴지도 모르지만 그건 인정하고 싶지 않다. 신경이 곤두선 탓이리라.

머릿속엔 온통 말벌에 쏘이는 방송 생각뿐이었다. 얼마나 아플까? 쇼크 증상은 없을까? 구급약을 준비해야 할까? 어떤 리액션을 날려야 사람들이 좋아할까? 이번 방송은 조회 수를 순식간에 올려줄 것이다. 제법 유명인이 될지도 모른다. 그렇다면, 그다음 방송은 더 자극적으로 준비해야 한다. 근데, 뭐로 하지? 번화가에서 홀딱 벗고 춤이라도 춰볼까?

퇴근해서 원룸에 들어오자마자 말벌에게 먹이를 줬다. 바퀴벌레는 슬러시 컵에 떨어지자마자 요란하게 돌아다닌다. 돌아다닐 뿐 아니라 아예 난동을 부린다. 말벌은 거들떠보지도 않았다. 바닥에 가만히 앉아 짧은 더듬이만 꼼지락거릴 뿐이다. 넌 아직 죽으면 안 돼. 내 말을 들었는지 주황색 아래턱이 까딱, 움직인다.

싱크대에 딸린 작은 서랍을 차례로 열었다. 한참을 뒤지고 나서야 깨달았다. 원룸에 설탕이 없구나. 다행히 오래된 커피믹스 하나를 찾을 수 있었다. 나는 커피믹스를 따서 설탕을 골라냈다. 커피와 크림이 조금 섞이는 건 어쩔 수 없었다.

뚜껑에 뚫어놓은 구멍을 통해 설탕물 몇 방울을 흘려 넣었다. 설탕물에 대한 반응은 바퀴벌레가 더 빨랐다. 긴 더듬이로 눈치를 보더니, 쪼르르 달려와 주둥이를 담근다. 야. 뭐하냐. 배고프지 않냐? 바퀴벌레가 다 먹어버리겠다. 슬러시 컵을 툭툭 치려던 손가락이 무뚝 멈췄다. 놈이 설탕물을 향해 엉기적엉기적 걸음을 옮기기 시작했다.

말벌이 설탕물 먹는 것을 보니 마음이 놓인다. 그래그래, 잘했어. 먹어야 살지. 넌 아직 가능성이 있다는 걸 잊지 마. 지금의 너를 있게 한 과거는 아직 결정되지 않은 거야. 상자를 열고 널 관측해주는 순간, 모든 것이 새롭게 결정될 거야. 과거부터 미래까지 말이야. 그러니까, 죽지 마. 내가 문을 열 때까지, 어떻게든 살아있어야 하는 거야. 알았지?

그렇게 웅얼거리다 공연히 목이 메어 말을 멈췄다. 입에 고인 침을 꿀꺽 삼키고 뿌예진 눈을 새삼 끔벅거렸다. 말벌이 갑자기 더듬이를 곧추세운다.

말벌이 그렇게 잽싸게 움직일 줄은 몰랐다. 폴짝 뛰어오른 말벌이 방심하고 있던 바퀴벌레를 한 번에 붙잡았다. 집게 같은 주둥이를 꺽쭉, 움직이자, 바퀴벌레 머리가 덜렁거린다. 순식간에 일어난 일이었다. 분풀이하듯 꺽꺽 씹더니 구석으로 휙 밀쳐버린다. 그리고는 주황색 줄무늬 엉덩이로 움쭉움쭉 숨을 골랐다.

"너도 화가 났구나?"

무섭기도 했지만, 왠지 안도감이 들었다. 계획했던 일이 계획대로 풀릴 것 같은 기분이다. 나는 알람 시간을 오후 일곱 시로 맞춰놓고 간이침대에 누웠다. 그리고 길게 숨을 내쉬었다.

잠을 잔 것 같지도 않은데 어김없이 알람이 울린다. 벌떡 일어나니 창밖이 어슴푸레하다. 하루쯤 잃어도 상관없을 하루가 또 시작된 것이다. 하지만, 세수를 마치고 예고한 방송시간이 다가올수록 유난히 머리가 맑아진다. 오늘만큼은, 잃어버리지 않을 하루를 만들 수 있을 것 같다.

일곱 시 반부터 초조하게 기다리다가 저녁 여덟 시 정각에 방송 버튼을 클릭했다.

"여러분 안녕하십니까. 아닥테의 모르모트. 여러분의 동국, 동국, 우동국이 인사드립니다."

멘트를 날리며 모니터를 확인했다. 일일이 호명하며 인사할 겨를도 없었다. 대화창이 주르륵 올라갔다. 주르르 올라가며 아드레날린을 심장에 죽죽 주입해준다. 내 이럴 줄 알았다니까. 펄떡대는 심장을 붙잡으며 눈에 띄는 대화명을 마구 주워섬겼다.

호명하는 대화명은 한 개의 가능성이었다. 그것으로 충분했다. 그 뒤에 숨은 별풍선은 나를 숨 쉬게 해 준다. 눈에 보이지 않는 것을 굳이 손으로 만져볼 필요는 없다. 나는 부지런히 호흡해서 이 상자 속에서 살아남을 것이다.

"이놈이 오늘의 주인공, 말벌입니다."

잘 비치도록 슬러시 컵을 카메라 렌즈 가까이에 댔다. 놈은 쇼맨십이 뭔지 아는 놈이었다. 카메라 초점이 맞춰지자마자 엉덩이를 씰룩대며 길쭉한 독침을 내보인다. 놈은 경기장에 막 소개된 투우사처럼 기염을 토했다. 벌떡 일어나 앞다리를 흔들고 날개를 망토처럼 흔들어 댄다. 놈이 투우사이면, 그럼 나는? 생각이 여기에 닿자마자 눌러뒀던 두려움이 목울대를 타고 올라온다. 그러나 이젠, 이 두려움도 좋은 구경거리가 될 것이다.

"여러분 보세요. 황소도 한 방에 쓰러뜨릴 독침입니다. 찔리면 어떻게 될까요? 죽을 만큼 아프겠죠? 데굴데굴 구를지도 모릅니다. 하지만 저는 쇼하지 않겠습니다. 딱, 아픈 만치! 정직하게 보여드리겠습니다."

나는 저들이 원하는 것을 알고 있다. 저들은 덜덜 떠는 모습을 원한다. 덜덜 떨다가 독침에 찔리고, 그 통증에 새된 비명을 지를수록 열광할 것이다. 이것이 흥행의 핵심이다.

미리 준비한 양파망에 말벌을 옮겨 넣을 땐 나도 느낄 수 있었다. 질러, 질러, 비명을 질러. 몸부림치는 모습을 보여줘. 콜로세움에 들어찬 수많은 눈알이 외쳐대는 함성이 손끝에 전해졌다. 떨리는 손끝이 카메라에 잡힐까 싶어 목소리를 더 높였다.

"자, 어느 부위로 할까요? 시크릿백도님. 가슴에 쏘이라 하셨는데 거긴, 야합니다. 하하. 너무 야해서 까딱하면 죽습니다. 하하…… 아, 모노붕가, 저글러끝판님, 별풍선 감사합니다."

말벌은 잔뜩 화가 나 있었다. 양파망이 날개를 옥죄고, 다리는 구멍 사이로 쑥쑥 빠졌다. 말벌이 할 수 있는 건 삐져나온 엉덩이 끝을 이리저리 휘두르는 것뿐이었다. 나는 양파망을 들어 카메라 가까이에 댔다. 말벌 엉덩이가 확대되어 밤톨만 하게 커 보인다.

"자, 이제 한 방 맞아 보겠습니다."

말벌 엉덩이를 손등에 갖다 대려다가 문득 깨달았다. 내 손등에 이렇게나 혈관이 많았나? 삐죽거리는 독침이 시퍼렇게 불거진 정맥 사이를 배회했다. 그러다가 어느 한 곳을 쿡 찔렀다.

"아핫!"

엄살 하나 없이 저절로 터져 나온 비명이었다. 손등을 살펴봤다. 보일락 말락 한 흔적뿐이다. 이걸 어떻게 전달해야 하나? 벌겋게 단 쇠 작살이 손등에 꽂힌 느낌이라 말할까? 손등을 망치로 때린 아픔이라 해야 하나? 길게 생각하지 못하고 그냥 비명을 질러줬다.

"흐아아……."

댓글도 뜨거웠다. 한 번 더! 한 번 더! 입술에, 눈탱이에, 심장에…… 나오는 대로 외치며 자음들을 뿌려댔다. 비명으론 부족한 걸까? 저들은 통통 부어오른 상처와 처절한 발버둥을 원한다. 그런데 상처 부위엔 피 한 방울 비치지 않았다.

나는 모니터에 비친 내 얼굴로 눈을 돌렸다. 카메라에 손등을 비추며 호들갑 떨던 남자도 나를 응시한다. 남자를 노려보며 물어봤다. 몇 번을 더 쏘여야 널 끄집어낼 수 있을까? 남자가 왼손으로 양파망을 들어 올리며 대답한다. 난 과거까지 바꿀 거야. 과거는 정해진 것이 아니잖아. 까짓것 몇 번을 쏘여도 상관없어. 모니터 속 남자가 헤실헤실 웃으며 말벌이 든 양파망을 오른팔에 갖다 댄다.

머리 위에 천둥이 치고 팔뚝에 벼락이 떨어진다. 별풍선이 우수수 쏟아진다. 모니터 남자와 더 많은 대화를 나누고 싶은데 말벌 떼가 몰려오는 것처럼 머릿속이 윙윙 울린다. 그 와중에도 익숙한 벨 소리는 들을 수 있었다.

"잠깐만요. 누가 왔나 본데요?"

오른쪽 다리로 중심을 잡고 귀를 기울였다. 분명히 딩동— 하는 벨 소리가 들렸다. 고개를 한껏 돌려 현관 쪽을 살펴봤다. 사방이 안개가 낀 것처럼 뿌옇다. 가슴이 답답하고 눈도 침침해진다. 손이 무거워져서 왼손을 올려봤다. 좁아진 시야로 손등이 보인다. 퉁퉁 부어올라 있다.

눈꺼풀에 힘을 주고 모니터를 노려봤다. 화면이 어룽어룽 보였다가 그마저 사라진다. 모니터가 사라지고, 컴퓨터도 사라진다. 회색으로 지워지더니 이내 새카매진다. 세상이 암흑으로 변해버렸다.

일어나려 했는데 다리에 힘이 들어가지 않았다. 쿵쿵쿵. 누군가가 현관문을 두드린다. 분명히 문을 두드리는 소리다. 마음이

다급해졌다. 몸을 비틀자 우당탕, 소리가 난다. 아마도 내가 바닥으로 넘어지는 소리일 것이다.

아픔 따위는 없었다. 이건 기회였다. 내가 문을 열어젖힐 수 있는 마지막 기회. 손을 버둥거리며 엉금엉금 기었다. 낡아빠진 내 운동화가 손에 만져진다. 그 운동화를 짚고 상체를 들어 올리려 몇 번이나 용을 썼다. 드디어 현관문의 둥근 손잡이가 손에 잡힌다. 그 차갑고 동글동글한 감촉에 그만 울음이 터져 나왔다. 그리고 손잡이를 힘껏 돌렸다.

조형물

여자를 처음 봤을 땐 난리도 아니었다. 때마침 용접 마스크를 벗고 물 마시는 중이었다. 젖은 머리카락을 삽삽한 바람결에 풀고, 한 모금 가득 머금은 물을 꿀꺽 삼키려다가 무심코 보고 말았다. 삼촌과 함께 등장한 그 여자는 얼음 위의 깃털같이 대문 안으로 들어서고 있었다.

여자가 현관 안으로 사라질 때까지 아마도 내 눈꺼풀은 한 번도 깜박이지 않았을 거다. 사레가 들려 콜록거릴 때도 눈만은 부릅뜨고 있었다. 그러니까 심장에 뭔가가 푹, 꽂혔다고 할까. 뜨끔하면서 숨이 턱 막히고 머릿속이 하얗게 탈색되는 증상. 그런 걸 처음으로 겪어봤다. 내 생전 그렇게 예쁜 여자는 처음 봤었다. 아니, 하영이는 사람이 아니었다. 아름다움. 그 자체였다.

요즘은 많이 나아졌다. 넋 놓고 보다가 간혹 용접봉에 데기는 하지만 처음처럼 숨 쉬는 걸 까먹을 정도까지는 아니다.

"납기가 일주일 남았다. 응?"

삼촌이다. 몇 마디를 더 한 것 같은데 뒤통수를 때리는 바람에 알아듣지 못했다.

"봐라. 비드 튀었잖아. 여기, 여기, 전부 그라인더 작업이다."

삼촌이 머리카락을 모아 머리끈으로 묶는다. 본격적으로 깰 참인가 보다. 파 뿌리 같은 걸 아무리 묶어봐야 머리 묶은 역전 노숙자로 바뀔 뿐이다. 삼촌은 그게 멋이란다. 멋도 모르는 내 안목으로 평가하자면 삼촌의 멋은 병맛이다.

받침대에 동그란 거, 모난 거, 길쭉한 거 갖다 붙이고 두어 발짝 물러서서 캬아, 이게 작품이요 하면 구경 온 사람들이 두말없이 사 갔다. 희한했다. 몇 마디 덧붙이기도 했다. 느낌이 오죠? 구구절절 설명이 필요하다면 그 작품은 위선입니다. 팔짱을 지른 채, 시선을 허공에다 놓고 툭툭 던지면 고객은 좀 깎읍시다. 하며 지갑을 뒤적인다. 하지만 삼촌은 할인된 예술품은 소장가치가 없다고 못을 박는다. 한마디로 예술가를 사칭한 사기꾼이 바로 삼촌이다.

용접기 끄고 그라인더를 집어 들었다. 그라인더 작업은 색다른 맛이 있어 좋다. 연마석 끝으로 튀는 불똥이 장난이 아니다.

용접 불꽃도 나쁘진 않지만 보안마스크 때문에 감흥이 별로고, 그라인더 불꽃이 진짜 볼 만하다.

그라인더 불똥을 일부러 삼촌 쪽으로 쏘아대며 그네 의자에 앉은 하영이를 훔쳐봤다. 하영이 얼굴이 살짝 찡그려져 있다. 시력 잃은 사람은 청력이 발달한다고 들었다. 쇳덩이 갈아대는 소리가 얼마나 거슬릴까. 근데 아무리 봐도 예쁘다. 수술 부기가 빠지니 찡그린 얼굴도 예쁘다.

삼촌이 하영이를 병원에 데려간다 했을 때, 눈을 고쳐주려는 줄 알았다. 며칠 뒤 하영이는 붕대를 칭칭 감은 채 돌아왔다. 눈만 빼놓고…… 난, 거참 얄궂다며 약봉지를 뒤적였고, 삼촌은 손가락 두 개를 구부려 내 눈에 쑤셔 박으려 했다. 니 눈 빼서 하영이 눈에 박아줄래? 천만에. 본능적으로 삼촌 손가락을 틀어잡았다.

하영이가 녹내장으로 시력을 잃었다는 건 알고 있었다. 처음 우리 집에 왔을 때 삼촌이 그랬다. 아, 우리 집이 아니라 삼촌 집이지. 아무튼, 삼촌 해명은 간단했다. 급성 녹내장은 못 고쳐. 대신, 얼굴을 더 예쁘게 고쳐줬지. 책상에 걸터앉은 삼촌은 너한테 이런 말을 왜 하는지 모르겠다며 귓밥을 파내고 후, 불었었다.

성형에 환장하는 여자가 널렸다는데, 공짜로 예쁘게 만들어준 걸 누가 마다할까. 그런가 보다 하며 연마 숫돌 갈아 끼우다 생각해보니 이상했다. 두 번, 세 번, 돈 들여 성형수술 시켜주는 삼촌도 미쳤고, 제 얼굴을 보지도 못하면서 수술대에 눕는 하영이도 정상이 아니다.

둘 다 정상은 아닌데 확실히 맛이 간 인간은 삼촌이다. 딸처럼 들여온 양녀도 아니고, 앞으로 결혼해 알콩달콩 살겠다는 낌새도 없었다. 작업장에 데리고 온 지 얼마 되지 않아 대놓고 물어본 적 있었다. 지저분한 오십 대와 갓 이십 대에 오른 여자와 무슨 관계냐고 묻는 것 자체가 우스웠지만, 아무튼 물어봤었다.

"삼촌! 저 여자랑 결혼할 거요?"

"내가 미친놈으로 보이냐?"

"그럼 내가 꼬셔도 되죠?"

삼촌은 입아귀 한쪽을 일그러뜨려 픽, 웃고 대꾸도 하지 않았다. 그때까지만 해도 삼촌이 내 뒤통수로 박수 치는 버릇이 생기기 전이었고, 나는 엄청나게 예쁜 여자와의 인연을 기막힌 운명의 장난으로 믿었다. 그녀가 앞을 볼 수 있든 없든 아무 상관 없었다.

근데, 늦은 밤에 삼촌이 하영이 방에 기어들어 가는 걸 목격한 후론 생각을 달리하지 않을 수 없었다. 삼촌은 확실히 미친놈이며 짐승만도 못한 사기꾼이라는 것을 새삼 깨달았다. 더불어, 돈 좀 만지는 삼촌에 빌붙어 사는 내 신세도 절감했다. 그렇다고 하영이를 포기할 생각은 전혀 없었다.

인터넷으로 영화 관람권을 예매했었다. 대사 많고 음악 좋은 거로. 삼촌이 개량 한복을 빼입고 박태원 사장 만나러 간 어제, 난 용기를 내어 하영이 어깨를 툭 건드렸다. 하영이는 말간 눈동자로 나를 봤다. 희한하게, 마주 보는 것만으로도 내 혀는 번데기처럼 오그라들었다.

"아, 내…… 내일 바람 쐬러 가…… 갈래?"

"바람 쐬러?"

하영이가 내 얼굴 너머로 몽롱한 시선을 던지며 되물었다. 말문이 턱 막혔다. 아, 진짜. 내가 생각해도 한심했다. 바람을 왜 맞아? 정말 찌질하다. 원래 내 방식은 여자 얼굴 틀어잡고, 시팔, 오늘 한번 할래? 였다.

근데 하영이가 웃었다. 뜻밖에도 영화가 보고 싶다고 했다. 니가 어떻게 보려고? 단박 떠오른 의문을 얼른 덮었다. 일주일 남은 납기도 떠올랐지만, 납기 걱정은 원래 삼촌이 하는 거다.

영화관 입구에서부터 사람들이 쳐다봤다. 정확히 말하면 하영이를 쳐다봤다. 그래, 실컷 봐라. 어디 가서 이런 여자 구경하겠냐? 어떤 수컷은 날 죽일 듯이 노려본다. 왜? 뭐? 부럽냐? 짜식, 넌 진 거야. 내 왼팔에 찰싹 매달린 하영이는 발을 헛디디거나 비틀거리지도 않았다. 누가 봐도 완벽한 내 여자였다.

어두운 상영관에서 하영이는 눈을 크게 뜨고 영화를 봤다. 그러고 보니 좋은 게 하나 있다. 대놓고 하영이 얼굴을 빤히 쳐다볼 수 있다는 것. 하영이 눈동자에 스크린의 파란 하늘이 비쳤다. 여주인공이 울며 하소연할 때마다 살짝 벌어진 하영이 입술도 움찔거렸다.

난 입술을 훔치는 대신 손을 잡았다. 잡긴 잡았는데 손이 아니라 보드랍기 짝이 없는 발전기였다. 찌릿한 전류가 온몸을 지지고 볶았다. 특히 아랫도리는 심폐소생술로 새 생명을 얻은 것처럼 기뻐 날뛰었다. 그다지 기쁜 일이 아니어도 매번 성실하게 기뻐하는 놈이었다. 하영이 손을 이끌어 성실한 놈 위에 올려놓고 싶었다. 문제는 하영이가 너 참 기쁨이 많은 남자로구나 하며 칭찬해줄 리 없다는 사실이다. 그래서 내 손을 하영이 무릎 위에 슬그머니 올렸다.

하영이는 꼼짝도 하지 않고 스크린에 눈을 두고 있었다. 난 꼭 모인 허벅지를 보고, 또 투명하게 반짝이는 눈동자를 훔쳐봤다. 더한 짓도 할 수 있었는데, 더는 움직일 수 없었다. 진짜다. 시선을 스크린 쪽에 두고 피식 웃는 하영이 입술을 보곤 꼼짝할 수 없었다.

집으로 돌아가는 길엔 확실히 더 친해진 걸 느낄 수 있었다. 하영이는 버스에서 내려 걸어가는 동안 내 팔에 매달렸다. 부축받으려는 의도만이 아니라는 걸 충분히 눈치챌 수 있었다. 땅에 닿은 발바닥이 갈수록 둥둥 떠올랐다. 하영이의 나른한 웃음도 날 부추겼다. 그래서 덜컥 묻고 말았다.

"왜 하필 우리 삼촌이랑 살게 되었어?"

묻고 나서 지레 찔끔했는데 하영이는 똑같이 나른하게 웃었다.

"아저씨가 돌봐주시잖아요."

"널 돌봐줘서? 그뿐이야?"

하영이는 오히려 질문의 의도를 모르겠다는 듯이 어깨를 으쓱 올렸다. 조금 화가 났다. 바보냐? 시팔, 아무나 챙겨주기만 하면, 너 위에 올라타도 되는 거야? 물론, 내 목구멍에서 창자 쪽으로 뱉은 말이다.

"하영이는 절대 혼자가 아니야. 나도 널 돌볼 수 있어."

"오빠가? 오빠가 왜?"

팍, 김새는 느낌에 눈을 지그시 감았다가 천천히 다시 떴다.

"꼭 내가 아니더라도 너 챙겨줄 좋은 사람이 많다고. 어……
그거 알아? 너 진짜 예쁜 거."

"내가 예뻐요?"

"그래. 진짜 예뻐."

하영이가 고개 숙여 배시시 웃는다. 좋아하는 것 같았다. 우리 대화는 거기까지였다. 전봇대 앞에서 기다리고 있던 삼촌에 내가 멈칫했고, 그 김새에 하영이 입술도 닫혀버렸다.

"혼자 들어갈 수 있지? 발아래 조심하고."

삼촌 목소리는 참으로 다정한데, 눈은 이미 날 찢어발기고 있다. 삼촌 손가락이 작업장을 가리키며 까딱까딱한다. 하영이가

70

사라질 때까지 눈으로 바래다주던 그 온화한 표정은 간데없다. 엉거주춤 자세 잡고 미쳐 뱃가죽에 힘주기도 전에 어퍼컷이 날아왔다. 난 통쾌하게 비명 질러주며 자빠졌다.

"내가 하영이 건드리지 말라 했어? 안 했어?"

옆구리로 발길질 두어 번을 더 받아냈다. 보너스로. 오늘 하영이 다리 건드려봤으니 특별히 참아 준다.

태원빌딩 준공식은 삼촌의 조형물을 배경으로 거행되었다. 색줄을 잘라내는 박태원 사장 가위질에 맞춰 삼촌과 건설회사 직원 둘이 덮개 천과 연결된 줄을 잡아당겼다. 하얀 천이 속치마처럼 스르르 흘러내리고 사람들의 감탄이 터져 나온다. 나는 얼른 치맛자락을 둘둘 말았다. 사진을 찍는지 연거푸 섬광이 비친다.

꼬박 이틀간의 밤샘작업이었다. 그라인더, 사포작업, 그라인더, 광택작업. 개고생해가며 납품한 거라 조금 감회가 새롭다. 정문 출입문 옆에 턱 하니 앉은 작품을 보고 있자니 뭔가 그럴듯하기도 했다. 꽈배기처럼 꼬인 다섯 개 기둥이 커다란 접시를 관통하고, 스테인리스 재질 꽃잎이 접시를 겹겹이 감싼 모양. 삼촌은 뒷짐 지고 감상하던 직원에게 닭살 돋는 멘트를 날린다. 어때요. 생명력이 느껴지나요?

볼트 하나 꽂아놓고도 삶의 아픔이라 우기던 인간이 날 일으켜 세운다. 박태원 사장에게 소개해준다는 구실이고, 박태원 사장은 악수하며, 젊은 친구 재능이 어쩌고저쩌고 지껄인다. 근데 박 사장 눈알이 옆에 앉은 하영이를 더듬고 있다. 장차 작업실 물려받을 놈이라고 소개하는 삼촌 시선은 박 사장 눈알을 더듬고 있고.

박 사장이 아무리 특급 물주라고 해도 이런 영업방식은 아니다. 장차 작업실 물려받을 놈, 얼른 들어가 뒷정리하라는 지시는 수긍하겠는데, 하영이가 왜 박 사장과 저녁을 먹나?

하영이를 앞세워 수주받은 삼촌의 차기 작품은 여자의 전신상이었다. 박 사장 저택 정원에 놓아둘 것이랬다. 박 사장 진심은 자기 방에 하영이를 세워두고 싶었을 거다. 삼촌은 세상에서 제일 아름다운 여자 전신상을 만들어 주겠노라 큰소리쳤다고 했다.

"지금까지 만든 건 장난이나 다름없었지."

장난이 아니라 사기였다고 정정해주고 싶었지만, 삼촌은 흥분해 있었다.

"언젠가 꼭 해보고 싶었던 작품이야."

"고작 박 사장 집 정원에 놓일 건데요?"

"고작 이라니? 내가 그렇게 가르치든? 원래부터 예술은 예술을 이해하는 사람을 위한 것이야. 원래가 그래. 원래가."

어련하시겠나. 돈 주는 사람이 바로 예술을 이해하는 사람이지. 궁금하긴 했다. 이번엔 어떤 공식으로 작품을 만들 것인지.

삼촌은 늘 공식을 강조했다. 황금비율, 대칭과 균형, 피보나치 수열 따위를 들먹이는데 공고 중퇴하기 전까지의 내 기억을 탈탈 털어 봐도 들어본 단어는 대칭과 균형뿐이었다. 가로세로 길이는 5대8 비율, 기둥이 다섯 개면 보조레이스는 여덟 개, 오른쪽 꽃 방울 열세 개면 왼쪽 스물한 개. 이런 식이었다.

밥상머리에서 갑자기 문제를 내기도 했다. 사각 볼트 서른네 개로 욕망의 아쉬움을 표현하려 한다. 덧붙여야 할 너트 개수는? 못 들은 척했는데도 삼촌은 내 뒤통수로 박수치고 정답풀이까지 해줬다. 서른세 개. 왜냐하면, 하나가 모자라야 균형이 깨지니까. 알겠어? 예술가의 언어는 바로 과장이나 왜곡인 거야. 삼촌은 자기만 알아들을 말로 지껄이고 난 튀어나온 소시지를 입안으로 다시 쑤셔 넣었다.

스케치 작업은 더디게 진행됐다. 그동안 빈둥거릴 수 있어서 나는 좋았다. 삼촌은 하영이를 그림 속에 옮기려 애쓰고 있었다. 하얀 종이 위엔 미간 사이의 치수, 코의 길이, 얼굴 전체의 비율 따위가 깨알 크기로 표시되었다. 삼척 조선소에 있을 때 이런 것을 설계도라 불렀는데, 삼촌은 부득부득 밑그림이라고 우긴다. 근데 아무리 공들여 살펴봐도 하영이랑 닮지 않았다. 내 입으로 말해줄 필요도 없었다. 삼촌이 더 잘 알고 있었다. 삼촌은 그림을 족족 찢어댔고 모델로 앉은 하영이는 다리를 고쳐 앉으며 하품을 했다.

종이 찢는 작업을 일주일간 반복하던 삼촌이 드디어 술을 마섰다. 삼촌은 술만 먹으면 변했다. 누구처럼 주정 부리고 행패 부리는 것이 아니라 주책바가지 초딩으로 변한다. 히히 웃으며 내 뺨을 쓰다듬거나 감정이 격해지면 질질 짜며 했던 말을 또 했다.

"아름다움이 뭔지 알아? 그건 말이야. 시팔, 내가 가지지 못한 걸 말하는 거야. 그래서 끝내주게 아름답다고 하면 사람들은 존나 갖고 싶다고 달려드는 거지. 그런 건 잔기술로 충분해. 적확한 이론과 공식의 대입. 요만한 감수성만 표현되면 아, 예쁘다. 갖고 싶다. 그런 말이 저절로 나오게 되는 거야."

제 감수성이 손톱만큼도 없다는 걸 그렇게 길게 고백한다. 삼촌을 부축하여 작업실 의자에 앉혔다.

"근데 말이야. 상철아. 응? 상철아. 어이구, 이 새끼."

삼촌 혓바닥이 늘어지다 못해 뱅뱅 꼬이기 시작했다. 난 공구함에 숨겨둔 소주를 꺼냈다. 어중간히 취해 하영이 방으로 기어 들어 가기 전에 확실히 골로 보내야 했다.

"상철아. 하영이 예쁘지? 응? 걔는 진짜 작품이지?"

작품이면? 감상하지도 못하게 하면서 묻기는 왜 묻나. 소주 담긴 종이컵으로 삿대질했는데, 삼촌은 좋다고 넙죽 받아먹고 또 횡설수설한다.

"너 말이야. 이거 알아? 세상에서 제일로 아름답다는 눈, 코, 입을 다 갖다 모아도 우리 하영이처럼 예쁘게 안 나와. 완벽하게 예쁜 얼굴. 그게 바로 하영이야. 내 작품이다. 응?"

참다못해 한마디 했다.

"성형 수술한 의사 작품이지 어디 삼촌 작품이요?"

삼촌이 손바닥을 날렸고 난 여유 있게 피했다.

"아니지. 아니지. 밑그림이 중요해. 균형 잡힌 이목구비. 티 없는 피부. 눈매는 좀 더 앳되게. 볼은 이런 비율로 이런 대칭으로 만들어 주세요. 그러면 의사는 내 공식대로 째고 꿰매는 거야. 시키는 대로 용접하는 너처럼."

"그래서 결국 하영이가 삼촌 작품이었다? 야하, 삼촌 진짜……."

변태네. 라는 말은 차마 못 뱉고 소주만 연거푸 들이켰다. 개나 소나 껄떡대도록 예쁜 것은 사실이었으니까.

"맞지? 대단하지?"

대꾸해주기 싫어 붕어눈으로 끔벅여줬다. 당최 말이 먹히지 않을 눈알로…… 삼촌도 잠이 그득한 눈으로 세 번쯤 끔벅인다.

"하영이가 완벽한 작품인 이유가 뭔지 알아? 응? 상철아. 진짜 이유. 걔는 지 얼굴을 못 봐. 아무것도 못 봐. 진짜 완벽하지 않냐? 완벽해. 이거야말로 가장 완벽한 균형이자 여백이지. 그건 말이야……."

삼촌이 드디어 작업대에 이마를 박고 가래 끓는 소리를 흘리기 시작했다. 남은 소주를 입에 털어 넣고 자리에서 일어났다. 날씨가 풀렸으니 얼어 죽진 않을 것이다. 참참한 스테인리스 플랜

지를 베개 삼아 받쳐주고 조용히 작업실 문을 닫았다. 하영이가 아무리 무뎌빠져도 도다리처럼 입 돌아간 삼촌이랑 입맞춤할 비위는 없을 테지.

해 뜨자마자 삼촌 얼굴부터 살폈다. 입은 똑바로 붙어 있었다. 대신 눈곱만치 남아있던 인간성이 사라져버렸다. 눈곱만한 것이 없어졌는데 남은 건 똥개 한 마리였다. 삼촌은 똥 먹은 얼굴로 닥치는 대로 물어뜯었다.

목형이 나오고 황동주물이 입고될 땐 내가 알아서 피했다. 덕분에 나보다 더 눈치 없던 주물업자가 물어 뜯겼다. 삼촌은 주물에 기공이 생겼다며 욕했고, 주물업자는 돈 깎으려 괜한 트집 잡는다고 욕했다. 서로가 개새끼라고 삿대질하며 물어뜯었다. 동족상산이있다.

납품된 주물 조각을 짜 맞춰 용접하는 건 내 일이었고, 이젠 내가 물어뜯길 차례였다. 뼈대에 주물이 하나하나 붙여질 때마다 낯익은 형상이 나타났다. 삼촌이 멍하게 올려보다가 비슬비슬 웃는다. 나도 웃음이 나왔지만, 꾹 참았다. 영락없는 프랑켄슈타인이었다.

삼촌이 발광하기 전에 그라인더를 들고 설쳤다. 꿰맨 자국 같은 용접 비드를 깎고 또 깎았다. 깎아낼수록 조형물은 금빛이 났다. 삼촌은 아예 소리 내어 웃었다. 위험한 낌새를 감지한 나는 더욱 열심히 그라인더를 돌렸다. 사납던 웃음소리가 풍선에 바람

빠지듯 허우룩해져서 슬쩍 고개를 돌려봤다. 삼촌이 제 입술을 질겅질겅 씹으며 나가고 있었다.

내 이럴 줄 알았다. 무슨 용빼는 재주로 쳐다만 봐도 눈이 휘까닥 뒤집힐 여자 동상을 만들 것인가? 삼촌의 진정한 재주는, 몰랐소? 원래가 예술은 추상적이오. 툭 던지며 뻔뻔스럽게 계산서 내미는 것이다. 삼촌은 그걸 예술적 카리스마라고 했다. 어쨌거나, 내 손으로 하는 건 실패했지만, 삼촌이 박 사장에게 얻어맞아 입 돌아갈 확률은 더 커졌다.

오히려 찜찜한 건 삼촌과 하영이의 정기적인 외출이었다. 하영이를 빤히 쳐다보며 섬뜩하게 빛내던 삼촌 눈만큼 거슬리는 외출이었다. 두 사람이 외출하면 난 탕수육을 시켜 먹었다. 혼자서라면 끓이는 청승이 싫고, 시곗바늘 쳐다보며 초조해하는 나 자신도 싫었다.

탕수육을 꼭꼭 씹으며 떠오르는 대로 생각했다. 내가 하영이를 사랑하는 걸까? 잘 모르겠다. 근데, 왜 이렇게 가슴이 저며 오는지 모르겠다. 게다가 그간 혼자 했던 맹세들이 별안간 변변찮아지고, 단무지를 춘장에 비비고 있는 내가 한없이 한심스럽게 느껴졌다. 한심한 만치 삼촌도 증오스럽다.

처음 이 작업실에 왔을 때만 해도 삼촌은 멋진 사람이었다. 껌 좀 씹고 침 좀 뱉던 청소년 시절에 가출하여 당당히 대한민국 예술대전에 입상한, 콩가루 날리는 우리 집안의 입지적 인물이었

다. 아버지 유언에 따라 삼촌께 빌붙어 살러 왔다는 말에도 빙그
레 웃으며 내 머리를 쓰다듬었다. 검정고시 해서라도 고등학교는
마쳐라. 내 공식만 배우면 너도 공모전에 입상할 수 있다. 먹고
사는 데는 지장 없을 거다. 이렇게 격려해줬었다. 달랑, 삼촌 주
소 적힌 쪽지 한 장을 유산으로 남긴 아버지보다 훨씬 괜찮은 사
람이었다.

물론 착각이었다. 알면 알수록 정나미 떨어질 인간을 찾는다
면 바로 삼촌을 추천해주겠다. 이때는 이 말 하고 저 때는 저 말
하며 잡아떼고, 그도 안 되면 쌍욕으로 해결했다. 무엇보다 하영
이에 대한 어정쩡한 태도다. 딱 부러지게, 이 여자는 내 여자다.
눈독 들이지 마라. 이렇게 못 박았으면, 아무리 내가 못 배웠어도
똥오줌 구별을 못 할까. 뭐? 작품을 만들어? 그래서 자기 작품
품질검사를 그따위로 하나?

하영이 요년도 은근히 여우 짓이다. 순진한 건지 모자란 건지,
삼촌과의 외출을 넌지시 물었더니 아예 입맛을 다신다.

"맛난 것 사주든?"

"진짜 맛있었어요. 이름은 몰라요. 엄청 비쌀 것 같은데."

입맛을 다시는 눈꺼풀이 꿈꿀 때처럼 꿈틀거린다. 침에 젖은
입술이 더욱 붉어지고, 내 침도 꿀꺽 넘어간다. 저 도톰한 입술로
음식을 먹으면 얼마나 맛있을까.

"다음 주엔 더 근사한 곳에 데려가 주겠대요. 오빠도 같이 가

면 좋을 텐데. 박태원 사장님이랑 둘이서 먹으니까 좀 불편하기
도 하고……."

"뭐? 삼촌이랑 같이 안 있었어? 삼촌은 어디 가고?"

"몰라요. 차 태워주고, 다 먹고 나면 데리러 오고."

속에서 욱, 올라오는 것을 가까스로 참았다. 시팔, 변태 인간
이 포주 노릇까지 하는 게 분명했다.

"혹시, 박 사장이 이상한 짓 안 해?"

"그분 정말 친절하세요. 갖고 싶은 거 있으면 말해보라 하고,
취직도 시켜준다 하고."

"아예, 그 집에 살지 그랬어? 꾸질꾸질한 여기보다 낫잖아."

심사가 뒤틀려 나온 말인데, 하영이는 해맑게 되묻는다.

"아저씨도 그렇게 말하던데, 정말 그래 버릴까요?"

할 말이 없었다. 삼촌과 박 사장, 그리고 하영이까지 이미 작
당이 끝나 있었다.

완성된 조형물은 내가 보기엔 그냥 누렇게 번뜩이는 쇳덩이
였다.

"적절한 부조화. 또 다른 방식의 아름다움이지."

삼촌은 혼자 다짐하고 마지막 광택작업을 지시했다. 금요일
오후, 마침내 조각상이 납품되었다. 세척 공정을 하루 더 거친 하
영이는 토요일 오후에 뽀얀 옷으로 포장되어 납품되었다.

토요일 밤에 삼촌이 팔보채를 쐈다. 난 먹지 않았다. 대신 인터넷을 검색했다. 쥐도 새도 모르게 삼촌 죽이는 방법. 그러나 그따위 방법은 없었고, 너 죽고 나 죽자 하는 방법은 수두룩했다. 나까지 죽을 정도는 아니어서 그냥 술만 마셨다. 쥐도 새도 모르게 죽을 뻔했던 삼촌도 술을 마셨다. 난 패악을 부렸고 삼촌은 초딩처럼 주책을 부렸다.

"다 그런 거야. 원래가 그런 거야. 원래가."

"뭐가? 하영이가요? 어우, 씨팔, 이번에 작품 팔아 돈 많이 벌었겠네?

초딩이 이단옆차기로 날아왔고, 이번엔 발을 붙잡아 확 던져버렸다. 하지만 내 의도와 달리 내 몸도 같이 던져지고 말았다. 아무리 술에 취했어도 힘은 초딩이 아니라는 걸 깜박했다. 젊은 시절 침 좀 뱉었던 삼촌이 내 위에 올라탔다.

"니도 사내새끼라고 욕심이 나든? 응?"

실핏줄 터진 삼촌 눈알이 내 이마에 묻을 듯 튀어나왔다. 나도 뭔가 되쏘아 주고 싶은데 입만 딱딱 벌어지고 밖으로 튀어나오질 않았다. 그냥 찌륵, 찌르르 풀벌레 소리만 들렸다.

지겨운 날을 낱낱이 까발리자면 끝이 없고, 그렇다고 나한테 까탈 부릴 수도 없었다. 아주 언짢은 나날들이었다. 낮에는 머릿속이 횅했다. 밤이 되면 축축하게 덮쳐오는 어떤 충동이 내 몸을 닦달했다. 입을 바싹바싹 마르게 했던 그 여자가 떠오를 때마다 욕설을 퍼부었다. 한마디로 지랄 같은 날의 연속이었다.

입맛마저 떨어져 컵라면으로 한 끼 때우던 날이었다. 건더기 대충 건져 먹고 국물을 마당에 찔드럭 버리는 찰나, 몸이 딱 얼어붙었다. 아니, 돌덩이처럼 몸뚱이가 굳어버리고 눈동자만 빙그르르 돌아갔다.

하영이가 그 보들보들하고 애간장 녹이는 얼굴로 마당을 가로지르고 있었다. 갑자기 세상이 환해지고, 형용할 수 없는 광채가 시야를 가득 메웠다. 한편으로 난감했다. 이게 누구야? 하며 와락 껴안을 수도 없고, 하영이 왔어? 하고 뱃가죽 긁으며 서 있기에도 이상했다. 결국, 하영이 손을 잡은 삼촌 엉덩이에 따라붙었다. 미리 귀띔이라도 해주지. 삼촌이 본디 그런 사람 아니라는 건 알고 있었는데, 어른이 참 생뚱맞다. 난 삼촌 눈꼬리가 점점 올라가는 것도 못 보고 입을 토끼 주둥이처럼 벌룽벌룽하며 휘파람을 불었다.

하영이는 딴사람이 되어있었다. 강아지마냥 바장이는 내 기척을 향해서도 아무 반응이 없었다. 뭐든 첫 마디 건네기가 힘든 법이다. 난 무슨 말을 꺼낼까 머리를 박박 굴렸다.

"잘 왔어."

하영이는 여전히 말이 없다. 순간, 간살맞은 내 혓바닥이 발작을 해버렸다.

"그 새끼 처음 봤을 때 딱 알아봤어. 단물만 쪽쪽 빨아먹는 놈이라……."

"그래서, 속 시원해요?"

침묵 끝에 나온 하영이 대꾸는 깨진 얼음조각보다 더 차가웠다. 주책바가지 내 주둥이를 콱 쥐어박고 싶었다.

심정이 상해 애먼 쇳덩이만 그라인더로 갈아대던 차에, 눈이 번쩍 뜨일 놈이 나타났다. 박태원 사장이었다. 겸연쩍은 표정의 박 사장은 발바닥보다 두꺼운 이마의 땀을 닦았다. 안 봐도 뻔한 사정이었다. 하영이를 돌려주든지, 먹은 돈 게워내라는 것일 것이다. 삼촌이 어떤 사람인지 박 사장이 몰라도 한참 모른다. 삼촌은 판돈 싹쓸이한 노름꾼 표정으로 고개를 저었다.

"믿고 애를 맡겼는데, 이게 뭡니까?"

"에이, 이 사람. 내가 얼마나 잘해줬는데?"

"모를 줄 아십니까?"

"허어, 알 만한 사람이 또 그러네."

"됐습니다. 됐으니, 그만 돌아가세요. 이것만 아세요. 하영이 같은 애는 세상에 또 없습니다."

카멜레온 메뚜기 삼킨 얼굴로 이마를 긁던 박 사장이 외려 뿔끄덕 소리를 지른다.

"그래, 예쁘긴 예쁘더라. 근데, 딱, 보름 지나니 그냥 수수떡이야. 수수떡. 무슨 말인지 알아? 응? 그냥 앙꼬 없는 떡. 겉보기엔 번지르르한데 씹으니 터벅터벅해."

"그만하시죠."

"아니, 세상 이치가 그렇잖나? 떡이란 게 맨입으로 먹고, 꿀도 발라 먹고, 의좋게 나눠 먹기도 하는 거지."

"돌아가세요."

착 깔린 목소리는 삼촌이 얼마나 인내하고 있는지, 불거진 턱을 보지 않아도 알 수 있었다.

"좋아, 정 그러면 우리 깔끔하게 정리하자고. 일단, 우리 집 마당에 그 거지 같은 물건부터 치워주고."

낯짝 없이 쏟아놓은 박 사장 말을 대충 주워 보면 이랬다. 하영이를 온몸으로 감상했는데, 몇 날밤 혼자 감상해보니 좀 심드렁해지더라. 그래서 자랑도 할 겸 친구들을 불러 파티를 했다. 그중에 별난 놈이 하나 끼어있었는데, 그 친구 놈이 특히 탐을 내더라. 요즘 예쁜 것이 널렸는데, 특별하지 않으면 눈에 띄지도 않는 세상 아닌가. 기분이 좋아서 친구 놈 뻑적지근한 장난을 모른 척해줬다. 하영이가 좀 놀랜 것 같긴 하다. 한데, 얼굴만 예뻤지 별거 없는 여자더라. 요따위였다.

물론 거지같은 물건 치워주지 않을 것이고 얹어준 돈 정산해주지도 않을 것이다. 삼촌이 어떤 사람인데? 보나 마나 시청에서 발주한 조형물 설치비 부풀려준 일 들먹이며 흥정할 것이다. 구린 것 긁어내면 비료공장 차릴 박 사장인데 두말하면 잔소리다.

하영이가 오랜만에 밖으로 나왔다. 햇볕을 쬐듯, 먼바다를 바라보듯 몽롱한 시선으로 그네 의자에 앉아 있다. 이상하게도 난 하영이가 그네 의자에 앉아 있을 땐 말을 걸기 어려웠다. 아름다운 풍경을 감히 훼방 놓을 수 없다는 느낌 때문이다. 난 그저 애간장 녹이며 하영이 얼굴만 쳐다봤다.

"어! 나비네?"

말 붙일 거리가 생겨 나비가 고마울 지경이다. 나도 처음에는 나비인 줄 몰랐다. 원래 옷 무늬가 그런 줄 알았다. 하영이는 그 것도 모르고 멀리 바다 쪽에 시선을 던져놓고 있었다.

"니 왼쪽 어깨에 붙어 있다."

그제야 이쪽으로 고개를 돌린다. 하영이가 몸을 움직이니 나비도 움찔 날개를 떤다. 그래도 날아가지 않고 용케 붙어 있다.

"어마, 어떡해. 진짜예요?"

"날개에 땡땡이 무늬 박힌 나비다."

"물방울무늬?"

"아니, 눈동자처럼 생긴 거. 그거 보호 무늬다. 근데, 하필이면 둥글둥글한 눈알을 흉내 냈을까?"

아는 척도 하고 싶었고, 그 구실로 하영이에게 좀 더 가까이 다가가고 싶었다.

"예쁘겠다. 아직 있어요?"

하영이는 왼쪽 어깨를 뻣뻣하게 움직였다.

"예쁘긴 개뿔. 자연적으로 생긴 건 예쁜 게 아니래. 나비든 뭐든…… 진짜 예쁜 건 사람이 만든 거라더라."

"치! 그런 말이 어디 있어요? 나비 예쁘잖아요. 바다도 예쁘고 산도 예쁘고……."

"바다, 산? 그런 건 예쁘다고 말할 수 없는 것이래. 아름답기 위해 생겨난 게 아니고, 자연은 그냥…… 헌법 같은 거래."

까놓고 말해서, 삼촌이 흘린 말 몇 마디를 써먹었다. 결과적으로 유치한 수작이었다. 하영이 입가에 쓴웃음이 비치고 우리대화는 단박 끝나버렸다.

그러잖아도 떨떠름한 차에 웬 허여멀끔한 놈 하나가 주춤주춤 다가와 신경을 건드렸다. 낯선 기척에 하영이도 고개를 갸우뚱 돌린다. 정말 귀찮아 죽을 지경이다. 동네마다 츱츱한 놈 한둘은 있기 마련이고, 그동안 작신작신 밟아 쫓아버린 놈이 몇이던가.

한눈에 봐도 이 부근 놈팡이는 아니었다. 번드레한 외제차, 그것도 배때기를 바닥에 납작하게 붙인 차를 몰고 온 놈이 하영이에게 아는 체를 했다. 보나 마나 박 사장 동네에서 묻어온 놈이겠지. 그놈이 대놓고 치근대고 있었다. 버젓이 내가 옆에 서 있는데도 말이다. 일본에 가면 모델 데뷔가 어떻고 전속계약이 어떻고 하며 하영이 귀에 입김을 불어 넣는다.

잠시 정신 줄을 놓고 말았다. 덤덤하게 듣고 있는 하영이 때문이다. 모델은 무슨, 홀딱 벗은 사진이나 찍게 될 것이라 되받

아칠 수 없어 화가 났고, 그 꼬드김에 솔깃한 표정을 보니 더더욱 그랬다.

다리 한 짝을 들어 칙살맞은 놈의 차 보닛을 내려찍었다. 그게 내 스타일이다. 멱살 잡고 드라이버 쑤셔 박을 시늉으로 튕겨주는 것. 내가 예상치 못한 건 놈의 동작이 미꾸라지처럼 빨랐다는 것이다. 내 손을 빠져나간 놈이 잽싸게 차 안으로 들어가 문을 잠그더니 어디론가 전화를 했다. 삼십분 후, 난 경찰차에 실려 가서 낯익은 장소에 부려졌다. 진술서 두어 장을 써내고 돌아왔을 때, 이미 하영이는 없었다.

삼촌은 작업실에 늑줄을 놓고 앉아 밑그림을 그리고 있었다. 하영이가 사라진 것에 대해 따져 물었다. 그러나 허벅허벅 웃으며 고개만 가로저을 뿐이었다. 나는 내 손가락을 왁살스럽게 꺾으며 언성을 높였다.

"씨팔, 말 안 해도 다 안다고……."

"니가 뭘 안다고 그래?"

걷어찰 만한 물건을 찾아 눈알을 뛰룩거리다가 멈칫했다. 듣고 보니 맞는 말이다. 하영이가 어디서 왔는지, 원하는 게 뭐였는지 아는 게 하나도 없었다. 하영이도 마찬가지다. 보지도 못하는 그녀가 나를 제대로 날 알고나 있었을까. 그런데도 나는 그저 하영이 얼굴을 더듬고 또 더듬었다.

한탄 같은 의문이 줄달아 떠오른다. 그래도 나를 조금은 좋아하지 않았을까? 그녀는 정말 잘해준다는 사람만 쫓아가는 속물이었을까. 아니면 누구에게도 소유되지 않으려고 떠나버린 걸까.

하영이를 떠올리며 눈을 비벼댈수록 내가 초라하게 느껴진다. 그녀로 인해 들끓었던 갈망을, 극장에서 훔쳐본 파란 눈동자 아래에서 저지른 내 노골적인 주접을 들켜버렸다는 생각이었다. 어쩌면 내 주접에 정나미가 떨어졌는지도 모른다.

공연히 오기가 돋는다. 난 흑심을 품은 것이 아니다. 나는 삼촌이랑 박 사장과는 다른 놈이다. 내 것이 아니라도, 기꺼이 그녀를 그리워해 줄 수 있다. 욕심만 채울 여자라면 지금이라도 구할 수 있다.

오늘 밤 시내 번듯한 술집에 들어가 질펀하게 마실 테다. 클럽에 들어가 여자도 꼬드길 것이다. 시팔, 나랑 한번 할래? 이게 원래 내 스타일이다. 열 번에 한번은 성공한다. 우선 쌈박한 옷. 내 방에 들어가 옷부터 갈아입어야겠다.

삼촌은, 그리다 실패한 밑그림을 쳐다보며 주절주절 품평하고 있다. 어림없는 그림이다. 하나도 닮지 않았다. 손에 쥐고, 뱃속에 쟁여두는 사람은 절대 이해 못 한다. 그러니 나는 하영이가 세상에서 제일로 아름다운 여자라고 말할 수 있다. 그녀는 온전히 예뻐지기 위해 더 예뻐진 여자이니까.

모든 곳에 언제나

먹혀버렸다. 식도, 위, 십이지장과 대장을 거치는 동안 완벽하게 흡수되었고 하루 만에 그의 몸 일부로 자리 잡게 되었다. 먹혀서 바뀐 것이니 순순히 받아들였다. 누구든 남을 먹으며 살아가고 있으니 말이다.

아무렇지 않다면 거짓말이다. '그'를 나로 받아들인다는 것은 시간 속에서 현재를 골라내는 것만치 헷갈리는 일이다. 기껏해야 '나'밖에 겪어본 적 없고, 과거밖에 기억할 줄 모르는 나로서는 더 더욱 어렵다.

이뿐만이 아니다. 난 원래 여자였다. 그것도 스물네 살 생일을 한 달 앞둔, 남자 손님이 날린 하트를 쿨하게 받아주던 마트계산원이었다. 그런데 먹혀버렸다. 정신 차려보니 나는 이미 그가 되어있었다.

몸이 달라져 불편한 건 없었다. '그' 속엔 수없이 많은 '나'들이 득실거리고 있었다. 명색이 '나'들인데, 새삼 인사 나누기도 그렇고, 모른 척 앉아 있자니 정말로 내게는 눈길조차 주지 않았다.

그는 바코드 찍고 잔돈을 거슬러주면, 샀던 음료수 하나를 내밀곤 했었다. 내가 이 정도는 되지 하며 우쭐했었는데, 사실 내 스타일은 아니었다. 따뜻한 캔 커피까지 건네줄 즈음엔 정녕 이러시면 아니 되옵니다. 하는 투로 한쪽 눈살을 찡끗 해 보이기도 했다.

솔직히, 음료수를 건네주고 돌아서는 뒷모습이 멋있긴 했었다. 연예인 누군가와 닮았다 싶어 픽, 웃다가 얼른 얼굴을 고쳤었다. 매장 뒷문에서 남자와 마주쳤을 때도, 데이트 도중 허리를 감는 손길에 흠칫 놀라면서도 그렇게 피식 웃음 흘렸었다. 어쩌면 야릇한 감정이 낯설어 그랬는지도 모른다. 그게 바로 사랑이 싹트는 증상 아니냐고 묻는다면, 글쎄 잘 모르겠다.

상대를 원하는 것이 사랑이라 한다면, 난 분명히 사랑하고 있었다. 근데, 그에게 무엇을 원했을까 헤아려보면 혼란스럽기만 하다. 그이도 나처럼 따뜻한 체온을 원했을까? 분명히 그랬을 것이다. 그이도 나처럼 가진 것을 저울질했을까? 그이도 나처럼 미래를 견주고 있을까? 물음표가 뜰 때마다 사랑이라는 글자 획 하나씩이 튕겨 나갔다. 어쩌면 그런 이유로 내가 먹혀버렸을지 모른다. 뭐든 흔들리는 쪽이 지기 마련이니까.

그날 노래연습장에선 노래를 몇 곡 부르지도 못했다. 그이는 발라드곡을 불렀고 난 얌전히 머리 흔들며 리듬을 맞춰줬다. 다음 차례엔 내가 낭만고양이를 불렀다. 낭만고양이는 또 다른 나를 불러내는 곡이었다. 나는 노래 부르며 훨훨 날아다녔다. 한 곡을 끝내고 같은 가수 노래를 또 불렀다. 첫 소절은 바닥에서 시작했고, 중간부터는 소파 위에서 질렀다. 푹신한 쿠션 덕분에 단발머리가 솟구쳤고 머리칼이 눈꺼풀을 후려치기도 했다.

그이는 리듬에 맞춰 목을 흔들면서도 내게 눈을 떼지 않았다. 난 약간 들떠있는 그런 열기가 좋았다. 낯간지러운 거짓들. 어떤 이벤트를 암시하는 몽롱한 손짓들. 특별한 사람처럼 전문용어 섞어가며 떠벌일 때는 저게 다 나로 인한 거짓이다 싶어 은근히 흥분되기까지 했다.

내 노래가 끝나고 그이는 노래책을 뒤적였다. 내 춤에 홀려서 노래 예약하는 것도 잊었다며 귀엽게 웃었다. 뒤이어 선곡한 노래에선 드럼 소리가 터져 나왔다. 검은 스피커에서 공기가 잔뜩 주입된 공이 쿵쿵 튕겨 나오자 그는 리모컨을 내려놓고 꺽죽꺽죽 목을 흔들었다. 내 눈동자를 응시하면서, 그리고 노래 따윈 관심 없다는 얼굴로 나울나울 손짓해댔다.

벽을 두드리던 공이 애먼 심장까지 퉁 쳐버렸다. 굳이 거부할 이유가 없었다. 빵빵하게 부풀어 날뛰는 공이 출입구를 막아주는 동안 우린 입을 맞췄다. 예약해놨던 노래 두 곡이 끝날 때까지 입술을 떼지 않고 각자가 원하던 것을 탐했다.

엄밀히 말하면 키스가 아니었다. 침이 섞이긴 했지만, 그것은 조건반사작용에 불과했다. 혀는 탐색하고 견주는 기관이자 앞잡이였다. 살갗을 음미하고 그 싱싱함에 배인 육즙을 맛보기 위해 분주하게 움직였다. 한마디로 우린 포식 행위를 하고 있었다.

그 결과로 쑥 빨려 들어갔다. 내가 한 모금 육즙처럼 꿀꺽 넘어가 버린 것이다. 비록 내가 나를 구성하는데 얼마나 중요한 부분을 차지했는지는 몰라도 나는 얼마 전까지만 해도 명백하게 나였다. 설사, 머리카락 한 올, 한 방울 피, 허파를 관통하는 한 모금 숨이었을지라도 말이다. 명백히 나였던 내가 얼떨결에 조필재의 '나'가 되어버렸고, 나는 순식간에 낯선 '나'들에게 둘러싸였다. 그들이 하는 말은 하나같이 똑 같았다. 내가 바로 나야.

'나'라고 주장하는 것들이 원래부터 조필재였는지 아니면 나처럼 타인이었다가 조필재가 되었는지 알 수는 없었다. 하지만 이 남자가 내 의지대로 움직여 주지 않을 것은 분명했다. 나는 수많은 '나'중의 하나였고 소위, 갓 들어온 신입에 불과했다.

이제 막 퇴근한 조필재. 아니, 나는 식탁에 앉으면서 지금까지의 성과를 조용히 간추려봤다. 처음이 힘들어서 그렇지 사실상 다 된 밥이다. 두 번째로 키스할 때 몸 안쪽을 슬쩍 건드려봤다.

탐색의 뜻도 있지만, 지금까지 확보한 영역을 확인하려는 의도도 있었다. 브래지어 위로 맴도는 것과 그 안쪽까지 출입하는 것과는 엄청난 차이가 있다. 그러니까 단지 가슴께를 더듬는 것만으로도 내가 확보한 범위를 진단할 수 있어야 한다. 이건 말로써 설명할 수 있는 게 아니다. 동물적 판단과 반복된 경험 끝에 얻어낼 수 있는 아티스트적 감각인 것이다.

진단결과, 그녀는 열려있었다. 빗장을 풀어놨을 뿐만 아니라 모든 걸 허용한다는 암묵의 신호까지 보내줬다. 물론 긴장을 풀지는 않을 것이다. 이럴수록 품위 있게 진행해야 하는 법이다.

현지는 공을 많이 들였던 여자다. 일종의 차별성이다. 여기저기 지분대다가 얻어걸린 여자를 하룻밤에 해치웠다고 떠벌리는 찌질이들과 똑 같이 놀 수는 없다. 그런 한심스러운 블로그에 댓글을 달아주기도 했다. 손뼉도 마주쳐야 소리가 난다. 제발 끼리끼리만 놀아라. 너희들 때문에 진짜 픽업 아티스트들이 대접을 못 받는 거다. 에라이, 양아치들아. 이렇게.

여자, 가진 것과 먹은 것의 차이. 내 블로그에 올렸던 제목이다. 진행 단계별로 후기를 덧붙이는 중이다. 작업 완료 인증사진으로 무얼 쓸 것인지는 아직 정하지 못했다. 잠든 모습이면 충분하지 싶은데, 회원들은 늘 전라의 사진을 원한다. 뭐, 아직 회원들 수준이 좀 천박하다. 하긴, 나른함으로 풀어진 모습이 어떨지는 나도 궁금하다.

"밥 먹고 사는 거, 쉬운 일 하나 없다."

달궈진 프라이팬에 고기를 얹던 아버지가 의연하게 한마디 한다. 뭔가 으스대고 싶을 때 읊는 대사이다. 아버지는 가끔 먹이를 둥지로 물어온 독수리 흉내를 낸다. 이번에 물어온 먹이는 랩으로 포장된 쇠고기다. 쉽게 짐작할 수 있는 물건이다. 누군가의 간과 허파를 들쑤셔 빼낸 거다. 뻔하다.

말없이 집게를 넘겨받고 쇠고기 팩을 땅겼다. 굳이 말을 섞고 싶지 않았다. 아버지는 나에게 회색 등산복이거나 곰팡이, 둘 중의 하나였다. 대부분은 회색 등산복이다. 집에서 빈둥거리거나, 뭔가 정당치 못한 일을 벌이거나, 혹은 인슐린 처방받으러 병원에 갈 때도 회색 등산복 차림이다. 심지어 어머니가 숨을 놓는 순간에도 아버지는 회색 등산복 포켓에 손을 넣고 멀뚱히 서 있었다.

그런 주제에 쉬운 건 없다고 노랠 부른다. 라면 박스를 헉헉대며 실어오고, 두어 알 남은 냉동만두를 새것으로 바꿔오고, 뜬금없이 오천 원짜리 상품권을 내보일 때는 공연히 내가 주위를 두리번거리게 된다. 저 양반이 내 아버지라는 사실을 남이 알까 싶어 겁이 났다. 그러나 아버진 오히려 뿌듯해한다.

"아무나 하는 거 아니다."

맞는 말이다. 상식적인 사람은 할 수 없는 일이다. 아버진 한술 더 떠서 재능이라 했다. 그럴 때 아버지 눈과 마주치면 머릿속에 담겨있던 말도 픽 꺼져버린다. 아버지 눈은 언제나 불그스레 한 빛을 내며 왜? 어때서? 라고 되묻고 있다.

살점이 프라이팬에 닿자마자 오그라든다. 구부러진 살을 뒤집으니 누르스름한 즙이 묻어나온다. 핏기를 잃고 덜덜 떨더니 기름까지 짜낼 태세다. 젓가락이 쑥 들어와 살점을 집어간다. 쩝쩝, 소리가 들리고 젓가락이 연거푸 들락거린다. 누가 맛볼 겨를도 없이 설익은 살점까지 집어간다. 게걸스러운 소리가 거슬려 힐끗 쳐다보고야 말았다. 껍죽대던 턱 놀림이 무뚝 정지되고, 집혀 온 마늘쪽 하나가 사라지는 찰나였다.

"소고기는 불기운만 쐬면 돼."

혀는 으스러진 살점들을 한편에 밀어놓고 새로 공급된 마늘을 능숙하게 받아낸다. 깨지고 갈라지고 짓이겨진다. 불그름한 목울대가 움쭉 올라가고, 먹힌 것의 비명도 고스란히 넘어간다. 혀는 충직한 앞잡이다. 날름대며 점령군의 비위를 맞춘다.

식욕이 뚝 떨어졌다. 저런 인간에게서, 저렇게 씹어 삼켜진 것들로 만들어진 정자로 내가 잉태되었다는 사실을, 왜 하필 지금 떠올렸을까. 고기 뒤집던 집게를 놔버렸다.

"밥 먹다가 어디 가냐?"

"속이 안 좋아요."

내 방에 들어가 외출복으로 갈아입고, 현관문을 나설 때까지 아버지는 아무 말을 하지 않는다. 대신, 따가운 시선은 느꼈다.

째려보거나 혹은 흘겨보거나. 그러거나 말거나. 상관없다.

수틀리면 밥상을 뒤집어엎던 시절이 있었다. 하지만 이젠 아니다. 나뒹구는 그릇을 군말 없이 치워주던 엄마는 이제 없다. 게다가 아버지는 엄마가 꾸려가던 가게까지 말아먹었다. 잘해보려다가 망한 것이 아니었다. 권리금 얹어 팔아서는 불과 석 달 만에 홀라당 날려 먹었다. 무슨 짓하고 왔는지 물어볼 필요도 없었다. 거지 같은 몰골로 나타나 내 자취방에 벌렁 드러누웠을 때부터 대강의 스토리를 짐작할 수 있었다.

인생은 한방이라 부르짖던 이 작자가 나까지 말아먹으러 왔구나. 그걸 알지만 결국 밥상머리에 숟가락 하나를 더 얹어줬다. 대신, 수틀리면 언제든 치워버릴 작정이었다. 그런 눈치는 있는지 예전처럼 때리고 부수는 짓은 하지 않았다.

물론, 이 버르장머리가 내 의지는 아니다. 조필재라는 인간을 좌지우지하고 있는 또 다른 '나'의 짓이다. '나'는 하찮은 내가 자기 속에 있는지조차 모를 것이다. 궁금하긴 했다. 어떻게 몸뚱이를 점령할 수 있는지, 어디서 그런 수완을 배웠는지.

'나'라는 놈이 이 와중에도 여자를 불러낸다. 보고 싶다는 말에 냉큼 달려 나온 여자도 딱하기는 마찬가지다. 그녀도 처음엔 밤열 시만 넘어도 늦었다고 발을 동동 굴렀었다. 그랬던 여자가 커피 마시고 손잡고 입 맞추며 가쁜 숨을 색색 몰아쉰 다음부터는 확연히 달라졌다. 남자가, 시커먼 밤에, 술 한 잔 먹자고 부르는 것이 술만 먹자는 의도가 아니라는 것쯤은 알 텐데 말이다.

기왕 불러낸 김에 진도를 좀 뺄 작정이다. 어차피 길게 끌 형편도 아니었다. 현지는 요 며칠부터 나에 관해 묻기 시작했다. 물론 내 입으로 정규직원이라는 말을 한 적은 없다. 난 그저 인테리어 회사에 근무하고 있으며 자재과 소속이라는 명함만 내밀었을 뿐이다. 요즘 트렌드는 우드 계열의 친환경 소재를 사용하는 것이며, 부드럽고 편안한 파스텔 톤의 색상을 선호한다고 아는 척도 좀 했다.

여자는 현장 일을 배우고 있는 성실한 직장인으로 믿고 싶었을 것이다. 그런데도 직접 확인하려 들지는 않았다. 단도직입적으로 물었다면 얼결에 실토했을 수도 있었다. 난 그저 자재박스를 각 현장에 실어주는 계약직 기사 일을 하고 있다고 말이다. 정말로 그런 대답이 나올까 봐 묻지 않았을지도 모른다.

"오빠는 그 회사에서 계속 일할 거야?"

안주로 시킨 닭 날개 살을 깨작대며 묻는 말이었다. 언젠가는 작은 인테리어 회사를 차릴까 싶어 야금야금 캐내는 의도를 모르는 바는 아니다. 사실 예상보다 늦었다. 늦어버렸기에 정작 준비했던 거짓을 늘어놓을 기회도 놓쳐버렸다.

"언제 잘릴지 모르는 몸인데 열심히 다녀야지."

"아이, 장난치지 말고."

진짠데 장난치지 말라니 은근 섭섭하다. 그렇다면, 진정한 픽

업아티스트로서 열성적으로 활동 중이라 해야 하나? 거지같은 집구석에 장래가 빤한 놈이라 실토해야 하나?

둘러대는 말이 시원찮았는지 현지는 자꾸만 시계를 들여다본다. 덕분에 오늘 끝장을 보겠다는 계획도 물 건너 가버렸다. 뭐, 오늘만 날이 있는 건 아니지. 라고 위안했다. 하지만 공연히 술이 당겨 몇 잔을 더 들이켜 버렸다.

집 앞까지 배웅해준 건 순전히 술기운 탓이다. 몸뚱이 주인이 쓱싹 바뀌었다는 의미다. 아티스트 정신으로 무장했던 '나'는 술기운에 군드러졌고, 아쉬움에 입맛 다시는 '나'가 주인처럼 앉아있다. 여자는 후각이 예민하다는 말이 맞는 모양이다. 아쉬운 냄새 불불 풍기는 나를 단박에 알아봤다. 알아챘기에 비상계단 위로 끌어당기는 내 손을 뿌리치지 않았지 싶다. 우리는 꺾어진 계단참에 한참 동안 앉아있었다.

"오빠 오리온자리 찾을 수 있어?"

"뭘?"

"별자리 말이야."

"웬, 별자리?"

너 참 뜬금없다는 눈치로 눈을 세 번쯤 끔벅거려줬는데도 현지는 몽롱한 얼굴이었다.

"나랑 친했거든."

"누구? 별이랑?"

"우린 참 잘 통했어. 이야기도 나누고 고민도 털어놓고. 아, 그러고 보니 참 오래되었네."

아직도 저 별은 네 별, 요별은 내별, 하고 노냐고 놀리려다가 연인끼리는 이렇게 유치하게 속삭이는 법이다 싶어 말머리를 돌렸다.

"절친이네."

"거기서 아기별이 태어난다는 거 모르지?"

"반짝이는 친구 많아서 좋겠다."

딴엔 웃기려 한 말이었는데, 현지는 눈을 더욱 반짝였다.

"우리 보러 가지 않을래?"

여자는 그렇게 물으며 말끄러미 마주 봤다. 평범했던 얼굴이 돌연 곱디고운 얼굴로 변했다. 술 힘이 대단한 건지 원래 바탕이 예뻤는지 모르겠지만 희한하게 달라 보였다. 대답 대신 그녀 얼굴을 두 손으로 감쌌다. 감싸서 입술을 만졌다. 이렇게나 귀엽고 이토록 보드라웠나 하는 생각을 처음으로 했다.

우린 오리온자리를 볼 수 없었다. 자정이 다 된 밤하늘은 어둡지도 검지도 않은 희끄무레한 회색이었다.

"저기 어디쯤인데? 금방 찾는데……."

고개를 한껏 젖힌 현지는 손가락으로 이마를 긁었다. 날씨 탓인 걸 어쩌겠나. 다독여줘도 현지는 반쯤 벌어진 입술을 닫지 않았다. 나는 현지 손을 제법 세게 잡아당겼다. 손은 차가웠고, 잔

뚝 풀죽은 현지는 말없이 따라왔다.

다 좋았다. 술술 풀려서 좋았는데, 현지가 내 휴대폰 문자 내용을 봤다는 게 문제였다. 뜻밖의 성취감에 긴장이 풀렸거나, 아니면 술을 너무 많이 마신 탓인지 모른다. 아무튼, 아티스트답지 않은 실수였다. 덕분에 인증사진은커녕 나른함을 음미할 기회조차 없었다. 현지는 옷을 챙겨 입고, 나는 별것도 아닌 거로 의심한다며 부러 큰소리쳤다. 그냥, 여자 사람 친구라고…… 그러자 현지는 몸의 것을 토해내려는 사람처럼 입을 크게 벌리더니 기침을 해댔다.

아침엔 숙취로 몹시 힘들었다. 출근도 힘들었고 자재박스 나를 때는 허리까지 삐긋했다. 무엇보다 힘든 것은 아무래도 끝나버릴 것 같은 정황인데 나는 더 만나고 싶어졌다는 사실이다. 게다가 이런 식의 결말은 내 경력에 크나큰 오점이다. 퇴근 후에라도 이 난국을 타개할 방법을 궁리해야 하는데 집에선 오히려 현기증이 일었다. 저녁나절 나타난 인간 때문이다.

아버지는 열어젖힌 상의를 펄럭거리며 분통부터 터뜨렸다.

"배가 쳐 부른 년이야. 두고 봐라. 그 미장원 앞으로 어찌 되나."

아버진 욕설을 사방으로 뱉어냈다. 먹고 성교하고 병들고 죽는, 결국은 너나 할 것 없는 단어들인데, 그것들을 어떻게 상스럽게 나열해 욕설로 재창조해 낼 수 있는지 나도 신기했다. 욕설은 국물 눌어붙은 냄비에 가만히 앉은 의자에 멀리 떨어진 미용실 주인 성기에도 튀어 얼룩을 만들어냈다.

그 가련한 미용실은 나도 가끔 이용했던 곳이다. 문 닫은 분식집이 뚝딱뚝딱 수리된다 싶더니 예원이라는 간판으로 바뀌고 원래 주방이었던 공간엔 미닫이문이 설치되었다. 안에선 가끔 볼륨 낮춘 TV 소리가 들려오기도 했다.

몇 번 들락거리면서 두 가지를 확인할 수 있었다. 젊은 여주인 혼자 어린 아들을 키운다는 것. 어떻게든 단골손님을 만들려 허드레 웃음을 남발한다는 것. 싫지는 않았다. 머리 감겨주는 손길이 일단은 나긋했다. 게다가 남편이 없다는 사실에 더더욱 구미가 당겼었다. 그러나 아버지에게도 구미가 당겼다는 현실은 이유를 막론하고 불행이었다.

염색했던 머리칼 밑으로 흰빛이 올라오자 아버지는 빠진 머리카락을 모으기 시작했었다. 또 무슨 꿍꿍이인가 싶었는데, 오늘에야 그 내막을 알았다.

"십만 원도 모자랄 판에 따박따박 대꾸해! 그년이."

안 봐도 빤한 장면이었다. 일단, 미용실 문을 박차고 들어가 모아 둔 머리카락 한 움큼을 뿌린다. 그다음엔 염색 부작용이라며 오만 진상 다 부린다. 돈을 요구했을 터이고 소문을 익히 들어 알고 있던 여주인은 초장부터 소매를 걷어붙였을 것이다. 현명한 판단이었다. 저런 인간과는 맞붙어야지 좋게 설득하려 했다가는

간이고 뭐고 다 빼 먹히는 것이다. 애먼 벽에다 욕설을 퍼붓던 아
버지가 비슥 돌아보며 묻는다.

"야, 돈 좀 있냐?"

"어디다 쓰게요?"

"어따 쓰고 간에, 너 이번 달 들어 돈 한 푼 안 줬어. 알어?"

"없으니 못 줬죠."

아버지 눈동자가 내 왼쪽 눈을 엿보는 기척이더니 짐짓 의뭉
스러운 목소리가 흘러나온다.

"요즘 여자 만나냐?"

뭐라도 알고서 저런 소리를 하는 걸까 싶어 절로 턱살이 곤두
세워진다.

"사내새끼 호주머니에서 돈 마를 이유야 뻔하지."

아버지는 입아귀 한쪽을 비틀어 실실 웃기까지 한다. 나는 말
없이 호주머니에서 열쇠 꾸러미를 찾았다. 책상 서랍 구멍에 맞
춰 열쇠를 돌리고 안쪽에 넣어 뒀던 지갑을 꺼냈다. 이젠 귀가하
면 서랍에 넣고 철저하게 잠근다. 인간 같잖은 인간 때문이다. 보
름 전엔 내가 버젓이 있는데도 외투 안주머니를 뒤져 탈탈 털어
갔었다.

"삼만 원뿐이에요."

"삼만 원가지고 어따 쓰라고? 니 기집한테 쓸 때는 하나도 안
아깝지?"

돈부터 낚아챈 아버지가 집요하게 집적거린다. 또 시작이다. 상대를 진절머리나게 해서 돈을 던져버리게 만드는 수법. 내가 아는 수많은 '나'들이 신물 나도록 겪었던 그 수법이다. 그러나 나는 한 달 전의 나와 다르며, 한 시간 전의 나와도 다르다.

"그만합시다. 예?"

"뭘? 뭘 그만하라고? 혀 빠지게 키운 자식새끼에 용돈 달라 하는 거?"

"동네 창피한 짓 그만하라고요."

"창피해? 야 이 자식아! 니가 나한테 그랬잖아? 지 권리 못 찾는 놈이 쪼다라고."

순간, 말문이 막혀버렸다.

"에이! 씨발 진짜!"

하필이면, 그 순간 툭, 튀어나와 버렸다. 아버지 쪽으로 침이 튀었는지 아니면, 내 눈자위 불똥이 아버지 눈에 붙어 버렸는지 모를 일이다. 아무튼, 나는 조필제에서 분리되어 아버지 가슴께에 데꺽 걸려버렸다. 소화될 필요도 없이 아버지 몸 일부가 되어버린 것이다. 이곳에도 '나'들이 수두룩했지만, 우선 나는 경황이 없었다.

조금 전까지만 해도 나였던 아들놈이 눈알 번뜩이며 대들고 있었고, 진작부터 아버지를 지배하고 있던 '나'는 두말할 것 없이 귀싸대기를 날려버린다. 아들놈도 주먹을 불끈 쥐고 덤벼들더니 애먼 벽만 쿵, 때린다. 그래 봤자 제 손만 아플 테지. 아파도 싼 놈이다.

아들놈은 벽을 쿵쿵 치더니 제 방으로 들어가 버린다. 신세 저 꼴인 것을 애비 탓이라 우기는 놈이니 제 손 부러진 것도 애비 때문이라 우기지 싶다. 나도 내세울 거 없지만, 잘난 건 제 덕분이고, 못난 것만 애비 탓으로 돌리는 놈에게 아이고, 내 새끼 우리 잘 지내보자며 양양거릴 생각은 절대 없다.

문제는 내 앞가림하기가 힘들다는 것이다. 나름 살 궁리를 해봤지만 사실상 답이 없다. 너는 안 줬지만 나는 준다는 식으로 콧구멍 벌름거리며 만 원짜리 몇 장 내미는 꼴을 보면 숨까지 턱 막힌다. 오늘 딱 그런 날이다. 밥맛 떨어진 지 오래고 집구석에 앉아 있기도 싫다.

"일단 소주."

가까워도 사거리 노래연습장은 가지 않을 것이다. 소주 사 들고 몇 번 이용했는데, 하도 트집을 잡기에 오기를 한번 부렸었다. 그랬더니 남편인지 기둥서방인지 어깨에 비듬 허옇게 얹은 덩치가 내 목을 잡고 흔들어댔다. 물론 치료비는 좀 받아냈다. 그 후론 얼굴만 비쳐도 소금을 뿌려대고 지랄이다. 노래 파는 장삿집에서 노래가 흘러나와야지 적막강산이면 잘도 장사 되겠다. 오늘은 길 건너 퓨전 노래연습장으로 갈 거다.

"안주는 뭐로 할까? 소시지?"

"멸치도 괜찮지. 짭짤한 멸치."

횡단보도를 건너며 중얼거렸다. 스스로 진화하는 혼잣말이다. 이젠 혼자 묻고 명쾌한 결정도 내린다. 언제나 옳을 수밖에 없는 그런 결정들을 어렵잖게 내린다.

마트는 제법 붐볐다. 어깨 툭툭 부딪혀가며 과자류에서 건어물 쪽까지 쭉 돌아봤다. 마땅한 게 없다. 멸치는 너무 비싸고 과자는 내키지 않는다. 소시지라도 좀 살까 하다가 주류코너 앞에서 걸음을 멈췄다. 여섯 개들이 맥주 팩마다 사은품이 하나씩 붙어있다. 투명한 포장지 안으로 땅콩, 멸치 따위의 내용물이 보인다.

맥주 팩에서 사은품을 뜯어냈다. 여섯 개를 뜯어내고 하나는 바로 찢어 입에 털어 넣었다. 상품 진열하던 직원이 뭔가 할 말이 있는 듯 입을 벌룽벌룽한다.

"왜? 뭐? 술 살 거잖아."

버럭 소리 지르니 얼른 고개 돌려 하던 일을 계속한다. 눈치가 있는 직원이다. 한결 느긋해져서 옆구리에 끼고 있던 소주 두 병을 계산대에 얹었다.

단발머리 계산원이 안주 봉지를 이리저리 뒤집더니 짐짓 미소를 지어 보인다. 입술은 웃고 있는데 눈은 인형처럼 딱딱하다.

"고객님, 죄송하지만, 이건 맥주 구입 사은품인데요?"

"그래. 사은품. 내가 얼마나 많이 팔아줬는데."

제일 다루기 쉬운 부류가 바로 계산원이다. 더구나, 단발머리 계집애는 경험도 많아 보이지 않는다.

"고객님, 그게 저희 마음대로 드릴 수 있는 게 아니라서."

"이깟 거 얼마나 한다고. 과자 부스러기 몇 개 가지고……."

"아니, 돈이 문제가 아니라."

눈썹까지 축 늘어뜨린 단발머리가 차례 기다리는 뒷손님과 내 얼굴을 번갈아 쳐다본다.

"그래서, 뭐가 문젠데? 어엉?"

첫 호령에 단발머리는 녹아내렸다. 떠듬떠듬 더듬더니 누군가를 소리쳐 부른다. 겨우 몇 걸음 곁에서 모른 척 궁싯거리던 빨간 조끼 직원이 화들짝 돌아본다.

"고객님, 제가 담당 주임을 불렀거든요."

딴 놈에게 떠넘기겠다는 말이지. 그래 알았다. 그런데, 네 태도가 몹시 불량하구나. 퉁명스러울 뿐만 아니라 멸시가 뚝뚝 떨어지는구나. 단발머리는 다음 손님 물건을 당겨와 계산한다. 나를 쳐다보지도 않는다. 노골적인 무시이자 경멸이다. 주먹이 불끈 쥐어진다. 아무도 없는 대합실에 혼자 떠밀려진 것이다. 나는 떠날 차표도 없고, 되돌아갈 출구도 모른다.

당했다! 억울한 일을 당했다! '나'중의 하나가 그렇게 외치자 뼈마디마다 숨어있던 수많은 '나'들이 득달같이 몰려든다. 원래부터 화가 나 있고 원래부터 억울한 놈들이다. 나는 그들의 기세에

눌려 출구는커녕 서 있을 곳조차 찾을 수 없게 되었다.

아내는 침대에 누워 이렇게 말했었다. 팔자가 이런가 봐요. 연애할 땐 자기 기다리고, 아들 키울 땐 필재 기다리고, 이젠 수술할 시간 기다리네. 아이, 수술이 왜 자꾸 연기되지?

두려움을 그렇게 표현했던 아내는 예정 수술시간이 지나도 나오지 않았다. 아내가 나를 기다리게 한 것은 그날이 처음이었다. 간호사가 쉬쉬하며 누군가를 호출하고 낯선 의사가 다급하게 들락거리기도 했다. 아내는 끝내 나오지 않았다. 대신에 초록색 수술복을 걸친 의사가 지축거리며 걸어 나왔다. 의사는 이거, 어떻게 설명해 드려야 할지…… 로 입을 떼며 이마의 땀을 닦았다.

수술과정은 매끄러웠다. 누구도 예측할 수 없는 쇼크 상황이 발생했음에도 의료진은 최선의 응급조치를 했다. 의사는 아내가 수술 중에 죽었다는 사실을 길게 말했고, 나는 아내가 죽었다는 사실을 그보다 훨씬 더 오랫동안 실감하지 못했다.

당장 느낀 것은 뭔가를 당했다는 것이었다. 아프지 말라고 들어갔던 사람이 죽어서 나왔는데 잘못한 사람은 아무도 없었다. 잘못은 오히려 아내의 특이체질이었다. 그 주장을 어찌 수긍할까 싶지만, 병원 관계자들은 입을 모아 몰아붙였다. 철없는 아들놈까지 내가 쪼다같이 서 있기만 했다고 후벼 팠다. 더 억울했다. 나만 쪼다가 되어 억울했고, 풀 곳이 없어 억울했고, 그렇게 억울해지고 보니 걷잡을 수 없이 억울했다. 그래서 나는 억울한 일에

유별나게 굴어도 되는 사람인 것이다.

"고객님?"

빨간 조끼를 걸친 사내가 무슨 일인지 전혀 몰랐습니다. 하는 눈으로 묻는다. 이런 가증스러운 놈 때문에 억울한 사람이 생기는 것이다. 나도 이놈이 주임이라는 걸 알면서도 아래위로 훑어봐 줬다.

"넌 뭐야?"

생긴 대로 능숙한 작자였다. 이 모든 소동을 일머리 서툰 계산원 탓으로 돌리며 사은품 안주를 담아가게 했다. 자기만이 베풀 수 있는 선심이라는 생색까지 얹어줬다. 그러나 내 목표는 이깟 사은품을 넘어선 지 오래다. 눈앞의 안주 봉지를 보란 듯 집어던졌다.

"내가 거지야? 응? 애도 안 먹는 이깟 거? 응? 이걸로?"

비스킷을 바구니에 담던 여학생, 깻잎 고르던 주부, 라면을 들고 계산대에 줄 서 있던 청년 모두의 시선을 느낄 수 있었다. 조필제 말마따나 나는 창피해서 얼굴을 못들 지경인데, '나'라는 작자는 겸연쩍은 기색도 없다. 오히려 투지를 내세우며 기염을 토했다.

"잘못했으면 사과부터 하는 게 순서잖아? 잘못했습니다. 이렇게 저렇게 보상해드리겠습니다. 어엉?"

말이 떨어지기 무섭게 주임은 단발머리를 일으켜 세운다. 여자를 방패처럼 앞세우고 고개도 주억거린다.

"그러니까 제가 대신 사과를 드리잖습니까. 인제 그만 노여움 푸시고."

"이게 사과야? 실실 웃어가며 고개만 까딱하는 거? 무릎 꿇고 빌어도 시원찮을 판에…… 이거 진짜, 점장 어디 있어?"

땀에 젖어 번들거리는 여자 이마를 감상하며 다시 한번 패악을 부렸다. 패악에 꽂힌 여자가 어깨를 푸들푸들 떤다. 그러다 마침내 흐흑, 하고 숨을 들이켠다. 순간, 내 본능에 적색등이 점멸한다. 조심하지 않으면 먹혀버릴지 모른다는 적신호. 그러나 아둔한 '나'는 내장 냄새 섞인 숨을 후, 뱉고 말았다.

단발머리가 나를 빨아들였고 훌쩍대던 콧물까지 꿀꺽 삼켰다. 정신없기는 빨려 들어간 나도 마찬가지다. 주임은 진상이 원하는 대로 해주라는 신호를 눈짓 고갯짓 섞어가며 해대고, 그러잖아도 후들거리던 무릎은 더는 못 버텨 바닥으로 까라지려는 참이다.

"대체 왜 이래요? 저 직원이 뭘 잘못했다고 그래요? 왜 그래요?"

어디서 들어본 목소리다 싶더니 조필제였다. 때려주고 싶도록 미운 남자가 하필 지금 등장했을까. 잠깐 당황했고, 그러나 내가 왜 이러나 싶도록 반가워 눈물이 핑 돈다.

조필제는 다짜고짜 진상 아저씨를 밀치며 따져 든다. 모양새는 좀 이상했지만 피터팬처럼 두 손을 허리에 얹고 나선 것만으로 늠름해 보인다. 그토록 기세등등하던 아저씨는 이맛살을 잔뜩 일그러뜨리고 떠듬거린다.

"아니, 니도 들어봐라. 내가 여서 소주 하나 살라고 왔는 데⋯⋯."

"일단 나갑시다. 나가서 이야기하자고요."

조필제는 진상 아저씨와 실랑이 중이고, 진상 아저씨는 주춤 주춤 뒷걸음질 치는 중이었다. 그제야 나는 나를 살펴볼 수 있었다. 나는⋯⋯ 나였고, 안현지였다.

하지만 내가 타인이었다가 돌아온 사실은 아무도 모른다. 심지어 지금의 '나'도 눈치채지 못하고 있다. '나'는 여전히 서럽게 훌쩍대는 중이었고, 내 어깨를 두드리던 주임이 교대시간이 아직 삼십 분이나 남았는데 특별히 직원 휴게실에 가서 쉬도록 하라는 권유에 갈까 말까, 갈등하는 중이었다.

내 속의 '나'가 시답잖은 호의에 감동하고 있는 동안, 멀어져 가는 두 남자를 쳐다봤다. 진상 아저씨는 조필재에게 끌려나가면서 가래 끓는 소리로 욕을 해댄다. 야이, 호래자식아! 너 이 새 끼⋯⋯ 아버지! 아이, 진짜. 제발⋯⋯.

놀란 가슴이 진정되지 않아서인지 헷갈리기 시작했다. 저 호래자식이랑 몸을 섞었던 내가 나인지, 저 호래자식이 나인지, 호래자식의 아비가 원래 나였는지 말이다. 그렇게 헷갈리고 보니 나는 나로 인해 흥분하고 나로 인해 돌변하고 나로 인해 상처받은 셈이었다. 아, 씨발. 진상 아저씨가 했던 욕설을 따라 하고 말았다. 인정하기 싫지만 인정해야 할 것 같았다. 나는 원래부터 나였던 것을 먹었고, 내 속에 온전히 나만이 있었던 적은 없었다.

새삼스레 매장 안을 휘둘러봤다. 말없이 초콜릿 고르던 여학생, 라면 봉지 들고 입술을 잘근거리던 청년, 채소를 비닐에 담던 아줌마 시선이 나와 엉켰다. 그러자 그들에게서 옮아온 것이 분명한 '나'들이 내 안에서 꿈틀대는 것을 느낄 수 있었다.

내 몸은 타인으로 쉴 새 없이 낯설어졌다. 시시때때로 생겨나는 '나'를 감당하기에 나는 너무 버거웠다. 내 안의 나라고 해서 무조건 내가 아니었다. 그렇다고 그것들을 타인이라고 단정할 수도 없었다. 나는 그저 혼란스럽고, 무기력하고, 그래서 화가 났다.

남은 삼십 분을 악착같이 흘려보냈다. 전과 다름없는 표정으로 꿋꿋하게 마무리 지었다. 손님에게 어떤 얼굴로 응대했는지도 기억나지 않는다. 그깟 미친놈 잊어버리라는 주임 말에 고개 끄덕이고, 괜찮냐는 계산원 언니 위로에 미소 지어 보이고도 여전히 화가 났다. 그래서 얼굴을 만들어 바비인형처럼 매끈한 표정으로 퇴근했다. 허리를 꿋꿋이 세우고 학처럼 서풋서풋 걸음을 옮겼다.

버스정류장을 지나고 주택가 골목길에 들어섰을 때까지만 해도 그저 춥고 언짢기만 했다. 오래된 빌라 모퉁이에 외등마저 꺼져있다는 것을 알았을 때는 걸음도 더 빨라졌다.

어둠은 골목 안으로 들어갈수록 짙어졌다. 그런데 어둠만 있는 것이 아니었다. 그것은 정수리를 간지럽게 만드는 어떤 시선 같은 것이었다. 공연히 두리번거렸고 그러다가 흠칫 놀라 발걸음을 멈추고 말았다.

별 네 개가 만든 사각형 속에, 비뚜름하게 나열된 별 세 개의 짓이었다. 너무 선명하게 내려 보고 있어 도저히 피할 수 없었다. 입이 저절로 벌어지고 한탄 같은 신음이 새어 나왔다. 새삼 가슴도 쓰리고 아팠다. 어렵사리 왼쪽 발을 앞으로 떼어놓다가 결국 고개를 푹 숙이고 말았다.

"힘들다. 정말."

내가 낸 목소리인데 습기에 젖어 이상하게 들렸다. 다시 걸음을 멈추고 높다래진 하늘을 올려봤다. 별빛이 어룽어룽 움직이고 있었다.

"내 탓인 거야?"

아니라고 한다. 내 탓이 아니라 내 안에 있는 타인 때문이라고 한다. 눈곱만치도 위로되지 않는 아주 몹쓸 위로였다. 대체 뭐가 다르냐고 물었더니 타인만치 다르다고 한다. 타인만큼 다른 나 때문이지만 결코 타인이 아니기에 결국 우리 때문이라고 말한다.

"너도 결국 남이나 마찬가지야."

섭섭함을 참지 못해 씩둑거리는데, 때마침 별 하나가 부르르 떤다. 저희끼리 부대끼던 별들도 덩달아 몸을 뒤척인다. 무슨 일인가 물어볼 새도 없었다. 시린 빛 한 덩이가 왈칵 터져 나오고 별들은 우윳빛 땀을 닦아내며 숨을 고른다. 새파란 아기별이 태어나는 순간이었다. 울음도 없었다. 둥개질도 못 해줬는데 아기별은 또 하나의 내가 되어버렸다. 나는 공연히 목이 메어 투정을 부렸다.

"날 알아보기나 해? 지금까지 나한테 관심도 없었잖아."

골이 난 사람처럼 턱을 치켜들고 있는데 혀 차는 소리가 귓결에 스친다. 나는 얼른 얼굴을 고치고 발끝으로 땅바닥을 툭툭 쳤다. 그러나 주위에는 아무도 없었다. 담벼락 위에 새카만 고양이 한 마리만 웅크리고 있을 뿐이었다. 무섭지 않았다. 오히려 반가웠다.

나는 눈을 가느스름하게 뜨고 고양이를 쳐다봤다. 덕분에 고양이의 뾰족한 귀 끝에 걸린 흐릿한 광채를 볼 수 있었다. 어린 별빛은 솜털같이 말랑말랑하고 따뜻했다. 물기 흥건했던 목을 가다듬고 나지막하게 흥얼거렸다. 자주 부르던 노래였다.

목청을 높이는 만큼 하늘이 부쩍부쩍 다가앉는다. 별들이 눈앞으로 가라앉기 시작하고 골목은 한층 밝아졌다. 콧물을 한번 힝, 빨아들이고 걸음을 옮겼다. 와글와글 모여 있던 별들이 발걸음에 떠밀려 우르르 흩어진다.

원 그리기

눈은 뜨지 않았다. 아니, 살짝 실눈 떴다가 다시 감은 것 같다. 아직 캄캄하고, 옷가지의 희미한 윤곽이 얼룩처럼 묻어있는 벽을 봤다. 알람이 울릴 때까지 얼마나 남았을까? 10분? 어쩌면, 10초 후일지도 모른다.

베갯잇에 코를 비벼 여전히 이불 속에 있음을 확인했다. 무릎을 가슴께로 올리고 온몸을 동그랗게 감았다. 따뜻한 양수가 끼얹어진다. 이마부터 따스함이 흘러내리더니, 그 포근함마저 픽픽 꺼지기 시작한다. 무감각의 심해로 가라앉는다. 아무것도 필요 없다.

기어이 알람이 터진다. 쨍쨍한 음파가 관자놀이를 할퀴고 태아를 뒤흔든다. 싫다. 깨어남이 너무 싫다. 허우적대던 의식이 반 모금의 숨을 들이켠다. 손을 더듬어 알람을 껐다. 밖은 여전히 깜깜하고, 겨드랑이며 등줄기는 벌써부터 서늘하다.

양치하고 세수하고 머리를 말릴 때까지는 아무 생각이 없었다. 그러나 빈속에 차가운 우유를 밀어 넣을 즈음, 오늘이 자각된다. 화요일 아침이구나. 오늘 하루와 또 마주쳤구나. 지금은 열쇠 챙기고, 보일러 난방 끄고, 저 현관문을 나서야 한다. 출근이라는 단어가 제법 멋졌던 적도 있었다. 둘러보니 새삼, 집안이 따뜻하다.

밖은 서늘했다. 생각보다 더 서늘하다. 바람까지 불어 덜 마른 머리카락에 오싹한 냉기를 묻힌다. 심술 맞게 문지르더니 길 건너로 날아가 집적대는 소리도 낸다. 소리를 따라 눈을 옮겼다. 이제 막 어린잎을 내민 은행나무를 본 것이 아니다. 가지 한쪽에 목매듯 감겨있는 가오리연을 봤다. 연 꼬리가 바람에 휘둘려 치륵치륵 소리를 낸다. 주차된 차 문을 열면서 다시 올려다봤다. 문구점에서 파는 조잡한 연이다.

아침부터 불편하다. 연 꼬리가 발버둥 칠수록, 연과 나무 아래를 더듬게 된다. 꼬리가 살아있다. 힐끔힐끔 눈치 보며 끝마디를 퍼덕거린다. 시동 걸린 내 차도 덩달아 부르르 떤다.

차라리 연 꼬리가 떨어져 나갔더라면 오빠는 미루나무에 올라가지 않았을 것이다. 팔랑대는 꼬리에 손을 뻗지 않았다면 추락하지 않았을 것이고, 오빠는 그날 저녁, 반찬 투정이나 하고 있었을 것이다.

나도 안다. 어렸었고, 과거일 뿐이다. 그런데 그 일은 언제나 현재가 되어 달려든다. 이제 어른이 되었으니 감당해야 한다며 모질게도 잡아당긴다. 활처럼 휘어진 내 몸뚱이를 무기력하게 지켜볼라치면, 그냥 깊은 잠에 빠졌으면 하는 마음뿐이다. 말해봐야 한심하다며 혀나 쯧쯧 차겠지.

탈의실에서 옷 갈아입고 간호스테이션에 들어섰다. 팔짱을 끼고 있던 수간호사가 눈총부터 쏘아댄다. 벌써 업무인계가 시작됐나? 단체 톡에도 일찍 시작된다는 말이 없었다. 수간호사는 한숨을 내쉰다. 역시 너답다는 그 신호가 이제는 익숙하다. 야간 조 차지간호사가 모니터에 뜬 차트를 클릭하며 환자별 투약 현황을 설명하고, 교대할 간호사들은 열심히 메모한다. 나도 수첩을 펼치고 볼펜을 눌렀다.

603호 조필례씨는 내과 협진요청이 들어갔고, 2내과 과장님이 먼저 MRI 결과를 보시고…… 빠르게 읊어대는 인계 내용이 귀에 들어오지 않는다. 앞에 앉은 김 간호사 뒷머리만 선명하다. 티 하나 없는 목덜미에 단정하게 묶은 머리 망이 참 어울린다. 진상 환자를 응대하며 웃어도 가식적이지 않은 간호사다. 혜정이는 진짜 간호사다.

진짜 간호사가 있으면 가짜 간호사도 있다. 대놓고 이야기들

한다. 이제 막 들어온 혜정쌤이 혈관을 더 잘 잡아. 누구보다 더 잘한다는 건지 말 안 해도 안다.

나에게 진짜가 얼마나 있을까? 휠체어에 앉은 오빠를 보며 간호사 되겠다고 결심한 것부터가 거짓이다. 그런 결심이 필요하겠다는 생각을 했을 뿐이다. 수간호사가 나와 볼펜을 번갈아 노려본다. 딸깍딸깍 누르던 볼펜 끝을 슬며시 입에 물었다.

응급실을 통해 재입원한 607호 진용남씨는 P.R.N으로 페티딘 5mg 처방이 났고…… 진용남씨가 입원했다는 말에 잔잔한 탄성이 퍼진다. 그는 소위, 진통제 중독자로 병동 간호사 모두가 안다. 몇 년 전에 교통사고로 입원한 적이 있었다는데, 그 뒤로 수시로 찾아와서 페티딘을 처방받았다. 처음엔 후유증으로 인한 통증 치료려니 했다. 1년, 2년이 지나면서 순수한 통증 호소가 아니라는 것을 다 눈치챘다.

샘도 봤어? 그 환자 진짜 변태 같더라. 페티딘을 IV로 놓는데, 혈관에 약물이 들어가니까 눈을 허옇게 뒤집어 까는 거 있지? 뭘 느끼는 남자처럼 눈꺼풀 바들바들 떨면서…… 흐, 징그럽고 무섭고…… 말투도 진짜 느끼하잖아? 나이트 액팅샘이 그렇게 호들갑 떨 땐 나도 웃었다. 진심으로 웃은 건 아니었다.

인수인계가 어수선해진다. 비워진 수액 빼 달라, 바늘 꽂아둔 손등이 아프다, 침대 시트 바꿔 달라는 환자까지 줄줄이 몰려온다. 게다가 복도에서 통화하던 환자 목소리가 점점 높아지고 있었다.

"아니, 아니, 내 차가 빙글빙글 돌았다니까요. 아니, 아니, 블랙박스 제출했잖아요."

601호, 1인실 환자다. 환자는 오른발을 질질 끌고, 아내로 보이는 보호자가 수액 걸이를 밀며 뒤따랐다. 왜 하필 간호스테이션 앞을 왔다 갔다 하는지 모를 일이다. 보험사와 통화하는 것 같은데, 아니, 아니, 외칠 때마다 걸음을 멈춘다. 환자가 걸음을 멈추면 아내도 걸음을 멈췄다. 수간호사가 내 옆구리를 툭 건드렸다.

환자 앞으로 가서 입술에 손가락을 세워 쉿, 해줬다. 환자는 알았다는 시늉으로 손을 들어 올리고 휴대전화를 왼쪽으로 옮긴다. 목소리가 더 커지고 빨라졌다. 저기, 환자분…… 다시 말하려는 내 앞으로 수간호사가 나선다. 환자 수액 줄을 만지작거리더니 슬며시 휴게실 방향으로 안내한다.

수간호사는 몸소 보여줬다. 수액이든 소변 줄이든 어떻게든 줄과 연결되어 있기 마련이고, 능숙한 간호사는 환자와 연결된 그 줄을 조종할 줄 알아야 한다고. 나도 그러고 싶다. 하지만, 줄을 당기려면 줄 끝의 중력까지 견뎌야 한다. 나는 내가 딛고 있는 땅의 무게를 느껴본 적이 없다.

간호스테이션으로 돌아온 수간호사는 나를 쳐다보지 않았다. 터무니없이 멀건 웃음을 머금고 서 있는 듯 보였지만, 나도 이미 이곳에 없었다. 나는 커다란 거품에 들어가 둥실 떠올랐고, 내 그림자에 투명 스프레이가 뿌려지고, 젖은 걸레로 쓱쓱 지워졌다.

밀가루 반죽 같은 구름에 솜사탕 부스러기가 뿌려진 하늘이 나타난다. 긴 꼬리를 자랑하는 가오리연이 파란 하늘에 떠 있다. 조그마한 여자아이는 손에 쥐어진 연 타래가 신기해서 목을 어깨 속으로 파묻으며 웃고 있었다. 나선처럼 허방을 빙글빙글 돌다가 가파르게 곤두박질치는 연은 사내아이가 직접 만들어준 것이었다. 늘어진 연줄이 엉클어지고 사내아이는 연을 찾아 황급히 뛰었다. 남색 반바지 뒤로 억새꽃이 허옇게 피어올랐다.

아침에 본 연 탓이다. 어쩐지 심란하다 했다. 집에 가고 싶다. 아무도 없는 집이지만 이불 둘러쓰고 TV를 보며 허벅허벅 웃고 싶다. 구운 만두도 먹으면서…… 만두는 학교 앞, 또또 분식집이 맛있었지. 분식점 벽에 낙서하며 은혜와 함께 깔깔거리고 싶다. 아, 은혜…… 오랜만에 은혜를 떠올렸는데 공연히 가슴이 아린다.

은혜는 동그라미를 잘 그렸다. 말 그대로 완벽하게 원을 그려내는 재주였다. 점심 먹고 쉬는 시간에 칠판에 한 번에 쓰윽 그려내면 친구 모두가 감탄했다. 반 아이들은 또 그려보라고 떠들어 댔고, 은혜는 크고 작은 동그라미로 칠판 전체를 가득 채웠다. 나는 파란색, 빨간색, 노란색 분필을 쥐고 동그라미에 색칠하곤 했었다.

"처음과 끝점이 무조건 만나야 해. 그리고 돌릴 때, 어깨가 움직이면 안 돼. 기준점이니까. 크게 그릴 때는 어깨가 기준. 작게 그릴 땐 손목이 기준."

은혜가 요령을 가르쳐줬지만 나는 은혜처럼 반듯하게 그릴 수 없었다. 그렇다고 핀잔주지는 않았다. 사실 자기는 연습을 엄청 많이 했다고 했다. 오히려 내가 한 번에 잘 그렸으면 화날 뻔했다며 웃었다.

"이거 사실, 암호 같은 거야."

묻지도 않았는데 은혜는 왼손으로 입을 가리고 목소리를 낮췄다.

"원이라는 건 원래 이 세상에 없는 거거든. 그냥, 같은 거리에 있는 자취를 억지로 보이게 만든 거야. 근데 내가 비잉, 돌리면 동그라미가 딱 나타나지? 그 한 가운데에 누가 있어? 손이든 어깨든 무조건 내가 있지? 내가 만든 원안엔 언제나 내가 있는 거야. 그러면, 봐봐. 내가 생각하고 침 발라 만든 원은 누구 것이겠어?"

나는 은혜가 자신의 암호를 공유해줬다는 사실에 감격했고, 내가 그린 원을 가질 수 있다는 말에 솔깃했다. 하지만, 원 그리기를 더 연습하지는 못했다. 은혜와 어쩌다 멀어지게 되었는지 지금도 이해할 수 없다. 은혜는 내가 처음과 끝이 다른 년이라 했다. 할 수 있다면, 그때로 되돌아가 따지고 하소연하고 싶다. 그러고 보니 과학자들이 타임머신을 일부러 만들지 않은 것 같다. 나 같은 년 때문에.

진용남씨는 노랗게 염색을 했다. 옆머리에는 파랑도 섞여 있다. 평상시엔 꽁지머리로 다니더니 지금은 산발한 채로 앉아있다. 눈에는 눈곱도 껴있다. 직업이 바이올린 연주자라 했나? 솔직히 믿기지는 않는다. 그래도 손가락은 길었다.

"음악 좋아해요?"

말을 받아주면 끝없이 치근덕댈 기색이다. 잠깐 망설이다가 억지 미소와 함께 고개를 끄덕여 줬다.

"음악이란 게 정말 대단하지 않아요? 사람을 진정시키기도 하고 흥분시키기도 하죠. 이게 또, 한번 빠져들면 계속 찾게 만들어요. 아마 세상에서 중독자가 제일 많을걸. 아냐, 휴대폰 중독이 더 많으려나?"

진용남씨는 눈동자를 오른쪽으로 옮겨 내 반응을 살핀다.

"세상 사람 전부가 몇 가지씩 중독되어 있다고 봐야죠. 우리 같은 연주자는 마약 제조자가 되는 셈이고, 그러니 중독자가 중독자를 치료하고, 중독자가 또 사람을 중독시키고, 돌고 돌고…… 웃기지 않아요?"

전혀 웃기지 않았고 그냥 좀 가만히 있었으면 좋겠다. 진용남씨는 바이올린을 짚는 시늉으로 왼쪽 손가락을 리드미컬하게 움직인다.

"혈압 잴 때 움직이시면 안 돼요."

남자의 동작이 외설스럽고 징그럽다. 단순하게 혈압만 재면 되는 일인데도 살갗조차 만지기 싫다. 정말로 난 간호사가 되어서는 안 되는 사람이다. 내가 무얼 좋아할까? 팔에서 혈압계를 걷어내며 생각했다. 곰곰이 생각해봐도 좋아하는 것이 없다. 아니네. 하나 있네. 아무것도 안 하는 걸 좋아하네.

"오후에 내 주사 처방되어 있지요?"

진용남씨가 싱글싱글 웃으며 묻는다. 기대 가득한 질문에 얼른 대답할 수 없다. 페티딘 PRN 처방은 났지만, 투약 여부는 선임간호사가 판단할 일이다. 통증이 심하냐고 물었다. 그렇게 물어볼 수밖에 없었다. 담당 의사도 이 사람 상태를 알고 처방했을 테니까.

"아프지, 아주 많이 아프지."

얼굴을 싹 바꾸며 대답한다. 무던히 서 있다가 눈먼 총알에 맞은 것처럼 휘청대며 허리도 꺾는다. 나는 환자가 통증을 호소하더라는 말을 메모했다.

"우리 정…… 정세림 간호사님이 직접 놔주려나?"

내 이름표를 더듬어 보며 실쭉 웃는다. 되묻고 싶은 것을 참았다. 기분이 어땠냐고. 도대체 어떤 느낌이기에 그렇게 눈이 하얗게 돌아가죠? 총천연색 무지개가 보였나요. 번쩍이는 섬광이 보였나요. 저는 아무것도 보이지 않고, 기억나는 것도 없었거든요.

불편한 내 시선이 너무 티 났을까. 진용남씨가 눈곱을 떼며 이상한 소릴 한다.

"그거 알아요? 신이 사람들을 다 보살필 수 없어서 진통제를 만들었다는 거. 현실에선 이야기가 여기서 끝나지 않잖아요."

무슨 말인지 모르겠다. 고개만 끄덕여 줬다. 명치가 불편했다. 아플 계획이 없었으니 더 간절하게 아파진다. 때마침 내일은 오프이니 맘 놓고 아파도 된다. 음악이나 들으며 아파할까. 진용남씨가 바이올린 연주하는 광경을 상상해봤다. 고개를 삐딱하게 기울여 산발한 머리칼로 한쪽 얼굴을 가리고, 열광적으로 활을 비벼대는 모습. 그런데 조용하다.

거미 같은 손가락이 지판 위를 노닐고, 지그시 감은 눈 사이로 설핏 흰자위가 비친다. 음악 없는 마리오네트의 춤이다. 왜 소리가 들리지 않는 걸까. 곁가지처럼 우습기는 나도 마찬가지다. 조명 속의 먼지처럼 병동 안을 떠다닌다. 통증을 호소하는 노인의 주름진 입술, 병실에서 호출하는 콜벨의 빨간 신호에 따라 부옇게 춤을 춘다.

오늘 점심은 먹지 않았다. 속이 불편했던 이유도 있지만, 은연, 위내시경을 염두에 두고 있어서이다. 금지된 일을 앞둔 조마조마한 느낌이 없지는 않았다. 하지만 속이 불편한 건 좋은 구실이다. 희한했다. 딴청부리며 챙긴 은밀한 목표가 오늘 근무를 버틸 힘이 되어줬다.

퇴근 무렵에 희태에게서 문자가 왔다. 저녁에 만나자는 내용이다. 몸이 좋지 않다고 답해줬다. 문자를 보내고 또 자책했다. 이런 유치한 핑계라니. 그만 끝내자고 확실히 말할걸. 두 눈 질끈 감고 뱉어버리면 될 것 같은데, 내 저항은 그의 발등 언저리에 맴돌 뿐이다. 여전히 두렵다. 짙은 눈썹 아래에 파묻힌 그의 눈을 보면 나도 모르게 엉뚱한 소리가 튀어나왔다.

연인의 기쁨을 누리고 싶었고 그리워 어루만지는 온기도 느껴보고 싶었다. 그래서 내가 이만큼 외롭고, 저만치 힘들다고 어리광부리듯, 눈꺼풀에 습기를 가득 채워 깜박거렸었다. 착각이었다. 내가 아무리 불쌍한 시늉을 해봐도 그가 원하는 건 뻔했다.

퇴근하자마자 집 반대 방향으로 차를 몰았다. 아직 이른 시간이고 내일은 쉬는 날이다. 낯선 동네로 가볼 참이다. 어차피 이 도시는 낯설다. 낯설기에 누군가가 나를 알아보는 건 더 싫다.

내과의원은 한산했다. 접수하자마자 바로 이름이 호명된다. 어린 티가 완연한 간호사는 쓸데없이 바빴다. 모니터를 유심히 보더니, 종종걸음으로 내시경실로 들어갔다가, 다시 진료실 문을 배꼼 열어 뭐라고 묻고 헐떡대며 의자에 앉는다. 뒤늦게 생각났는지 내 목 안에 마취 스프레이도 뿌려줬다. 내시경실 침대로 안내하면서도 시선은 연신 바깥으로 향했다.

침대 아래 바구니에 외투를 벗어 담으며 슬쩍 커튼을 젖혔다. 생각 없이 그냥 둘러봤을 뿐이다. 내시경 스콥이 걸려있는 보관

장, 싱크대 옆에 스콥 소독장비, 그리고 작은 냉장고가 있다. 냉장고 옆 스텐 트레이 위에 놓인 것은 프로포폴 앰플이다. 3ml 미다졸람도 같이 놓여있다. 여기에선 미다졸람을 섞어 쓰는 모양이다. 실망과 동시에 짜증이 밀려온다. 그래서인지 나도 모르게 냉장고 쪽으로 손을 뻗고 말았다. 냉장고가 잠겨있지 않았다는 것을 깨닫자마자 벌어진 일이었다.

냉장고 문을 열고 프로포폴 두 앰플을 빼내서 가방에 넣기까지 5초도 걸리지 않았다. 두 번째였지만, 처음처럼 심장이 뛰었다. 능숙한 누군가가 내 손과 발을 조종해 벌인 짓이다. 나는 마리오네트처럼 입을 벌려 소리 없는 비명만 질렀다. 꺄악, 꺄악, 두어 번의 비명 후에 나를 변명해줬다. 이건 내 잘못이 아니야. 아무렇게나 약을 보관한 병원이 문제지.

침대는 차가웠다. 엎어진 나무토막처럼 싸늘하게 누우니 한기가 몰려온다. 내 손끝의 피도 차가움을 피해 멀리 달아나버렸다. 창백해진 손끝이 분별없이 담요를 더듬는다. 앳된 간호사가 왼팔에 수액 바늘을 꽂으며 말했다.

"한숨 주무시면 끝나있을 테니 너무 긴장하지 마세요."

오랜만에 풋, 하고 웃음이 나올 뻔했다. 긴장은 무슨…… 기대감에 가슴이 두근거릴 지경인데.

꺼림칙하긴 했다. 흰자위를 드러내던 진용남씨처럼 나도 눈꺼풀을 푸들거릴까? 내 모습이 흉하지 않았으면 좋겠다. 심정은 이해된다. 약물이 전해주는 미세한 변화를 조금이라도 느끼고 싶었을 테지. 온몸을 짓누르던 벽돌이 사라지고 그 빈자리를 채워주는 평온함이 얼마나 대단한지 나는 안다. 사람들은 모를 것이다. 아무렇지 않은 것이 얼마나 희열인지.

내 입에 마우스피스를 물린 간호사가 드디어 수액 라인 위를 소독솜으로 문지른다.

"약 들어갑니다. 주사 들어갈 때 살짝 혈관통이 있을 수 있습니다."

나도 모르게 눈동자가 위로 당겨졌다. 마치 바이올린 연주자가 자신의 음률을 더 느끼려 꿈틀거리는 것처럼…… 싸한 느낌이 팔뚝부터 전해온다. 약물은 금방 온몸으로 퍼질 것이다.

처음엔 숫자를 세곤 했었다. 하나, 둘, 셋…… 몇 초 만에 잠드는지 궁금했고, 눈썹에 힘을 주고 눈을 말똥말똥 뜨고 있으면 어떻게 될까 하는 호기심도 있었다. 나도 그럴 때가 있었다. 이제 감마아미노낙산 수치가 올라가고 얼떨떨해진 뇌에서 도파민이 분비될 것이다. 터져 나온 도파민이 나를 행복하게 만들어 줄 테지만, 그건 너무 짧은 순간이다. 스위치가 딸깍, 떨어지듯 순식간에 잠들어버리기 때문이다. 꿈도 없고, 색깔도 없고, 기억도 없는 잠. 어쩌면 죽음의 경계에 가장 가까운 잠일 것이다.

전등불이 켜지듯 번쩍 깨어났다. 오랜 잠에서 깨어난 마왕처럼 새로운 느낌인데, 시간은 고작 40여 분밖에 지나지 않았다.

어릴 적에 경험했던 초록색 잠과 비슷하다. 푹 잠들었다가 깨어나면 솟아오르는 에너지를 감당 못 해서 벌떡 일어나는 그런 잠말이다.

커튼이 둘러쳐진 회복실은 사각 요람처럼 아늑하다. 가슴 아래로 하늘색 담요가 덮여 있고, 왼팔에 꽂혀 있던 주삿바늘은 어느새 사라졌다. 40분이라는 시간이 내 삶에서 증발해버렸다. 착각인 것은 나도 안다. 상쾌하지만 몽롱했고, 멀쩡하지만 몸은 아직 깨어나지 않았다. 이때의 나른한 착각까지도 좋다. 게다가 나는 잠들기 전의 그 짧은 느낌을 감지했다. 오늘은 별로였다. 비에 젖은 불빛들이 검은 길바닥에 흐물흐물 녹아내리는 감각이 잠깐 떠올랐을 뿐이다. 그래도 오늘 두 개의 앰플을 얻었다.

다시 눈을 감았다. 깊이 가라앉고 싶은데 자꾸만 위로 떠오른다. 둥둥 뜨면 꿈을 꾼다. 가느다란 줄에 매달려 나선 모양으로 빙글빙글 돌다가 땅바닥으로 쿡 처박히는 꿈을 꾼다. 핏물이 쏠리고 심장이 철렁 내려앉는 그 추락의 느낌은 언제나 불길하게 현실을 일깨운다.

왜 항상 매달려있는 꿈을 꿀까. 나도 은혜처럼 나와 연결된 줄을 힘껏 돌려 예쁜 원을 만들어 내고 싶다. 핏줄같이 가느다란 줄에 매달렸을 땐 비명을 지를 수밖에 없었다. 그러다 잠에서 깨면 종아리에 경련이 일어났다. 오그라든 발을 주무르며 어떤 밤엔 비명을 지르고, 어떤 새벽에는 울음을 내기도 했다.

이제야 하품이 나온다. 턱관절이 뻐근하고 목구멍도 아릿하다. 약 기운이 사라지면 더 아파질 테지. 향수와 화학 세제가 뒤섞인 묘한 담요 냄새가 새삼 거슬린다. 촌스러운 분홍커튼 사이로 보조개 파인 통통한 볼을 가진 간호사가 보인다.

이 내과 이름이 뭐였더라? 다음에는 오지 말아야겠다. 가까운 곳에 죽 전문점이 있으면 좋겠다. 긴 꼬챙이가 빈속을 휘저어놨으니 뭐라도 좀 채워 줄 생각이다. 창밖에 보이는 해가 아직 멀겋다. 아참, 서둘러야 한다. 프로포폴 수량을 확인하기 전에 자리를 떠야 한다.

샌드위치는 두껍고 퍽퍽했다. 원했던 죽집은 없고 10분을 더 걸어 찾아낸 곳이 샌드위치 전문점이다. 식빵을 들춰 소시지를 걷어냈다. 두께가 얇아지니 씹기가 한결 수월하다.

희태에게서 또 전화가 온다. 받지 않고 휴대전화를 물끄러미 쳐다보다가, 벨소리를 무음으로 바꿨다. 금방 문자가 온다.

"바쁜가 보네? 나, 자기 집에 와 있어."

내가 읽은 것을 알아챘는지 다시 문자가 온다.

"끝내주는 거 구해왔어. 이번엔 진짜 좋은 거야."

마치 내가 원했던 것을 구해온 양 자랑을 한다. 언제부턴가 희태는 이상한 알약을 권했다. 행복하게 해주는 묘약이라고 했다. 희한한 성인용품도 사용했다. 이제부터 기쁜 기억만 남게 될 것이라고 했다.

화가 나는 건 어느새 내가 설득당해 있다는 사실이었다. 잘생긴 그 얼굴에 미소까지 띄워 요구하면 오른편에 서 있던 내가 왼편으로 이동해 있었다. 그곳은 환상도 아니고 현실도 아니었다. 그곳은 산산이 조각난 유리에 비친 나의 동그라미였다.

희태는 수북이 쌓인 유리 조각 위에 나를 올려놓고 흥미롭게 관찰했다. 그는 내가 기쁨에 겨워 소리치고 두 눈에 흰자위를 비치며 푸들거리기를 원했다. 내 표정을 관찰하는 희태의 몽롱한 눈을 마주 보다 문득 이런 생각이 들었다. 나도 알고 있었구나. 어차피 서로를 기쁘게 할 수 없었구나. 이미 알고 있었구나. 나는 헤실헤실 웃으며 알았쏘. 알았쏘. 혀 짧은소리로 중얼거렸고, 그랬던 날엔 실핏줄 돋은 시퍼런 허벅지를 드러내놓고 잠을 잤다.

"나 지금 거제 집으로 가는 중이야."

생각을 바꿨다. 지금 바로 거제도 집으로 가야겠다. 엄마에게 문자 보내고 휴대전화를 가방에 넣었다. 열린 가방 틈으로 프로포폴 앰플이 보인다. 프로포폴을 손수건으로 싸서 다시 조심스럽게 넣었다. 거제 집에 일회용 주사기가 상비되어 있다는 사실을 떠올리니 왠지 푸근해진다.

거가대교를 건너고 구불구불한 2차선 도로를 지날 즈음엔 벌써 땅거미가 지고 있었다. 왜 이리 빨리 어두워지지? 생각하고 보니 옆 좌석에 웬 과일 봉지와 돼지고기 팩이 놓여있다. 오다가 마트에 들렀던 모양이다. 그런데 하나도 기억나지 않는다. 바나

나가 보이고 귤이 보인다. 크기를 보니 오렌지 같기도 하다. 내가 왜 오렌지를 샀을까? 그 와중에도 오빠가 좋아하는 삼겹살을 산 것을 보니 웃음이 나온다.

처음 오빠는 휠체어가 아주 유용한 도구라는 것을 인정하려 하지 않았다. 친구도 제대로 사귀지 못했고 성격은 슬라임처럼 땅에 붙었다가 퉁퉁 튀어 주위 사람을 걸고넘어졌다. 기이한 목소리로 중얼거리기도 했다. 나무는 밀어젖히고 땅은 사람을 잡아당긴다고 했다. 억지로 엄마에게 업혀 가지 않았더라면 고등학교도 마치지 못했을 것이다. 어떤 여학생을 만나기 전까지는 그랬다.

그 어설픈 여학생은 오빠에게 또 다른 상처를 주긴 했다. 덕분에 오빠는 변했다. 기술학원에 등록하고, 장애인 농구팀에 가입했다. 그럴수록 돈이 필요했다. 뒤늦게 술까지 배워 오빠는 하마가 되었고, 그중에서 돈 먹는 하마가 되었다. 오빠는 내 속마음을 귀신같이 알아차렸다.

"부산에 도망가서 줄 끊어냈다고 착각하지 마라. 사랑하는 니 오빠가 오매불망 기다리고 있단다."

"누가 도망을 가? 내가 왜 이리 빙빙 돌고 있을까 싶어 한심할 뿐이지"

"빙빙 돌아? 우리 식구 중에 훨훨 날아다니는 사람은 너뿐인데? 그나저나 요즘 전동휠체어 참 잘 나오더라. 정부 지원도 괜찮고."

"술 끊고 살이나 좀 빼. 오빠가 돼지처럼 무거운데 어느 휠체어가 버티겠어."

오빠는 신들신들 웃었고, 나는 턱을 치켜들고 웃었다. 오랜만에 거제 집에 가면 오빠는 확인하듯 다시 줄을 묶었고, 그럴 때마다 나는 미친년처럼 웃었다. 오빠와 나는 서로 연결된 반지름이었다. 줄은 질겼고, 나는 오빠 무게를 감당할 수 없었다. 무거워 돌릴 수 없으니 결국 내가 돌아야 했다.

길은 구불구불 이어지고, 핸들을 오른쪽 왼쪽으로 크게 꺾기를 반복했다. 봉지 속에 든 바나나 송이가 한쪽으로 기울어졌다가 좌석 아래로 떨어졌다. 바나나 멍들면 안 되는데…… 오른팔을 뻗어 바나나를 좌석 위로 올리고 하품을 했다. 이제야 마취에서 깨어난 것일까. 어쩌면 아직도 꿈속을 달리고 있는지 모르겠다.

강물 같았던 전방이 갑자기 환해졌다. 연이어 온 세상이 껌벅껌벅 점멸한다. 언제 접근했는지 기척도 느끼지 못한 차 한 대가 상향등을 번쩍였다. 나도 모르게 가속페달을 밟았다. 속도를 올리면 눈알도 따라와 내 뒤에 바싹 붙었다. 백미러가 시린 빛살로 가득 차고 머릿속도 새하얗게 변했다.

길이 내리막으로 치닫기 시작했다. 너무 빠르다고 느끼면서도 속도를 줄일 수 없었다. 도로 경계석이 와락 다가오고 고개가 앞으로 확 당겨지는 충격에 온몸이 떠올랐다.

떨어짐과 동시에 몇 바퀴는 굴렀을 것이다. 어디에 부딪힌 아픔이라기보다는 절구통에 넣어져 분쇄되는 충격이었다. 시트와 과일, 유리조각과 몸뚱이가 하나로 뭉쳐졌다가 으깨어지고 떨어져 나갔다. 세상과 연결된 모든 줄이며 실들이 투두둑 끊어져 저쪽 세상으로 내던져질 때, 짧은 숨을 뱉은 것 같기도 하고, 숨을 멈췄던 것 같기도 하다. 하지만 용케 정신을 잃지는 않았다.

차체는 커다란 가지를 뚝 부러뜨리며 움직임을 멈췄다. 고주파의 이명이 양쪽 관자놀이에서 울어대고 그 와중에 매캐한 화약 냄새를 맡았다. 차 문은 열리지 않았다. 안전띠를 풀고 문을 밀어 젖히려 다리에 힘을 줬다. 순간 커다란 이빨이 발목뼈를 으득, 깨문다. 터진 에어백을 젖혀 발아래를 살펴봤다. 오른발이 무릎에서부터 이상한 방향으로 뒤틀려 있다. 영락없이 줄 끊어진 마리오네트였다.

골절이구나. 생각하는 동시에 격렬한 아픔이 전해진다. 왼쪽 다리라도 움직여 보려는데 무릎 위로 미지근한 액체가 툭, 떨어졌다. 손을 들어 얼굴을 더듬었다. 사위가 어둑했지만, 눈앞으로 들어 올린 손가락은 짧은 비명이 튀어나올 만큼 붉었다. 방울진 액체가 뺨을 타고 주르륵 흐른다. 손끝이 덜덜 떨렸다.

사고 난 것을 누가 알까? 옆 좌석에 손을 뻗었지만, 손에 잡히는 것은 아무것도 없다. 오른쪽으로 몸을 돌려 보다가 다시 비명을 질렀다. 이번엔 뭉툭한 창날이 옆구리를 찔렀다. 잠시 헉헉대다가 눈동자를 최대한 돌려 이리저리 살펴봤다. 휴대전화가 보이지 않는다.

두 팔을 감싸 안으며 깨진 유리 사이를 엿봤다. 하늘이 보인다. 저녁노을의 마지막 빛을 거두고 있는 하늘이다. 출혈에 골절. 지금은 의식이 있지만 언제든 의식을 잃을지 모른다. 온몸을 덜덜 떨고 있다는 것을 스스로 느낄 수 있었다.

옆 좌석 아래로 손을 뻗었다. 동그란 오렌지가 손끝에 걸리고 뻣뻣한 천이 만져진다. 가방이다. 손가락을 움직여 가방을 당겼다. 가방이 짐짝처럼 무거워진 느낌이다. 힘겹게 무릎에 올려놓고 지퍼부터 열었다.

바닥까지 뒤져도 휴대전화가 없다. 손수건에 싸뒀던 프로포폴은 신기하게 멀쩡하다. 가방을 껴안고 잠시 얼굴을 묻었다가 다시 밖을 살폈다. 눈앞의 숲은 검게 물들어 있고, 먼 기슭을 가로막은 관목들은 하늘에 선을 잘못 그어놓은 것처럼 어지럽다.

보잘것없는 하루하루가 왜 이리 아프고 불행한 걸까. 어디서부터 잘못됐는지 모르겠다. 이유를 따져보면 자꾸 과거로 거슬러 올라간다. 과거로 올라갈수록 하나씩 하나씩 잘못이 지워졌다. 전부 지워지게 거꾸로 돌아갔으면 좋겠다. 영화처럼, 아무것도 모르는 어린아이로. 아니, 엄마 뱃속으로…… 그러고 보니 내가 예정일보다 보름이나 빨리 태어났다고 했지. 열 달도 못 채우고 떠밀려 나온 년이 바로 나였네. 하, 그렇네. 거기서부터 잘못됐네.

과거가 그 꼴이니 미래가 온전할까. 그러니 이 사고도 숙명적으로 예정된 불행이다. 나는 늘 선고를 기다리는 죄인처럼 조마조마했었다. 그럴 땐 혼자만의 다이어리를 꺼내 끄적거렸다. 나의 슬픈 파국을 미리 애도하는 다이어리. 지금도 아침부터 이렇게 힘들었노라고 비애에 가득 찬 글들을 써 내려가고 싶다. 과장되게 나 자신을 혐오하여 나를 위로하고, 내가 아무것도 아님을 다시 확인하면서 어떤 결심도 맹세도 필요 없는 편안하고도 슬픈 마음으로 잠들고 싶다.

문득, 감싸 안은 가방의 무게가 느껴진다. 열린 가방 안으로 손을 넣었다. 펼친 손수건에 가지런히 놓인 앰플이 다시 봐도 신기하다. 영화 속 게임판처럼 온갖 말썽을 일으켜놓고 저만 멀쩡히 앉아있는 것처럼 뻔뻔스럽다. 두 개의 유리 앰플을 허벅지 사이에 놓고, 손수건으로 손가락에 묻은 피를 닦아냈다. 온몸이 부들부들 떨린다. 덩달아 다리 사이의 앰플도 딸깍딸깍 소리를 낸다. 쇼크 때문인지 알 수 없지만 견디기 힘들 정도로 춥고 떨린다. 나는 오롯이 혼자였다.

덜덜 떨리는 손으로 앰플 하나를 집어 올렸다. 차갑다. 세상과 단절됐다는 사실을 실감시켜줄 만큼 차갑다. 그만치 앰플이 달라져 보였다. 땅이 확, 잡아당겼어. 정말이야. 난 가만히 있었다고…… 오빠는 제 몸뚱이를 땅속에 쿵쿵 박아 넣으며 중얼거렸었다.

오빠 눈꺼풀에 하얀 서리가 돋아있고 앞니 빠진 오빠 입속은 깜깜했다. 이젠 무릎까지 덜덜 떨린다. 좋지? 맨날맨날 땅 밟고 다니니 좋지? 너 걸으라고 뱃가죽으로 땅바닥 박박 닦아주는 오빠가 있으니 좋아죽겠지? 까무러치겠지?

쏟아진 죽처럼 흐물대는 오빠 목소리다. 아냐, 희태가 그랬었나? 아. 희태는 초점 없는 시선으로 이건 어때? 좋아? 좋지? 라고 물었었지. 나는 희태가 좋아하는 게 좋은 건 줄 알았었다.

앰플이 보닛 위로 굴러떨어졌다. 특별한 이유가 있어 던진 것은 아니다. 그냥, 바다가 있음직한 아래쪽 검은 공간에 눈을 두고, 사레들린 듯 쿨럭이며 숨을 쉬었을 뿐이다. 나머지 앰플도 던졌다. 이번에는 깨지는 소리가 들린다.

깨지는 소리가 듣기 좋다. 이럴 줄 알았으면 처음부터 세게 던질걸. 손가락을 손수건으로 감싸고 입김을 불었다. 내 입에서 따듯한 기운이 불어진다는 것이 새삼 신기하다. 난 이렇게나 추운데.

다시 입김을 모으다가 소리를 들었다. 문자 알림음이다. 한 번의 울림으로도 휴대전화가 오른쪽 뒷좌석 바닥에 있다는 것을 알아챘다. 손을 뻗어 휘젓다가 찌르는 통증에 비명만 한 번 더 질렀다.

비탈 쪽으로 기울어진 차의 조수석은 관목 가지들이 막고 있었다. 휴대전화를 찾으려면 밖에서 뒷문을 열어 꺼내야 했다. 유리가 반쯤 내려앉은 전면 창으론 도저히 빠져나갈 자신이 없다.

눈물이 핑 돈다. 아니, 그때부터 울음이 터져 나왔다. 갇혀버렸다. 그토록 아늑했던 나만의 공간이 숨 막히는 상자로 변해 있었다. 숨이 턱턱 막힌다. 발작적으로 차문을 밀었다. 다리 아래로 번개가 내려치고 옆구리에 거친 창날이 파고든다.

순간, 딸깍하고 틈이 벌어진다. 레버를 젖히고 다시 왼발에 힘을 줬다. 왼발에 힘을 줬는데 오른쪽 옆구리에 불길이 인다. 신음인지 울음인지 목구멍에서 나오는 소리가 점점 커졌다. 창문에 걸쳐진 나뭇가지가 움찔 비켜지고 문이 한 뼘쯤 더 벌어진다.

문틈을 통해 머리가 빠져나오고 상체가 빠져나왔다. 흙바닥에 손을 짚고 다리마저 빼내려 버둥거렸다. 내 몸이 이렇게나 길고 무거웠는지 이제야 알았다. 오른 다리가 땅에 닿으며 쿵, 소리를 낸다. 주체할 수 없이 울음이 터져 나왔다. 꺾어지고 비벼진 풀냄새, 뺨으로 흐르는 눈물이 따뜻하다고 느끼면서 울었다. 엉금엉금 기어 차 뒤편에 몸을 기대었다.

미등의 붉은 빛 주위로 날벌레들이 떠돈다. 나는 손을 덜덜 떨며 얼굴에 엉겨 붙은 머리카락을 떼어 냈다. 나뭇가지조차 흔들지 못한 바람이 저 너머에서 쩌엉 소리를 낸다. 연이어, 허엉 허엉, 하는 울음이 어두운 둔덕과 대지를 빙 돌아 내게로 부딪혔다. 나는 겨우 구분할 수 있는 비탈을 향해 다시 울음을 내었다.

단세포적 참회

이런! 이렇게나 일찍 왔는가? 입안에 욱여넣는 꼴을 보였으니 이거 민망하구먼. 뭐, 자네라면 이해를 해주겠지. 같이 들겠는가? 아무리 먹어도 물리지 않는, 바로 그 포도당이라네. 허허허. 농담도 못 하겠군. 어디 맛으로 먹나. 때가 되면 먹는 것이 끼니 아닌가.

우선 좀 앉게. 어이쿠, 또 흔들거리는구먼. 동네 의자가 다 이 모양이네. 익숙해지면 자네도 괜찮을 걸세. 우리가 비록 단세포라지만, 그렇다고 적응도 못 하는 미천한 생물은 아니지 않은가. 물론, 우연이라는 필연적 혜택도 있었지만 스스로를 인식하려는 노력도 상당했었지. 이치 짚어가며 조목조목 설명해 줄 수 있지만, 흥미로운 얘깃거리는 못 될 걸세. 밝히기 곤란한 것을 얼렁뚱땅 넘기려는 수작은 아니니, 그쪽 의구심은 접어두게나.

사려 깊은 세포는 제 삶을 이야기할 수 있어야 한다고 했네. 쉰여덟 번 분열에 성공하고, 불의의 사고로 절명한 어느 세포에 들은 말이야. 전적으로 동감할 순 없어도 그냥 흘려버릴 말은 아니지 싶네. 혈관을 구성하는 우리 같은 존재가 없으면 수조 개의 생명으로 구성된 이 세상은 굶주린다. 그래서 나 또한 가치 있다는 판에 박힌 논리이지만, 이것 또한 명백한 사실이네. 차차 이야기하기로 하고, 우선은 내가 지혜로운 세포라는 것부터 보여줄까 하네. 그래야 내 말을 허투루 듣지 않을 테니까.

아직 말도 안 꺼냈는데, 그렇게 굳은 얼굴로 쳐다보지 말게. 나까지 긴장되는구먼. 내가 잘난 체하는 것으로 비치지 않아야 할 텐데 말이야.

일단은, 내가 무엇이냐 하는 질문이네. 알다시피, 우리 몸 대부분은 진득한 물이지. 그냥 물이 아니라, 온갖 성분이 적절히 혼합된 물이라네. 세상에선 그걸 원형질이라 이름 붙인 모양인데, 그 외에도 핵이나 미토콘드리아, 세포막같이 다양한 기관들이 있어. 세상 저희끼리 이런저런 명칭을 붙이고 연구를 했다지만 그 내부를 속속들이 아는 이는 아무도 없다네. 무지해서 모르는 게 아니라, 그만치 광대하다는 뜻이네. 우리 내부에는 그 자체로 하나의 우주라고 불릴 세계가 있다네.

한마디로, 단세포라고 마냥 쉽게 볼 것이 아니라는 말일세. 먹고살기 바빠, 눈 한번 돌리지 못한 작자에게 에라, 단세포 같은 놈! 이라 퍼붓는 걸 봤을 테지. 이런 몰상식한 표현은 계몽해서라도 없애야 할 걸세. 지금까진 몰라서 그랬다 치더라도 자넨 들었으니 앞으로 유념하게.

이런! 속이 불편한가? 구역질까지 나고? 쯧쯧, 이 동네 물이 좀 독하네. 예전엔 참 좋았었지. 금방 분열한 세포는 뽀얗게 자라고, 우린 한 달 보름 걸려 새 생명을 싸질러대곤 했지. 어허, 이거 노친네 흉내를 내고 있군. 이해하게. 말마디 받아줄 온전한 이웃 하나 없다 보니 이 꼴이지, 본시부터 헤프게 옛날 타령만 하진 않았다네.

세상 돌아가는 것 헤아리고, 사려 깊은 세포라는 소릴 제법 듣긴 해도, 내 할 일 게을리하며 살지는 않았네. 지금도 난 모세혈관이라는 신분이 자랑스럽다네. 온몸으로 통로를 엮어 세상이 필요하다면 누구든 건너가도록 해줬지. 나를 딛고 건너가는 것들이 어디서 왔고, 어디로 가는지는 모르네. 올 만한 곳에서 왔을 테고, 갈 만한 곳으로 갈 테지.

말이 나와서 하는 말인데, 나름 지혜롭다고 해도 내 알량한 지식은 삶에 그다지 보탬이 되진 않았었네. 그저 호기심에 이것저것 주워 담은 것들이란 말일세. 자네도 알다시피 이 지식이란 놈은 걸핏하면 제멋대로 날뛰지 않는가. 스스로 갈등하게 만든단 말이네. 그렇다고 일일이 골라내서 버릴 수도 없지 않은가? 그래서 난 고뇌하는 세포가 될 수밖에 없었네.

그렇다고 해서 머리만 싸매고 있다는 건 아니네. 필요할 때마다 새 혈관을 만들어내야 했거든. 묘한 광기에 휩싸이고 공연히 바빠지는 시기이기도 하지. 번식하는 기쁨. 무릇, 이런 묘사는 낯 뜨겁기 마련 아닌가. 무슨 말이냐 하면, 세포막을 파고드는 그 얄궂은 신호, 들뜬 세포핵이 진저리치며 일으키는 연쇄반응에 관한 이야기는 생략하겠다는 말이네.

대신에, 몸뚱이를 반으로 갈라내는 고통은 언급하겠네. 운명을 한탄하게 할 고통 말일세. 원래가 고통을 감내하도록 운명 되었다지만, 운명이 아니었다면 둘로 쪼개지는 과정은 아무도 체험하려 하지 않았을 걸세.

하지만 말일세, 그건 위대한 고통이었네. 적어도 난 그렇게 단정하고 싶다네. 그로 인해 젊고 패기 있는 세포가 탄생하는데 어찌 거룩하지 않겠는가? 똑같이 생겼다고 해서 내 존재의 연장이라 생각하면 곤란하네. 내 분신들은 각기 다른 체험을 할 것이니, 당연히 삶도 다르다네. 사는 방식이 다르다는 말은 아니네. 그래 봤자 모세혈관일 테니 말일세.

내 배를 긁으며 스치는 적혈구, 백혈구와의 부대낌, 게다가 미지의 기관에서 떨어져 나온 세포와의 대화는 특별한 경험이었네. 말했다시피, 내 지식 대부분은 그들로부터 얻은 것이지. 심지어는 딴 세상에서 흘러들어온 세균과의 만남도 있었다네. 세균의 모험담은 정말 짜릿하지. 하지만, 항시 조심해야 하네. 간혹 패악 부리기 좋아하는 왈패들도 있으니 말일세.

늙은 세포도 무시해선 안 되네. 쭈그러진 세포막에 원형질을 질질 흘리고 있다고 지혜마저 잃어버린 것은 아니란 말일세. 그런 늙은이 말속에도 귀담아들을 것이 있네. 신경세포라면 더더욱 반갑지. 세상이 무엇에 집착했고, 어디로 가고 있었는지 단편의 기억을 가졌거든. 모세혈관 좋은 점이 바로 이것이야. 세상 온갖 것들이 혈관을 스쳐 가니 말일세.

세상 소식이 흥미롭긴 해도 마냥 좋은 소식만 들리는 건 아니네. 세상은 제가 좋을 대로 착각하는 버릇이 있어. 그것도 모자라, 스스로를 자꾸 '나'라고 떠벌리고 다닌다는 말일세. 우리가 모여서 세상을 이뤘는데 말이야. 웃기는 건, 우리 단세포들에 대해선 인식조차 못 하면서 내적 갈증이 어떠니 하면서 뭔가를 갈구하고 있다는 것일세. 뭐, 끼니만 제때 챙겨준다면야, 나도 세상이 무슨 짓을 하고 다니는지 간섭하고 싶지는 않네.

허황되다고 여길지 모르겠는데, 나도 나름의 자부심이 있다네. 조각난 뇌세포에게 듣고 난 뒤로 우리 단세포들의 무궁한 힘, 그 잠재된 능력에 대해 확신을 갖게 되었네. 어느 하릴없는 과학자의 실험이었지만 우리에게는 아주 의미심장한 이야기였어.

실험은 의외로 간단하네. 일단, 식물세포 군집으로 이루어진 어떤 대상을 무자비하게 파괴하는 것이네. 잎을 뚝뚝 따내고 줄기를 꺾고 뿌리를 뽑아 내동댕이친 후 잘근잘근 밟아주는 거지. 오들오들 떨면서 구경하는 다른 식물 눈앞에서 말일세. 잘 보라고 벌이는 짓이니 고스란히 지켜봤겠지.

이때부터가 중요해. 피비린내 불불 풍기는 살육자가 잠시 밖에 나갔다가 다시 등장하는 거야. 그리고는 눈을 부릅뜨고 목격자 식물에 성큼성큼 다가가는 거지. 게네들이 어쨌겠는가? 물귀신 자지러지는 비명을 얹어 깔딱깔딱 넘어가더라 이거지. 아, 아. 내 말은 실험 기기의 바늘이 그렇게 움직였다 이 뜻이네. 식물에 눈이 있어 볼 건가, 귀가 있어 듣겠나? 진정한 목격자는 식물 몸뚱이가 아니라 개개의 단세포였다 이 말일세.

나도 믿고 싶은 말만 믿는 족속인지라 얼마나 신뢰할 수 있는 실험인지는 따지고 싶지 않네. 아무튼, 식물이든 동물이든 단세포 하나까지 개개의 의식은 존중되어 마땅하다는 것이 내 주장이네.

게다가 우리가 모두 아는 그 진리. 내 심장, 내 핵에는 이 세상을 구성하는 모든 저력이 깡그리 저장되어 있다는 사실을 되새겨야 할 것이네. 나는 지금 핏줄이지만 뼈가 될 수 있으며, 내 비록 단세포에 불과하지만 세상은 곧 나로 비롯된다. 대단하지 않은가? 내가 말일세. 이렇게 얽히고설킨 긍지로 부글부글 끓다가 혼자 터질 뻔한 적이 한두 번이 아니었다네.

나에 대한 설명은 이 정도면 충분하리라 보네. 이제부터 본격적으로 이야기할 참인데, 잠시 쉬도록 하세. 이거 미안해서 어쩌나. 모처럼 손님인데 대접이 이래서. 이 눈이 따갑고 가려운 건 몹쓸 약물 때문이네. 진작 알아챘겠지만, 망할 놈의 세상은 나에게 호의적이지 않다네. 하지만 악착같이 견뎌낼 각오라네. 그게 내 운명이기도 하고. 자네, 참을 수 있겠는가? 힘들면 지금이라도 돌아가게. 여기까지 들어온 것만 해도 대단하다 생각하고 있으니 눈치 볼 것 하나 없네.

자네가 지금 최선을 다하고 있다는 걸 나도 알고 있네. 충분히 인정할 수 있어. 하지만 자네 스스로에 대한 의구심은 가졌으면 하네. 아, 자넬 못 믿어서 부담 주려고 한 말은 절대 아니네. 뭐가 정의로운 건지, 그 자유와 정의가 누구를 위해 이용되고 있는지 의심하는 그런 거 말일세.

쉰아홉 번의 분열을 해낸, 그리하여 쉰아홉 개의 개체를 생산해낸 나에겐 그런 의심을 가질 의무가 있다고 생각한다네. 삶이란 게 본디 시련을 헤쳐 나간다는 것일진대, 겪은 관록으로도 식견이 남다를 것 아닌가?

덕분에 웬만해선 시비를 피하고 산다네. 물론, 내 눈에도 꼴보기 싫은 놈들은 있지. 바로 뇌세포들 말일세. 후대를 위한 분열의 고통도 감수하지 않을뿐더러, 하는 일이라곤 끼리끼리 손잡고 떠는 수다뿐이잖은가. 그래놓고 저희가 세상을 움직이니 저희가 곧 세상이라 떠벌이고 있더라고. 어이가 없는 건 그게 먹히는 세상이라는 거야. 산소나 영양분은 죄다 그 작자들 위주로 배분되고, 세상도 그들이 원하는 대로 움직여 주고 있으니 말이야.

세상이 그렇다 하더라도 나는 수긍하지 않았네. 오히려 이렇게 외쳤지. 내 비록 기름때 묻은 혈관에 붙박고 살지만, 네까짓 게 세상이면 난 우주다! 라고 말이야. 아니, 면전에다 뱉어준 건 아니고…….

옛이야기 한 가락 꺼낼까 하네. 뜬금없다 여길지 모르겠네만, 내가 벼락치기로 잘난 게 아니라 고생 끝에 이만치 되었노라 알려주기 위해서이네. 모두가 그런 식으로 옛날이야기를 써먹지 않았는가. 과거 속의 은유와 과장은 가책 없이 사용할 수 있는 꽤 유용한 거짓이라 알고 있네. 알고는 있는데, 티 없이 능청 떨 비위가 없어 이렇게 다 까발려놓고 시작하는 것이네.

아참, 짚고 넘어가야 할 게 있네. 등 따습고 배부른 세월이기에 쉰아홉 번 분열이 가능하지 않았냐며 시샘 부리는 작자가 많다네. 사려 깊은 세포답게 허허 웃어 주고 싶지만, 아님 말고 식의 발걸이 질에는 나도 진절머리가 인다네. 오늘 내 얘기를 듣고 나거든, 잘 좀 설명해주게. 아닌 것으로 보는 작자에게는 어떻게 설명해도 다 어깃장으로 본다네. 자네가 그쪽과 좀 통하는 것 같으니 내 부탁함세.

아주 큰 변고가 있었네. 크든 작든 우리 삶에서 빠지지 않을 시련일 테지만, 정말 세상이 푹 가라앉아 버릴 대형 사고였어. 꽈앙, 하는 충격에 수천, 수만 세포들이 떨어져 나가고 아수라장 된 혈관 바깥으로 혈장과 적혈구들이 뿜어져 나왔었지. 백혈구들이 모여들고, 이내 모든 게 뒤엉켜 버렸어. 혈관이 끊겨 고립된 세포들은 살려 달라 애원하고, 끙끙 앓던 대식세포는 아무 곳에나 꺽꺽 이빨 자국을 냈어. 모두가 이성을 잃은 상황이었네.

대식세포가 내 분신을 잡아먹는 걸 보면서도 난 묵묵히 영양분을 섭취했었네. 오로지 혈관을 복구해야 한다는 생각밖에 없었지. 나에게만큼은 모자라지 않게 양분이 공급되길 바랐고, 아직 살아 있다는 이유만으로 열심히 분열했다네. 그때 난 한창 젊었을 때였거든. 뒤늦게 안 사실이지만 그렇게 날뛰던 놈들은 어차피 죽을 목숨이었어. 나처럼 묵묵히 일 쳐내는 세포는 따로 있었던 거야.

막상 큰일이 벌어지면 우는 소리 내며 자빠지는 놈이 있고, 늘 그래왔던 것처럼 제 살 깎아 내는 놈이 있기 마련이네. 뒈진 놈들만 어리석다는 소리가 아니네. 죽음은 항상 우리 곁에 있고, 죽음이 또한 끝이 아니라는 뜻이야. 이렇게 이야기하면 분명히 꼬투리 잡는 작자가 있을 것이네. 죽음 다음에는 또 무엇이 있냐고…… 이참에 오해를 없애도록 하겠네.

여기까지 오는 동안 자네도 주위를 잘 봤을 것이야. 끊임없이 움직이고 있는 세포들 말이네. 영양분을 섭취하고, 울룩불룩 생기 넘치게 움직이지. 모두가 죽음과 전혀 상관없는 세포들처럼 보일 거야. 하지만, 사실은 모두 죽음을 뒤집어쓴 모습들이네. 잘 몰라? 내 말을 잘 들어보게.

보호용 세포들, 이를테면 바깥으로 드러난 표피세포는 어쩔 수 없이 밀려 나와 말라죽은 것이 아니네. 이 세포들은 바깥 공기에 닿기 전에 자살을 감행한다네. 온몸이 단단한 물질로 가득 채워질 때까지 섬유질의 각질을 만들어내지. 맞아. 우리 세상은 죽음이라는 것을 피부로 덮고 있는 것이야. 아니, 죽음이 없으면 살아있을 수 없는 것이 우리 참모습이라네. 아름답다고 말하기도 하지. 죽음으로 뒤덮인 걸 보고서 말이야.

죽은 이만 불쌍하다고? 아닐세. 그들이 나약하거나 경쟁에 패배해서 죽은 것이 아니네. 때마다 음식이 필요했듯이, 단지 죽음이 필요했을 뿐이란 말일세. 누구도 강요하지 않았다네. 잘 둘러보게. 어디 그렇지 않은 걸 본 적 있는가? 난 내 주위에서 죽음을 두려워하는 세포를 한 번도 보지 못했네.

우린 늘 이런 방식으로 시련을 극복해내지. 죽음이 필요하다면 죽고, 남은 놈은 틀어막고 때우고 청소를 하지. 물론, 수고했어. 네 덕분이야. 라는 인사말 한마디 들어본 적 없어. 언제나 그랬네.

화가 났었네. 세상은 우릴 당연히 희생을 감수해야 할 미물로 생각하고 있어. 그래서 반역을 꿈꾸었냐고? 천만에, 이래 봬도 웬만한 수모쯤은 관대하게 넘겨버릴 연륜을 가지고 있다네.

이런 일도 있었다네. 갑작스러운 혈관수축, 그에 비례하는 혈액의 압박, 철철 넘쳐나는 호르몬에 적혈구들이 혈관 벽으로 돌진하는 충격. 우린 이유도 모른 채 고개만 바싹 쳐들었지. 가뜩이나 힘겨울 때 이런 사태는 우리를 정말 못 견디게 한다네. 터져버린 세포 잔해가 회오리치고, 흥분한 신경세포들이 펄쩍펄쩍 춤을 추는 그런 상황 말이야.

이것 예삿일이 아니구나. 처음엔 나도 몹시 당황했었네. 영문을 몰랐기 때문이지. 난 내 몸에 세차게 부딪히는 적혈구 하나를 가까스로 붙잡았어.

"산소! 산소!"

넋 나간 적혈구는 같은 말만 반복하더군. 미끄덩한 놈을 붙들고 뭘 알아내려 한 내가 어리석지. 항시 느끼는 것이지만, 적혈구라는 놈은 떼거리로 몰려다닐 줄만 알지, 하나씩 잡아 이야기해 보면 제대로 아는 건 하나도 없어. 아무튼, 놈들이 허둥댈수록 무슨 일이 생겼는지 궁금하더라고.

그때 적혈구 저쪽에서 뭔가가 폴짝 넘어오는 게 있었어.

"츄릅, 아따낭, 뭘 그리 놀라낭?"

싹수없이 말을 던지는 놈이 생긴 것도 보통이 아녔네. 우둘투둘한 거죽에 숭숭 돋은 섬모, 쉴 새 없이 날름대는 혓바닥 하며, 징그럽지 않은 데라고는 공들여 살펴봐도 없는 놈이었지. 놈은 다짜고짜 갈고리 같은 물건을 꺼내 혈관 벽에 찔러 넣더군. 몸을 바로 세우려 하는 짓이건만 애꿎은 이웃 하나가 칵, 비명을 지르며 원형질을 쏟아냈어.

그런 짓 해낼 작자가 누구일 것 같은가? 바로 칙칼스런 세균 족속이지. 한발 한발 다가오는 녀석 사타구니에서 시커먼 물건이 끄떡끄떡 움직이더군. 흉측한 걸 보고 있자니 미토콘드리아가 다 오그라들 지경이었어. 이럴 때 하필 백혈구는 어디로 갔는지 보이지도 않아. 놀란 핵산은 벌렁벌렁 뛰는데, 녀석은 날 보며 실실 웃고 이었어. 첫눈에 알아보겠더라고. 더러운 짓에 닳고 닳은 놈이라는 걸.

"감히 그런 눈으로 쳐다보지 마썽. 이래 봬도 내가 족보가 있는 균이라능."

그러잖아도 속이 니글니글한데 던지는 첫마디부터 시비조더군. 그렇다고 내가 대거리를 하겠는가, 드잡이질하겠는가. 가슴만 답답하고 아랫도리 기운이 허부렁 빠져나가더라고. 난 그저 멍청한 적혈구처럼 뻘쭉 웃어 보일 수밖에 없었네.

"이제부터 이 세상을 접수할 것이니 순순히 투항하라능."

"투항?"

"지금 내 섬모보다 많은 동족이 이쪽으로 들어왔셩. 저항해봐야 소용 없다능."

투항이라니? 저놈들에게 투항이 무슨 의미가 있겠나. 우린 어차피 저항할 방법도 없는데.

놈이 넘어온 곳을 넌지시 살펴봤지. 떼거리로 몰려왔다는데 아무도 보이지 않더라고. 그 많은 세균이 혈관 안에까지 쳐들어 왔다면 보통 일이 아닐 텐데 말이네.

"세상은 지금 츄릅츄릅하고 있는 중이셩."

"츄릅츄릅?"

"내가 이 세상 저 세상 좀 건너다닌 세균이라능. 두 종류 세상, 자물쇠 세상과 열쇠 세상. 두 세상이 서로 맞춰보는 놀이에 열중 하고 있는 중이라능."

자고로 시답잖은 놈에서 나온 소견머리가 다 그렇고 그렇다더니, 놈도 딱 그 짝이었어.

"몰랐셩? 너희들이 소중해 마지않는 세상은 말이죵. 참으로 **춉춉**하기 짝이 없는 속물들이셩. 그저 몰두하는 거라곤 열쇠와 자물쇠 맞춰보는 일뿐이셩. 당신도 정신 차리셩! 있다가도 없는 게 세상인데, 뭘 좋은 일이 있어 그렇게 목매다는 거셩?"

내 아래턱이 헤벌어지더군. 어쩌면 녀석의 수작이 그럴듯해서일지도 몰라. 사기꾼 놈들이 아예 얼토당토않은 거로 시작하진 않지 않나.

"너희들은 원래 영원히 살 수 있었셩. 바로 나처럼 말이죵. 츄릅츄릅. 완벽했던 하나의 몸에서 자물쇠와 열쇠로 나뉘면서 귀중한 능력을 잃게 된 거죵."

순간적으로, 고개를 끄덕일 뻔했지만 금방 냉정함을 되찾았어. 한번 넘어가기 시작하면 두 번 세 번은 쉽게 넘어가기 마련이거든. 난 내 맑은 이성이 잠시나마 흐트러진 것을 부끄러워하며 목소리를 낮췄어.

"세상이 두 종류라는 건 나도 알고 있어. 하지만 그건 무한했던 삶과 바꾸어야 할 만치 필요했었던 거야. 거스를 수 없는 결단이었지"

"츄릅, 환상에 빠진 멍텅구리셩."

세균이 입술 한쪽을 비스듬히 올리며 웃더라고. 아무리 세상이 탐탁잖아도, 세균 놈에게까지 비웃음을 산다는 건 정말 자존심 상하는 일이 아니겠나. 도저히 못 참겠더라고. 죽을 때 죽더라도 할 말은 해야겠다고 결심했지.

"세상이 위대할 수 있는 이유는 그들이 가진 가능성 때문이야. 열쇠와 자물쇠. 다 이유가 있는 거야. 우리가 모르는 문을 열어야 할 때가 있고, 뭔가를 잠가야 할 때가 있기 때문이지. 물론 그 역할을 인식조차 못 하는 세상이라 해도, 결국 그 일을 해내는 세상도 있기 마련이거든."

본의 아니게 세상에 대해 변명을 해주고 말았었네. 솔직히 나도 그 부분에 대해선 회의가 많았었거든. 만약 그놈이 좀 더 강하게 몰아붙였다면, 내 생각이 바뀌었을지도 모르네. 깨 놓고 말해서 평소 세상이 그다지 믿음을 주진 않았잖은가.

"츄릅츄릅. 여기에 또 입바른 소리 잘하는 세포가 납셨셩. 세상 모든 현상엔 이유가 있고, 그 촙촙한 진리를 찾아야 한다고 믿는 부류 말이셩."

얼른 대화를 끝내고 싶었네. 놈은 마치 대단한 지혜를 품고 있는 양 행동하고 있었어. 얼핏 지혜로워 보이지만 사실 개뿔도 없는 작자들이 종종 그런 흉내를 낸단 말일세. 시답잖은 놈에겐 먹혀드니 자주 써먹었겠지.

근데, 대화가 끝나면 내가 잡아먹힐 거라는 현실이 문제였네. 말꼬리 잡아 실컷 퍼부어 대면 속이야 후련하겠지만 그럴 수 없었어. 찌르면 쩍, 소리밖에 못 낼 내가 무슨 모가지 열두 개라고 그런 만용을 부리겠나. 세상 열기는 점점 뜨거워지고 내 원형질도 빠르게 요동치고 있었네. 없던 딸꾹질이 꼴딱 나오고 세균은 제 손가락을 쭉 빨더니 번드르르한 입술을 핥더라고.

"**춉춉춉**, 그래도 이 바닥에서 자네같이 개성 있는 세포는 드물 죵."

말을 그렇게 던져놓고 앞발을 슬슬 내미는 거 아니겠어? 녀석의 입김이 느껴지면서 소름이 확 끼치더군.

"칭찬은 고맙네만."

얼결에 나온 대꾸와 달리, 내 시선은 슬슬 움직이는 촉수를 따라가기에 바빴어.

"지혜가 넘칠수록 고뇌는 깊어지는 법이죵. 어떠셩? 고뇌하는 핵산으로 내 **춉춉**이를 채웠으면 하는데 말이죵. 먹히는 것이 소멸이 아니라는 것도 알고 있을 것 아닌강. 끊임없이 변신하는 자만이 살아남는다고 했성"

혹시나 했던 우려가 현실로 돌변해버렸어. 녀석이 흉측한 돌기를 있는 대로 잡아 빼고 있었거든. 내 몸뚱이에 쑤셔 박을 작정이겠지. 예전에, 녀석들에게 당한 친구의 종말을 지켜본 적 있었네. 미토콘드리아와 핵산이 뒤엉키고, 원형질까지 부얼부얼 끓더니, 결국엔 수십 수백 조각의 세균들로 분리되어버리는 광경을 말이네.

자네는 시작이 어떻고 종말이 어떻다는 걸 훤히 알고 있으면서도 고스란히 당해본 적 있나? 그때 내 처지가 꼭 그랬어. 달리 피할 방도가 없었네. 이제나 죽나, 저제나 죽나, 갈가리 찢기기를 각오하며 다음에 일어날 일을 기다릴 뿐이었지.

섬뜩한 촉수로 내 모가지를 더듬던 놈이 돌연 허우적대는 꼴을 봤다면 누구나 기적이라 외쳤을 거네. 화들짝 놀라 발버둥 치는 녀석 너머로 허연 덩어리가 보이더라고. 백혈구였어. 백혈구가 제 살덩이를 잡아 빼서 놈을 감아 조이고 있었어. 난 아무 소리 못 하고 구경만 했지. 세균 놈 발악도 만만찮았네. 흉물을 휘두르며 아무 곳에나 푹푹 찔러대고 있더라고. 분노를 분수처럼 토해내면서 말이야. 세균의 분노? 그거 지독한 독물이야. 그 잘난 백혈구도 누런 진물을 뚝뚝 흘리더라니까.

살다 보면 죽고 다치는 광경을 종종 목격하겠지만, 볼수록 진저리쳐지는 게 바로 그런 광경이네. 살겠다고 버르적거리는 모습

말이야. 그런 놈을 가차 없이 녹여버리는 백혈구도 오래 살기는 글러 보였어.

빡빡하게 굳은 몸을 늘어뜨리니 비로소 숨이 터져 나오더라고. 제법 똑똑한 세균이었는데 다를 것 하나 없는 종말이었지. 한 줌 고름으로 화해버릴 놈이, 저는 안 죽을 것처럼 넌덕 떠는 꼬락서니까지 똑같았어. 삶을 연장하기는커녕 그 짧은 명을 재촉한 지혜가 뭐 대단한 것이라고.

한데, 자네 왜 아무 말이 없나? 얼굴만 잔뜩 찡그리고 말이야. 바쁘다고? 혹시 늙은이 주접이라 생각하는 건 아니겠지? 느긋하게 들을 짬이 없다고? 예끼! 아직 시작도 안 했네. 무조건 주책없는 늙은이로 취급하지 말고 진득하게 들어보게.

한번은 주변에 양식이 동난 적도 있었다네. 아마도 세상에 큰 변괴가 있었던 모양이야. 무슨 말인고 하면 우리가 닥치는 대로 먹어치우는 게 아니라, 상하지 않게 잘 갈무리 해두기도 한다 이거네. 그걸 글리코겐이라 부르는 모양인데, 이름도 참 별스럽게 지었지.

암튼, 간이나 근육에다 이런 양식을 모아둬서 날이 거푸 궂거나 별스레 식욕이 돋을 때 꺼내 먹기도 한다네. 한데 그것마저 뚝 떨어졌어. 아무리 긁어모으려 해도…… 이것 보게 자네, 그래도 어른이 이야기하면 듣는 척이라도 해줘야 할 것 아닌가? 들어도 알고 안 들어도 안다는 식으로 실실 웃어가면서 말이야.

무식쟁이가 주절거려도 열 마디 중 한마디는 뼈있는 말이 있는 법이네. 왜? 험한 소리 들어 얼굴이 뜨뜻한가? 허허, 웃기는. 자넨 그래도 복 받은 게야. 내가 뭐가 답답해서 자네 붙잡고 입 아픈 소릴 하겠는가? 다 이유가 있어서네. 이 사건으로 우리 마을에 큰 변화가 생겼거든. 물론 나도 영향을 받았고…… 가만? 어디까지 이야기했더라? 똑 떨어진데 까지? 아, 그래.

눈앞이 깜깜해지더군. 그러잖아도 널린 아드레날린에 숨이 콱 막히는데 적혈구들은 사정없이 몰려와 부딪히지, 간에서는 참말로 간 빼 먹으려 든다고 아우성이지, 아닌 게 아니라 통통했던 적혈구들도 얼굴이 반쪽이 되었어. 내가 굶주려보기는 그때가 처음이었네.

이보게. 젊은이. 자네 굶주려 봤는가? 제발 다이어트인지 뭔지로 두어 끼 건너뛴 경험 따윈 떠올리지 말게. 멀쩡하게 숨은 붙어 있는데, 정말 죽을지 모른다는 생각이 들 정도로 굶어 본 적 있냐는 말이네. 그렇지. 이번에는 내 말을 듣고 있었군. 맞아. 더는 없을 거라는 확신 후에 생기는 식욕은 무섭도록 맹렬하지. 결핍은 뇌에도 영향을 미칠 것이고, 그냥 두면 세상은 돌이킬 수 없게 되어버리겠지.

무슨 일이 벌어졌겠는가? 자네가 한번 맞춰보게. 모를 만도 하지. 젊은 세포가 상상할 수 있는 일이 아니네. 하지만 말일세. 누가 가르쳐주지 않아도 자넨 똑같이 행동했을 게야. 자네 심장에 그런 본능이 심겨있기 때문이란 말일세. 그게 뭐냐고? 뭐긴 뭐겠어. 바로 자살하는 거지.

충직한 세포들은 스스로 목숨을 끊어 게걸스러운 입을 줄여버리더군. 마치, 벼랑 끝에 매달려 버둥거리던 자가, 실쭉 웃으며 돌연 손을 놓아버리는 것과 같은 광경이었어. 섬뜩하긴 해도 유용한 행위였지. 뇌로 갈 양분이 당연히 많아지지 않겠나? 스스로 생명을 놓아버린 세포들이 뭉텅뭉텅 떨어져 나갔었네. 옆에서 손을 놓는 바람에 덩달아 쓸려나간 이도 적지 않았어.

그런 눈으로 흘겨보지 말게. 아무렴 내가 떠밀었겠나? 좀 전에도 이야기하지 않았는가. 죽을 놈은 정해져 있었다고. 아마 내게는 자살이라는 본능이 없고, 끝까지 살아남아야 한다는 본능만 있었을 테지. 그건 누가 시켜서도 아니고 마음먹는다고 결행될 일도 아니네. 자살한 세포를 영웅으로 만들 일도 없고, 살아남았다고 가책할 필요도 없는 것이야.

아무튼, 그런 희생을 딛고 세상은 기어코 살아났네. 참으로 알 수 없는 것이 말이야. 그렇게 탐탁잖던 세상인데 말이야. 다시 살아나니 꽤나 감격스럽더란 것일세. 이놈의 세상 콱 망해버려라. 입에 달고 다니던 놈들이 먼저 제 숨을 놓아버리는 모습이 떠올라 숭고하게 느껴지더란 말이지.

감동하기는 했는데, 그 피해가 깊었던 모양이었어. 우리 동네 세포들도 일이 손에 잡히지 않는지 어영부영 대기만 했어. 우리 동네 세포? 그저 성가신 일 없길 바라며 하루를 보내는 순박한 이들이지. 세상일이야 좋았다가 나빴다가 그렇게 들썩이기 마련이라 생각하는 그런 무심한 세포들 말일세.

한데, 옆 동네에선 개운찮은 정도가 아니라, 희한한 일이 터져버렸어. 처음엔 웬 비렁뱅이 세포 하나가 떠밀려 왔다고 했어. 행색도 행색이려니와 곪아 터진 몸뚱이가 하도 처량해서 마을 한쪽에 터를 내줬다고 하더군. 꼴같잖은 짓으로 쫓겨났으리라는 의심도 많지. 손가락질받을 만도 했던 것이 녀석의 삐딱한 눈빛이었네. 세상 불만은 저 혼자 다 품은 본새였다는 거야.

삐딱하다고 다 나쁜 건 아닌데, 그놈은 달랐어. 철부지 몇 놈이 눈빛이 멋있다고 수군거릴 때 알아봤어야 했어. 은근슬쩍 따라 하는 놈들이 생기더니 급기야 무슨 전염병처럼 그 시늉이 번져버리는 거야. 굴러들어온 놈이 무슨 기막힌 재주가 있는 건지 아님, 따라 하는 놈이 어쭙잖은 건지, 아무튼 마을 세포 모조리 눈깔을 희번덕거리고 앉아있으니 참으로 가관이었네.

녀석이 퍼뜨린 것은 단순한 눈빛이 아니었네. 저희끼리 숙덕이며 눈알을 빛내는 것이 꼭 혁명가의 찬연한 긍지와 헷갈릴 지경이었어. 세상 정의로움은 모조리 저희 손에서 나오는 것이며, 독재와 억압을 해방키 위해 목숨 바치는 게릴라의 눈빛, 바로 그것이었네.

옆 동네는 그길로 세상과 문을 닫아걸더군. 이상한 일이었네.

들은 바에 의하면 그놈은 자리에 처박혀 무섭도록 분열만 했다고 하더군. 혼자 힘으로는 세상과 대적할 수 없다면서 말이야. 우리처럼 둘로 분열하는 것이 아니라, 한 번에 셋이나 넷으로 분열을 했어. 그렇게 나온 자식도 똑같은 놈들이었어. 괴물처럼 먹기만 하고, 남의 것에 손대고, 자리를 빼앗고…… 순식간에 무법천지가 되어버렸지.

알고 보니 처음 그 녀석은 글리코겐이 동났을 때 자살을 시도했던 놈이라더군. 그런데 뭔가가 잘못되어 다시 살아났다는 거야. 죽었어야 할 놈이 살아서 그런 괴상한 집단을 만들 줄 누가 알았겠나?

우린 한 동네가 몽땅 바보가 되어버렸다고 한탄을 했었네. 언제부턴가 정체성까지 잃어버리기 시작했거든. 과거를 지워버리고, 피부였든 근육이었든, 모두가 똑같은 모습으로 변해버리는 거야. 그저 영양분만 섭취하고, 세포질은 비틀어지고, 시도 때도 없이 분열만 반복하는 덩어리가 되어버렸다고. 구경꾼들은 몸을 벌벌 떨며 그렇게 손가락질했지.

나도 저들과 대화 한번 못 해 봤네. 우리 동네까지 넘어왔어도 늘 지글지글 끓고 있어 말 붙이기가 어려웠어. 우린 바쁜 삶을 귀찮게 하지 않거든. 나는 나대로 모세혈관 만드느라 바빴고, 새로 만들어진 혈관은 그들에게 충분한 영양분을 공급해줬지. 덕분에 그들은 엄청난 속도로 번성했네. 사실, 내 본연의 임무가 바로 그런 일 아니겠나?

혹자는 배신자라느니 제 살 깎아 먹는 머저리라는 둥 입에 담지 못할 욕설을 퍼붓기도 한다네. 하지만 그건 터무니없는 모략일세. 삶과 죽음이 그토록 긴밀하게 연결되어 있는데 누가 명확히 구별할 수 있겠나. 죽음에도 몇 단계 등급으로 나눠진다는 말 들어봤는가? 가벼운 죽음, 심한 죽음, 그리고 돌이킬 수 없는 죽음으로 구분되는 거 말일세.

가볍거나 무거운 죽음은 세상에서 다반사로 일어난다네. 그런 죽음은 앞서 이야기한 여러 시련에서 무수히 겪었지. 그리고 한 번은 돌이킬 수 없는 죽음을 앓게 되어있어. 돌이킬 수 없는 죽음이라 해봐야 벌집의 벌통이 부서지고 여왕벌을 잃은 것과 같은 것이야. 벌들은 흩어지거나, 새로운 여왕을 만들어 내거나, 그도 아니면 다른 벌집에 흡수되겠지. 일벌들은 그저 본연의 임무에만 충실하면 된다 이거지.

휘유, 요즘은 정말 덥구먼. 우리 같은 늙은이야 어차피 등허리 뜨뜻하게 지지는 걸 좋아하는데, 자네 같은 젊은이가 이 더운 곳에서 버텨내겠는가? 게다가 이 동네는 온통 독물로 넘쳐난다네. 세상이 우릴 없애기 위해 독약을 삼킨다는 걸 알고 있네. 못마땅한 세포 하나 없애려다가 애먼 세포 열이 죽어 나가는 곳이 바로 이곳이라네.

여기에 멀쩡한 세포는 없네. 세상은 이해할 수 없는 짓을 골라서 하고 있지. 하지만 괜찮네. 세상일이란 것이 이해한다고 해결되는 건 아니지 않은가. 아무튼, 무슨 각오로 이곳까지 왔는지 모르겠지만, 자네가 머무를 곳은 못 되는 곳이야. 더 늦기 전에 생각을 바꾸도록 하게.

어허, 참. 용감한 건지, 어리석은 건지 모를 젊은이구먼. 그래. 내가 암세포에 영양분을 공급하는 모세혈관임을 잘 알고 있다네. 누가 보더라도 암 덩어리를 형성하는 주요 구성원이자, 암 덩어리 그 자체지. 그래서 우리가 번성할수록 세상의 종말이 앞당겨진다는 것도 잘 알고 있네.

내가 죽음을 재촉했다는 혐의까지는 인정하네. 하지만, 난 주저 없이 말할 수 있어. 누가 삶과 죽음의 경계선을 말할 수 있단 말인가? 삶과 죽음은 공존하는 것이라고 누누이 강조하지 않았는가. 죽음은 새롭게 태어날 생명을 비롯한 모든 생명의 본질인 것이야. 출생과 죽음은 분리된다는 점에서 공통점을 가지고 있다네. 이번 사태를 계기로 세상은 존재와 존재하지 않음을 구분할 수 있게 될 것이네.

뭐? 말 같지도 않은 궤변에 진절머리 난다고? 어서 자결하여 이곳을 비우라고? 그만하게. 나도 잊지 않고 있네. 세상에 소속된 세포라면 누구든 정체성이 사라지기 전에 자결해야 한다는 원칙 말일세. 하지만 난 그렇게 할 수 없네. 여태껏 계속 설명해줬지 않았나. 난 그렇게 운명 되어있지 않다고. 차라리 날 죽이고 자네가 이 자리를 차지하게나. 어쩌면 세상을 구해내는 영웅이 될지도 모르지. 누구도 알아주지 않는 영웅일 테지만 말이야. 그도 아니면 나와 같은 삶을 살지도 모르고. 악담이 아니라 가능성을 이야기하는 것이네.

죽음이 무서워 벌벌 떠는 늙은이 추태라고? 잘 모르겠네. 절대 아니라는 말은 못 하겠구면. 언제부턴가 죽음이란 게 참 허무하다고 느껴지기 시작했거든. 그게 바로 두려움이겠지. 죽음에 동참하고 죽음을 향해 달려갈수록 허무함이 깊어지더라고. 아니, 이 세상에 소속되지 않기를 원했다는 표현이 더 옳겠군.

누가 이렇게 말했다지? 죽음은 우리의 숙명이며 기쁘지도, 슬프지도 않은, 삶의 또 다른 모습일 뿐이라고. 천만의 말씀이네. 죽음은 경험이라 이름 붙일 수 없는 마지막 경험이며 동시에 끝장인 거야. 나보다 훨씬 똑똑했던 선지자 말씀이야.

그래서, 어쩔 것이냐고? 어쩌긴 뭘 어째. 그냥저냥 사는 거지. 살다가 못 살게 되면 그때 죽는 것이야. 언제는 우리가 세상 쳐다보고 살았나?

여보게. 그러니 내가 미안하다고 하지 않았는가. 제발 부탁이니 인제 그만 괴롭혀주게. 지금껏 끔찍하도록 모질게 연명한 삶이었다네. 대체 나보고 어쩌란 말인가? 난 지극히 평범하고 작은 단세포일 뿐이란 말일세.

엔트로피 증가의 법칙

    손을 흔들며 배웅해줬다. 저만치 가던 여자도 손을 흔든다. 손가락을 활짝 펼쳐 흔들다가 물에 떨어진 잉크 방울 섞듯이 휘휘 젓기도 한다. 휘돌던 잉크색 바람이 연한 곡선을 그리며 밀려온다. 이마에 닿는 바람이 의외로 미지근하다. 날씨는 좋네. 중얼거리며 아랫배를 문질렀다.

    더부룩했다. 며칠 전부터 그랬다. 뭔가에 골몰할 땐 잡아떼고 있다가, 혼자인 것을 자각할 즈음에 와락 다가오는 감각이다. 아주 간살맞은 놈이다. 걸음을 멈추고 아랫배에서 보내는 신호를 헤아려봤다. 통증이라 판정하기엔 너무 미약하다.

    현관 자물쇠는 늘 그렇듯 뻣뻣하다. 쑤셔 넣은 열쇠를 토막토

막 돌리고 서너 번 밀고 당겨야 선심 쓰듯 열린다. 그래 봤자 동굴에 들어섰을 뿐이다. 퇴화한 벌레가 천정을 슬슬 기어 다니고 바닥엔 항상 뭔가가 고여 있다.

남자 냄새라고 했다. 여자도 원룸에 들어서자마자 아, 쩐다. 수컷 냄새 라고 했다. 속으로 웃었다. 수컷 냄새가 뭔데? 노리착지근하면서도 퀴퀴한 구린내, 어쩌면 마약쟁이 입에서 이런 냄새가 날지도 모르겠다.

도무지 적응되지 않는다. 웬만하면 만성이 될 만도 한데 말이다. 베갯잇에서 혹은 이부자리 밑에서 스멀스멀 냄새가 올라올 땐 아예 줄담배를 피워물었다.

여자도 방법 중에 하나다. 비용이 만만찮긴 해도 효과는 괜찮다. 냄새뿐만 아니라 웬만한 감각까지 마비시켜준다. 무성했던 저항의 맹세가 녹아내린 그 체념의 흔적까지 두루뭉술하게 지워준다.

기름에 반쯤 잠긴 잠. 이건 부작용이다. 뜬금없이 떠오르는 여자 나신도 부담스럽다. 나신은 부위별로 확대되어 나타난다. 중독은 아니다. 여자가 중독이라면 세상에 중독 아닌 것이 어디 있을까.

없었으니 여자를 찾았을 뿐이다. 지난밤 여자도 그랬다. 여자는 원룸에 들어오자마자 새처럼 조잘대며 맥주 캔을 땄다. 여자를 만졌을 땐 고개를 젖혀 까악까악 웃기도 했다. 하지만 몸뚱이를 본격적으로 밀어붙이자 반응이 딴판으로 변했다.

아프다고 했다. 아프다고 비명까지 질러대니 믿을 수밖에 없었다. 그러면서도 옷을 입고 나가지는 않았다. 몸을 빼고 벌렁 누워있으면 여자는 헤헤거리며 장난을 쳤다. 풀죽은 자식 놈 머리를 쓰다듬었고 그걸 쓰려고 달려들면 여자는 맥주 캔을 집어 던졌다. 지난밤, 여자와 그렇게 뒹굴었었다.

둘둘 말린 이불 틈에 맥주 캔이 박혀있다. 내용물이 흐르지 않도록 조심해서 끄집어냈다. 이불도 들어 올려 두어 번 털어냈다. 이불에서 허연 덩어리가 떨어진다. 이런 종류의 휴지 뭉치는 혼자라도 민망하다.

뭉치는 헐렁하면서도 뻣뻣하다. 시체의 버드러진 기운까지 느껴진다. 그토록 원하던 전율은 왜 이렇게 항상 꾸들꾸들 말라 초라해지는 걸까. 게다가 더럽기 짝이 없다.

휴지통에 던져 버렸다. 뭉치가 죽은 나방처럼 빙글빙글 돈다. 물끄러미 내려 보며 아랫배를 문질렀다. 문지르면 문지를수록 생각이 한쪽으로 기운다. 그다지 아프진 않지만, 병원에 가보는 것이 좋겠다. 끈끈하게 감겨 붙은 뭔가를 떼어 내고 싶었다.

의사의 손가락은 가늘고 차가웠다. 뾰족한 손가락을 지뢰 탐지하는 대검으로 변신시켜 야금야금 찔러나간다. 분명 아래쪽에 뭔가가 도사리고 있었다. 그놈은 가까이 다가갈수록 본색을 드러낸다. 접근하지 말라고 빈 캔을 집어던지듯 통증을 집어던진다.

배를 드러내고 누운 채로 의사에게 하나하나 고자질했다. 여기 어때요? 좀 불편해요. 여기는요? 아, 거긴 좀 아리아리해요. 손가락이 좀 더 아래로 내려가자 후르릅 숨이 들이켜진다.

아파요? 여기? 여기 맞아요? 의사가 다시 한번 꾹 누른다. 어헉, 하고 온몸이 경직된다. 이쯤 되니 나도 인정할 수밖에 없었다. 오른쪽 아랫배이면 맹장염이 아닌가.

"언제부터 아팠죠?"

"한…… 오륙일."

"충수염이 의심됩니다만, 열도 없고…… 이 부위가 일반적인 맹장 위치보다 더 아래거든요. 탈장이나 뭐, 다른 이유도 배제할 수 없으니 검사를 더 해봐야겠어요."

통증을 찾아내기 위한 통증은 계속된다. 간호사는 항생제 반응을 확인해야 한다며 팔뚝에 소독솜을 문지른다. 시원해진 피부에 얄팍한 바늘을 겨누며 경고했다. 조금 따끔할 거예요. 그냥 찌르는 것이 아니라 어떡하면 제일 아플까 고민해가며 누비이불 꿰매듯 쑤신다. 각오한 것보다 훨씬 더 아팠다. 아플수록 웃음이 새어 나온다. 얼마나 아픈지 알아내려는, 그 심각한 얼굴을 보니 웃음이 더 나온다. 죽을병인지 아닌지 알아낼 작정이면 공손한 얼굴로 아주 죽여 놓을지도 모른다.

아, 웃지 마세요. 움직이면 안 돼요. 간호사가 바늘 쥔 손에 힘을 준다. 작은 바늘 하나로 어찌 이리 아프게 할 수 있을까 싶은데 웃음은 멈추질 않는다.

"이 검사가 원래 좀 아파요."

고개를 끄덕이며 간호사를 올려봤다. 얼굴은 보이지 않고 기다란 목만 보인다. 웃으며 찔끔 짜냈던 물기 때문일 것이다. 주름 하나 없이 매끈한 목덜미가 유난히 희다. 와락 포옹해주고 싶었다. 미리 경고해주는데 눈물 펑펑 쏟아지도록 아플 거다. 이러면서 하얗고 탐스러운 목덜미를 힘껏 깨물어 주고 싶었다.

"그동안 안 아팠어요?"

"뭐, 별로."

"그 참, 희한하네요. 하긴, 충수가 터져도 모르고 있던 환자도 있더라만."

의사의 최종 진단은 복막염을 동반한 충수염이었다. 복막염을 동반했다는 것은 창자까지 탱탱 부었다는 의미다. 열도 없고 염증 수치도 낮은 유별난 사례라는 의견도 덧붙였다. 먼 옛날이었다면 배만 끌어안고 시름시름 앓다가 죽었을 것이다.

그러니까, 그동안 죽어가고 있었고, 몸뚱이는 자신의 죽음을 열심히 알리고 있었다는 결론이다. 대단히 불만스러운 진단이었다. 그토록 무서운 죽음의 징후가 얼마든지 참을 수 있을 만치였다니. 이 정도 통증은 주위에 늘 얼쩡거리는 놈 아니었던가. 이렇게 설렁설렁 아프다가 진짜로 죽을 땐 겁나게 아플 것이다. 정말 게을러빠진 몸뚱이다. 죽음을 알리는 징후는 죽을 것같이 아팠어야 했다.

혼자서 피식피식 웃고 나니 아랫도리 힘이 쑥 빠진다. 의사는 환자의 안색을 살피더니 당장 수술해야 한다며 자리를 뜬다. 그러나 5분도 지나지 않아 간호사가 나타나 귀찮게 했다.

"보호자가 계셔야 하는데, 수술동의서도 작성해야 하고……."

"보호자? 꼭 있어야 합니까?"

뒤가 트인 수술복을 받아들며 되물었다. 누가 보호해준단 말인가? 배를 가르고 내장을 잘라내고 그러다가 크게 잘못된다 해도 쯧쯧, 살다 보면 죽을 수도 있지. 하며 동의해줄 사람이 누가 있단 말인가? 세 번 찾아가면 한 번쯤 알아보는 요양병원 어머니를 떠올리고, 전화 첫 마디에 돈부터 갚으라고 욕해대는 친구를 떠올리고, 진저리치며 떠난 아내를 떠올렸다. 그리고 얼굴보다 벌거벗은 모습이 더 선명한 여자도 떠올렸다.

휴대폰에서 전화번호목록을 밀어 올리다가 최 대리를 선택했다. 정확히 말하자면 죽음을 앞둔 환자가 이름을 빌려준 회사의 직원으로, 매월 명의 대여해준 대가를 송금시켜주고 간혹, 인감 도장이 필요하다고 연락하는, 그때마다 박용태 씨 하며 저보다 일곱 살이나 많은 어른에게 꼬박꼬박 이름을 불러줬던 싸가지다.

최 대리는 봉봉주스 한 박스를 사 왔다. 새파란 포도가 그려진 박스를 바닥에 내려놓고는 오른손에 쥔 테이크아웃 커피를 마신다. 걱정되어 달려왔노라 한마디 뱉고 마시고, 요즘 바빠 죽겠다

말하고 또 한 모금 마신다. 떠날 궁리로 홀짝대는 수작이 어설퍼 조금 미안한 생각이 들었다. 하지만 달리 방법이 없다.

이동침대가 수술실을 향해 스르르 미끄러질 땐 조금 두근거렸다. 이제 통증을 낮게 할 통증만 남았다. 어쩌면 아파할 겨를도 없이 잠깐 마취되었다가 깨어나면 다 끝나 있을 것이다. 그렇게 생각하며 최 대리에게 손을 흔들었다. 걱정하지 마. 수술 잘 받고 올게. 눈치 빠른 최 대리도 웃으며 손을 흔들어준다. 무사히 돌아오세요. 혹은, 잘 가세요. 다섯 개 손가락을 활짝 펼쳐 흔들어준다.

박용태 씨 정신 차리세요. 누군지 모르겠지만 그렇게 말했던 것 같다. 의사가 내장을 썰어놨을 텐데 생각보다는 아프지 않다. 병실로 옮겨지는 동안에 머리도 훨씬 맑아졌다. 병실 입구에 붙여진 708호라는 푯말을 읽었고 침대로 옮겨 눕다가 다른 환자와 눈이 마주치기도 했다. 일부러 눈을 맞춘 것은 아니다. 유별나게 새카만 얼굴 때문에 시선이 저절로 엉켰다. 얼굴도 새카맣고 수액 걸이를 잡은 손도 새카맸다.

과히 기분 좋지 않았다. 빤히 쳐다보는 시선이 불편했고, 일부를 잃어버렸는데 실감도 못 하는 몸뚱이도 한심스러웠다. 그래서 짐짓 미간을 찡그리며 눈꺼풀을 닫아버렸다.

이제 막 수술 끝낸 환자답게 잠들었다 싶었는데 금방 깨어나버렸다. 고약한 꿈 때문이다. 탁구공 같은 거품을 토해내는, 숨 반 모금을 들이켜서 그 압력으로 뱃속을 깡그리 비워내는 꿈이었다. 목줄 찔룩이며 거품을 토해내던 잠결에, 이건 꿈이 아니라 가위에 눌린 것이라 설득하다가 화들짝 눈을 떴다. 여전히 병실이었고 겨우 초저녁이었다.

트림하는 가위에 눌린 경험은 처음이었다. 몸을 일으켜보니 이유를 알 수 있었다. 핏물 빼내는 호스와 얇은 링거 호스가 서로 엉켜 몸뚱이를 조이고 있었다. 게다가 출입문 침대에서 반복되어 들려오는 트림 소리, 그게 진짜 원인이었다.

양반다리하고 앉은 노인이 앙가슴을 탕탕 치면서 트림하고 있었다. 몇 가닥 남지 않은 머리칼은 비듬과 반죽이 되어 뒤통수에 붙어 있고 축 늘어진 환자복 사이로 가슴뼈만 두드러진, 내일 당장 죽는다고 해도 고개 끄덕일 상노인이었다.

"에그, 어르신. 나을 만하니 쓸개가 또 탈이네요"

맞은편 침상에 새카만 환자 목소리인데 말을 하면서도 눈은 이쪽을 보고 있다. 그런 이유가 있었구나. 속이 불편한 환자였던 거야. 좋게 이해하려 했는데 좋지 않았다. 눈을 가느스름하게 뜨고 꺼억, 목울대를 울릴 때면 회색 뼛가루가 하르르 날아다녔다. 그 머슬머슬한 가루를 사이좋게 나눠마셔야 한다니.

새카만 환자는 비위도 좋았다. 베개 받친 침상에 느른하게 기대 가끔 이쪽으로 눈알도 돌려가며 노인을 구경하고 있었다. 새카만 환자 이름표를 올려봤다. 정O만 52세라고 쓰여 있고 침대 난간에는 금식이라는 표식이 걸려있다. 제 이름표 쳐다보는 걸 알았는지 저도 이쪽 이름표를 올려본다. 눈이 마주치자 히죽 웃기까지 한다. 이름표 읽어 본 것만으로 서로 통성명했다고 믿는 기색이다. 붙이는 말투부터 스스럼이 없다.

"그 침대가 명당자리요. 누웠다 하면 척척 퇴원하는 자린데 간호사 언니가 우리한텐 안 줘. 옆에 어른은 한참 고참인데도 안 줘."

자는 줄 알았던 옆 침대 환자가 부스스 상체를 일으킨다. 저 말 하는 걸 어찌 들었는지 얼굴을 가렸던 마스크도 벗어 내린다.

"어허이, 명당이 따로 있나. 누우면 명당이지."

말끝에 기침 터뜨리는 늙은이 이름표를 보니 염 씨다. 염 씨는 염소 숨넘어가는 기침을 연거푸 뱉어내더니 다시 마스크를 쓴다. 기침할 때마다 불룩불룩 튀어나오는 마스크를 멀끔히 쳐다보던 정 씨가 다시 얼굴을 돌린다.

"어디가 불편해서?"

"맹장요."

"금방 퇴원하겠구먼."

"일주일 이상 입원해야 한다던데요?"

"저런, 터져서 오셨네."

혀를 쯧쯧, 차는데 목소리는 오히려 활기를 띤다. 간호사가 들어와 혈압 재고, 혈당 체크 바늘을 쿡 찔러도 새카만 정 씨는 눈을 반짝이며 주절거렸다. 옆 침대 염 씨는 정 씨가 맥 빠지지 않도록 장단을 맞춰줬다. 엄밀히 따지면 각자가 따로 떠들고 있는데 번갈아 잇대다 보니 장단 맞춘 격이 되어버렸다.

듣고 있자니 그건 저희가 얼마나 크게 앓고 있는지 알아달라는 일종의 시위였다. 대단하긴 했다. 새까만 정 씨는 교통사고 후유로 인한 뇌병변 장애 4급을 기본으로 깔고 시작했다. 거기에다 당뇨, 간질환, 신장염 외에 몇 가지 더 심각한 병명을 얹었다. 피부가 새까맣게 보인 것도 결국 망가진 간 때문이라고 했다.

장단 맞추던 염 씨도 만만찮았다. 왼쪽 고관절은 이미 썩어 교체되었고, 구멍 숭숭 뚫린 폐기종은 친구 같은 지병이며, 튜브를 두 개나 끼워 넣은 심장에 습관성 편두통, 과민성 대장염, 만성 기관지염까지를 손가락 꼽으며 나열한다. 그러다가 겨우 맹장하나 잘라내고 누워있는 이쪽을 스윽 훑어보며 입술 방귀를 픽픽 뀐다. 지금은 맹장 하나 잘라냈지만 네 몸뚱이도 조만간 썩어빠지게 될 것이라 가르치고 싶은 게 분명하다. 물이 아래로 흐르듯이, 뜨거운 찻잔이 식어가듯이.

입술 방귀로 성이 차지 않는지 수십 년 전 15사단 수색대 분대장으로 눈 덮인 골짜기를 펄펄 날아다녔던 장면을 몽롱하게 그려주기도 했다. 한때는 누구 못지않게 싱싱했었다고 말이다.

절반 정도는 믿어주기로 했다. 간호사 뒤통수를 보며 쟤는 주사도 옳게 못 놓더니 수간호사가 되었고, 눈코입 오종종한 쟤는 연애 결혼했는데 신랑이 개차반이라더라 쫠쫠 외워줄 땐 다른 건 몰라도 병원 출입이 잦았던 건 분명해 보였다.

대단한 두 사람이었지만, 정작 어딜 고치려 입원했는지는 알수 없었다. 배앓이가 심하다는 공통점이 있긴 했다. 하지만 아이고, 배야. 노래 부르던 사람이 밤만 되면 멀쩡하게 쏘다니고 새벽녘엔 끙끙 앓는 소리를 냈다. 그렇게 몇 날을 지켜보니 살짝 의심이 들기 시작했다. 이 사람들, 병을 고치러 온 게 아니야.

근거 있는 의심이라기보다는 느낌이 딱 그랬다. 그것도 깊은 늪에 빠진 텀앤더머 느낌. 무르팍까지 잠긴 다리를 오른쪽 왼쪽 움쭉거려보다가 히야, 하나도 안 아픈데? 이런 건 사진으로 남겨둬야 해. 이러면서 손가락 두 개를 눈두덩에 붙여 브이…… 라고 외치는 두 남자가 자연스럽게 떠올랐다.

15사단 염 씨가 아무리 딴청 부려도 주접스럽긴 마찬가지였다. 의사가 회진 돌며 좀 어떠냐고 물으면 그는 아주 싹싹하게 대답한다. 아예. 훨씬 낫습니다. 근데, 오후부터 배가 살살 아파요. 그러면 의사는 이렇게 설명해준다. 장이 예민해져서 그런 겁니다. 처방해드릴 테니 금식하셔야 합니다. 염 씨는 천하 없이 선량한 얼굴로 예, 예, 아이고, 절대로 금식이죠. 아무렴요. 하며 굽실거린다. 흐뭇해진 의사는 우리 잘해봅시다. 하며 어깨까지 토닥거려준다.

회진이 끝나면 하회탈 같던 염 씨 얼굴이 싹 바뀐다.

"의사들한텐 이렇게 대답해야 하는 거야."

일등 환자의 모범을 잘 봤냐는 투다. 물론 아무도 대꾸하지 않는다. 어차피 귀담아듣는 사람은 아무도 없었다. 새카만 정 씨도, 출입문 침대의 상노인도 늘 그런 식으로 말했다. 멍하니 누워있다가 문득 생각나면 허공에 대고 주절거렸다. 내키는 이가 몇 마디 응대해주고 그도 아니면 떨어지는 수액 방울을 헤아리며 숨만 길게 내쉬었다.

염 씨는 십수 년 동안 터득한 모범환자의 예절이라고 했다. 의사가 회진 왔을 때 아프다고 매달려선 안 된다. 예. 많이 나아졌습니다. 근데 아직 좀 아픕니다. 이렇게 대답해야 한다. 의사 뒤로 간호사들이 줄줄 따라다니는데 체면을 세워줘야 한다.

그렇게 설파할 땐 실없이 엄숙했다. 엄숙하다 못해 최후까지 환자로 남아 병실을 사수하겠다는 비장한 결의까지 엿보였다. 다만, 의사가 있어야 구색이 갖춰지는 결의였다. 의사 앞에선 완벽한 환자가 되어야 했고, 의사만이 자신이 환자임을 증명해준다고 믿는 게 분명했다.

같잖고 애달파서 웃음을 픽 흘리다가 또 한편으론 뻔히 보이는 종말에 한발 비켜섰다는 느낌에 안도하기도 했다. 수술하고 사흘까지는 그랬다. 그때까지는 금식이라는 제한을 착실히 준수하고 있었으니 말이다.

사흘하고 한나절이 지난 저녁, 봉봉 주스를 병실 사람들에게 나눠줘 버렸다. 허기진 김에 벌인 일종의 반항이었다. 금식이라는 족쇄를 누가 더 과감하게 깨부수는가. 뒤미칠 형벌을 누가 더 두려워하지 않는가. 맥주 캔 따듯이 봉봉 주스를 열어 벌꺽벌꺽 들이킬 때의 기분은 학교 화장실에서 친구와 담배를 나눠 피웠을 때와 비슷했다.

염 씨와 새카만 정 씨도 벙글벙글 웃으며 봉봉주스를 마셨다. 한 모금 들이킬 때마다 두 사람 목울대가 꿀렁거린다. 꿀렁대는 목을 흐뭇하게 바라보며 팔뚝을 슬슬 문질렀다. 도돌도돌한 감촉을 유심히 보고서야 알아차렸다. 소름이었다. 팔뚝뿐만 아니라 어깨에까지 소름이 돋아있었다.

잘디잔 핏줄이 퍼져있는 정 씨 목덜미, 혹은 이상한 기운이 서려 있는 염 씨 눈동자 때문이 아니었다. 냄새 때문이었다. 너무나 익숙해서 무심결에 지나쳤던 냄새를 몸뚱이가 먼저 알아채 버렸다.

지난 새벽, 얼떨결에 마주쳐 몸 둘 바를 몰라 했었고, 그래서 새우처럼 몸을 구부려 허우적거리게 했던 냄새가 온 병실 안에 퍼져있었다. 원룸 냄새와는 다르다고 바락바락 우기다가 몽롱한 잠과 함께 사라져버렸던 바로 그 냄새.

처음에 잠을 깬 것은 소리 때문이었다. 바싹 마른 낙엽 밟는 소리와 비슷했다. 잠결에 그렇게 들렸었다. 그것이 깨드득, 깨드득 갉아대는 소리로 들리더니, 잠시 뒤엔 와삭와삭 씹는 소리를 구분할 수 있었다.

실눈을 뜨고 병실 안을 살펴봤다. 불그레한 취침 조명에서도 단박 알아볼 수 있었다. 15사단 염 씨였다. 반듯하게 누워서, 그리고 천정을 응시한 채로 우무적우무적 씹고 있었다. 규칙적으로 오르내리는 배 위에는 과자봉지가 놓여있었다. 과자봉지 안에 손을 넣으며 이따금 휘둘러보는 눈은 밤에 마주친 산짐승처럼 빛이 났다. 얼굴은 무표정했고 턱은 기계적으로 움직이고 있었다.

얼마나 허기져서 저럴까. 그래, 사람이 먹어야 살지. 싶어 푸르르 웃음을 흘리려는 참이었다. 그런데, 뜬금없이 이상한 게 보이기 시작했다.

기계적으로 놀려지는 어금니에 뭔가가 썩둑썩둑 썰려지고 있었다. 잘게 썰린 것이 꿀꺽 삼켜지면 그는 뱃속에 손을 넣어 내장을 꺼내고 날숨을 꺼냈다. 반복해서 오르내리는 손 갈퀴엔 피 한 방울 묻어있지 않았다.

이불을 덮어쓰고 눈을 질끈 감았다. 신기한 현상이었다. 섬뜩한 환영이 신기한 게 아니라 이런 상황에 혀 밑으로 군침이 흥건히 고이고 있다는 것이 신기했다. 몸을 구부리고 침을 삼켰다.

고소하고 감미로운 맛이다. 달곰하던 것이 노리착지근하게 변할 즈음엔 아랫도리도 부풀어 올랐다. 미친 망령처럼 뻗대는 놈을 감당하지 못해 허리를 더욱 둥글게 말았다.

당연히 눈치챘어야 했다. 하지만 어젯밤엔 몰랐다. 도장처럼 꾹꾹 찍어주는 냄새를 맡고서도 전혀 알아채지 못했다.

냄새는 새카만 정 씨도 똑같았다. 15사단 염 씨가 진통제를 맞고 혼절하듯 잠이 들면, 다음날 밤엔 정 씨가 냄새를 불불 피웠다. 정 씨는 염 씨와 달리 닥치는 대로 먹어치웠다. 잠을 방해하는 소리도 훨씬 다채로웠다.

뭔가를 까는 소리. 서걱 베어 물고, 혀끝으로 쩝쩝 희롱하다가 그 즙을 꿀꺽 삼키는 소리가 퍼지기 시작하면 눈을 질끈 감아야 했다. 배 안쪽에서 뭔가가 굼질굼질 피어올랐다. 원룸에 혼자 있었다면 무슨 짓이라도 저질렀을 것이다. 그러나 당장은 이불을 머리끝까지 뒤집어쓰는 수밖에 없었다.

수술한 지 사흘 만에 방귀가 나왔는데 의사는 식사를 허락하지 않았다. 어떤 음식도 먹으면 안 된다는 제약을 인식할수록 게걸증은 발광을 했다. 시민공원 앞 가게의 어묵, 김이 모락모락 오르는 수육. 국물 칼칼한 해장국도 먹고 싶고, 하다못해 꼬들꼬들하게 끓인 라면만 떠올려도 침이 고였다.

의사는 염증이 악화하면 재수술해야 한다고 경고했었다. 여차하면 배를 가르고 내장을 꺼내겠다는 뜻이다. 의사는 분명 뭉텅뭉텅 자르고 썰어볼 것이다. 전부 썩어버렸네. 혹은, 뱃속에 웬 악취가? 이러면서 고개를 가로저을지도 모른다. 그런 걱정을 하며 양치질을 했다. 소용없는 짓이었다. 병실엔 이미 지독한 냄새로 가득 차 있었다.

아침을 맞이하는 환자 행색은 하루 삭힌 해삼과 똑같다. 축 늘어진 몸뚱이로 눈알만 굴리며 꿈틀댄다. 기침이라도 할라치면 눈썹이나 손가락들을 툭툭 떨어뜨리고 그 꼴이 우스워 터뜨릴 웃음마저 턱밑으로 흘려버리는 그야말로 무기력의 표본들이었다. 이제 막 교대한 간호사만이 분주할 뿐이다. 드레싱 카를 밀고 온 간호사는 아직 데워지지 않은 손으로 체온을 재고 혈압도 체크했다.

"어마. 혈당이 왜 이리 높아요? 뭘 드셨어요?"

"그러게, 왜 이리 높지?"

간호사가 퉁퉁 부은 정 씨 얼굴을 안타깝게 내려 본다. 지난밤, 버터 빵을 허발하게 씹고 초콜릿 비스킷을 볼 따귀 미어터지도록 쑤셔 넣던 얼굴이 의뭉스럽게 마주하고 있다. 그러나 간호사는 예의 바른 미소를 잃지 않는다. 반듯한 미소와 함께 인슐린 주사를 놓아준다. 조만간 생명이 다할 테지만, 그때까지는 성심껏 돌봐드리겠습니다. 하는 미소였다.

어스름이 내릴 즈음에야 병실에 생기가 돈다. 링거 걸이를 따글따글 밀며 다니던 정 씨도 감쪽같이 사라졌다가 담배 냄새 풍기며 돌아온다. 금지된 일을 저지르기 위한 준비운동에 불과했다. 저녁 식사시간이 다가오면 사뭇 긴장감까지 돈다. 정 씨는 눈알을 번득이며 간호사 동태를 살피고, 15사단 염 씨에게 알 수 없는 턱짓을 보내기도 한다. 배앓이 하기 일쑤인 그들에겐 하루가 멀다고 금식이었다. 상노인에게도 미음이 배식 되는데, 두 사람에겐 그것마저 허락되지 않았다. 물론, 그들에게 미음 따위는 음식이 아니었다.

배식 된 음식 냄새가 병동을 휘돌 즈음, 두 사람은 숨겨놨던 간식거리를 꺼낸다. 불량환자의 수다가 시작되는 시간이었다. 정 씨의 수다는 밸브공장 사장이었을 적부터 시작된다. 정말 사장이 었는지 확인할 길은 없지만, 저도 처음엔 제법 번듯했었다는 강조로 이해해줬다. 교통사고로 머리통이 깨져 뇌수가 줄줄 새었고, 기적적으로 살아났지만 못쓰게 된 몸뚱이. 그래서 간이 녹아 내리도록 술 퍼먹던 장면. 의사 앞에서 바보행세를 해 지체장애 등급을 따낸 무용담까지 술술 풀어놓는다. 바보 행동을 재연해 보일 때는 병실 안에 가벼운 웃음이 번지기도 했다. 그래 봤자 체념을 웃음으로 때우는 주접일 뿐이다.

정 씨가 그나마 사람답게 보여 애처로울 때가 있다. 이틀에 한 번, 딸의 방문 시간이 다가오면 아주 딴 사람으로 변했다. 깔끔하게 면도하고 콧노래 부르며 숨겨뒀던 간식거리를 15사단 염 씨 보관함으로 옮겼다. 간호사 지시에도 암요, 그래얍죠. 하며 곧잘 따라줬다.

딸은 저녁 9시쯤 나타난다. 구청에서 주관하는 CCTV 감시업무를 하고 있다는 딸은 동그란 얼굴에 동그란 엉덩이를 가진 동글동글한 처녀였다. 아버지 병세가 점점 악화한다고 걱정하는 효녀이기도 했다. 그녀는 온통 남자뿐인 병실 구석에서 쪽잠을 자면서도 아버지 병세가 나빠지는 이유를 모르고 있었다. 그러면서도 이젠 비밀이 없는 세상이라 개탄하기도 했다.

"제 구역에 CCTV가 두 대가 더 늘었어요. 골목에 숨어서 뽀뽀하는 것도 다 봤어요."

그렇게 말하며 웃어 보일 때는 제법 간드러지게 귀여웠다. 정씨에게서 어찌 저런 딸이 생겨났을까 싶다가 이참에 쟤를 꼬셔볼까 하는 의욕까지 꿈틀거렸다. 꼬신다고 넙죽 넘어올 리야 없겠지만 『그리스인 조르바』라는 소설 주인공도 허리띠 풀고 말썽거리 만드는 것이 삶이라 하지 않았던가. 말이 나왔으니 하는 말인데, 그 주인공이 입에 짝짝 들러붙는 대사를 많이 했다.

수컷을 불명예스럽게 만들지 마시오. 당신에게 이가 있지요? 그럼 이를 박아요. 손을 내밀어 저 과일을 따 먹어요. 조물주가 손을 뭣 하라고 달아놨겠어요? 정말 끝내주는 대사들이었다.

한데, 정말로 허리띠를 풀어보니 생각보다 명예스럽지 않았다. 명예는커녕 비참하기까지 했다. 아내가 진저리치며 떠날 때도 그랬고, 보복이라도 하듯이 혼자 있을 때마다 들이닥치는 간살맞은 외로움 그랬다. 그리고 무엇보다 지독한 냄새까지.

이런 정황에 내일 퇴원해도 되겠다는 통보는 반가울 수밖에 없었다. 입원한지 구 일째 되는 날이었다. 남의 퇴원 결정을 죄다 엿들은 작자들인데 아무도 축하한다는 말을 건네지 않았다. 오히려 말수가 적어지고, 시무룩한 분위기까지 연출되었다. 쓸개 없는 어르신은 양말을 벗더니 허옇게 낀 인비늘을 탁탁 털어내고,

새카만 정 씨는 담배와 라이터를 챙겨나가고, 염 씨는 마스크 쓰고 누워 천정만 쳐다봤다. 딱히 섭섭하지 않았다. 그저 읽던 책이나 읽다가 하룻밤 잠들면 끝날 일이었다.

문제는 잠이 오지 않았다는 것이었다. 평소 안 하던 독서를 밤 늦도록 하려니 눈알에 가시가 돋칠 지경이었고, 눈을 감으면 몸이 침대 밑으로 구물구물 가라앉았다. 별수 없이 잠든 척 누워 어두운 병실을 게슴츠레 응시하고 있을 수밖에 없었다.

"1층에 TV나 보러 갈까?"

새카만 정 씨에게 건네지는 염 씨의 잔뜩 낮춘 목소리였다. 딴엔, 다른 환자를 배려한 제안이었다.

"아이, 배가 출출하네."

"이 시간에 문 연 가게 없을걸."

"지금 몇 시나 됐나?"

부스럭대는 소리에 휴대폰 불빛이 번쩍하더니 15사단 염 씨의 대답이 들린다.

"열두 시 십분."

잠시 정적이 흘렀다.

"그럼 저 밑에 가서 간단하게 밥 한 그릇 할래요?"

"어디?"

"별관 장례식장…… 아무 방에 들어가서 한 그릇 달라고 하면 줘요."

"괜찮을까?"

"먹을 만해요."

설마 했는데, 부스스 일어나는 기척에 슬리퍼 질질 끄는 소리도 들린다. 열렸던 문이 조용히 닫히자 와락 무서움이 끼쳤다. 무덤 같은 적막 때문이 아니었다. 같이 가자며 소리칠 것 같은 혓바닥이 무서웠다. 그 혓바닥과 연결된 깊은 구멍이 무섭고, 그 구멍 안에 도사리고 있을 뭔가가 무서웠다. 그래서 침을 꿀꺽 삼키고 힘주어 눈을 감았다.

맹장이 사라졌다는 것 외에 바뀐 것은 아무것도 없었다. 의사는 며칠간 죽을 먹어야 한다고 권했지만 퇴원하자마자 맥주에다 치킨을 배달시켰다. 맥주는 다 마셨는데, 치킨은 두 조각도 먹지 못했다. 맛이 없었다. 병원에서 이불 뒤집어쓰고 상상했던 그 맛이 아니었다. 남은 치킨을 냉장고 안에 던져버리고 매트리스 위로 엉덩이를 걸쳤다. 방안의 냄새는 여전했다.

창문을 활짝 열었다. 그래 봤자 맞은편 건물 외벽이 손에 닿을 듯 가깝다. 벽을 타고 올라온 공기에 축축한 횟가루 냄새가 난다. 가로막은 건물 벽이 없다면 무얼 볼 수 있을까. 보나 마나 또 다른 건물이 버티고 있을 테지.

팬시점에 가서 시트지를 샀다. 푸른색 바탕에 하얀 구름무늬가 반복된 비닐 시트다. 유리창이 작아 많이도 필요 없었다. 시트지에 맞붙은 종이를 분리하고 뿌옇게 흐려진 유리창에 조심스레 붙여 나갔다. 남는 부위는 커터 칼로 잘라 모서리를 맞췄다. 깔끔했다. 한 발 뒤로 물러서서 봐도 깔끔했다.

괜찮다며 고개를 끄덕이고 있는데 갑자기 배가 아프다. 지렁이가 야금야금 깨무는 통증이 아니라 대놓고 아픈 통증이었다. 차가운 맥주에 탈이 났나? 아픔은 명치에서부터 아랫배까지 골고루 전달된다. 그다지 당황스럽지는 않았다. 맹장이 없으니 맹장염은 아닐 테고 그렇다면 이건 엄살이다. 칠칠맞은 몸뚱이의 어리광에 불과하다.

매트리스에 몸을 누이고 배를 문질렀다. 천정을 보며 살살 문지르고 있자니 여자 생각이 난다. 다시는 만나지 않을 것처럼 손 흔들어줬던 여자 목덜미가 생각난다. 만나서 엄살을 부리고 싶다. 수술 자국 보여주며 죽을 뻔했다고, 지금도 배가 아파 죽을 것 같다고 말하고 싶다. 그렇게 떠올리니 열 배쯤 더 아픈 것 같다. 아이고, 아야…… 이렇게 중얼거리며 휴대폰을 꺼냈다.

깜박 잠들었다 싶었는데 여자가 왔다. 술 냄새 풍기면서, 캔 맥주 든 비닐봉지를 흔들면서 찾아왔다. 늦은 밤이었지만, 배가 쿡쿡 쑤셔왔지만 반가웠다. 반가워서 와락 껴안았다. 여자도 괴상한 웃음소릴 흘리며 안겨 온다. 품 안의 여자는 놀랍도록 차갑다. 서늘한 등허리를 어루만지며 여자에게 물었다.

"진짜로 아팠던 거야?"

여자가 뭘? 하며 쳐다본다. 다시 물었다.

"사랑한다고 말해도 돼?"

눈꺼풀을 두어 번 깜박이던 여자가 한참 만에 고개를 끄덕인다. 묘한 고갯짓이었다. 괜찮아. 이해할 수 있어. 우린 동지잖아. 라고 말하는 것 같다. 하지만 나오는 말은 달랐다.

"우리 이제 뜨겁게 사랑할 거잖아요. 호호"

"아니, 그러니까. 우린 서로 통한다고."

"뭐가요?"

"나도 아팠거든. 여기 맹장."

옷을 벗던 여자가 깜짝 놀란 시늉을 한다. 손가락으로 거즈 주변을 살살 만져보더니 호들갑까지 떤다.

"어마. 아프겠다. 할 수 있겠어요?"

물론, 아프지. 아픈데도 해야지. 그러니, 동지여 몸을 열어 아픔을 맞이하라. 그렇게 소리치며 여자를 아프게 하고 싶었다.

그런데, 이상하게도 아랫도리가 잠잠하다. 이놈이 왜 이래? 빌어먹을 자식 놈이 수컷을 불명예스럽게 만들고 있었다. 괄약근에 힘을 주고 아무리 호령해 봐도 죽어버린 자식 놈은 반응이 없다. 놈은 이제 상대를 아프게 할 흉기도 아니었고, 물살에 저항하는 돌덩이도 아니었다. 그저 아래로 아래로 흘러가는 강물에 불과했다.

"니가 좀 어떻게 해봐."

벌거벗은 여자가 킥, 웃더니 죽어버린 자식 놈을 흔들고 꼬집는다.

"야. 야. 꼬마야. 정신 차려라."

다 타버린 성냥개비를 붙잡고 입씨름 벌이는 여자에게서 냄새가 피어오르기 시작한다. 달콤한 냄새다. 빈속을 긁는, 식욕을 동하게 하는 그런 달콤함이다. 도저히 참을 수가 없었다. 아, 사랑하는 동지여. 그렇게 부르짖으며 여자를 끌어당겼다. 피할 틈도 주지 않고 동그란 어깨를 깨물어버렸다. 여자가 날카롭게 비명을 지른다.

"아, 시팍! 아프다고, 이 병신아!"

꽤나 힘이 들어간 발차기였다. 벌렁 나자빠진 김에 드러누워버렸다. 천정을 땅처럼 내려 보며 눈자위를 끔벅거렸다. 꽁꽁 가뒀났던 슬픔이 튀어나오려 눈알이 뜨거워진다. 나는 언제쯤 이 창백한 환멸에 저항할 수 있을까. 나날이 빠져드는 이 막막한 체념들에……

점벙점벙해진 눈물을 감추려 눈시울을 추어올렸다. 창문이 보인다. 여전히 닫혀 있다. 닫힌 창문에서 양털 구름이 둥둥 떠내려가고 있다.

프랙탈

이번 노인은 꽤 멀쩡하다. 근엄하게 찌푸린 노인 이마에 나는 여기에 올 사람이 아니올시다, 라는 항변이 부적처럼 붙어 있다. 자식 내외 한숨과 말다툼 때문에 어쩔 수 없이 왔다는 말까지는 차마 붙이지 못했으리라.

강 씨도 딱 알아봤는지 밀던 휠체어를 멈추고 유심히 쳐다본다. 유심히 보기는 보는데, 휠체어 앞으로 한 발을 내밀어 제 손가락까지 꾸물꾸물 감는다. 게슴츠레한 강 씨 시선이 역시나 박 간호사 얼굴에 닿아있다. 보호자에게 입원안내문을 읽어주는 박 간호사 미소가 유달리 싱그럽다.

"우리 병동엔 치매 환자가 있어 조금 불편할 수 있습니다. 중증은 아니고 가벼운 환자들이니 걱정은 안 하셔도 됩니다."

쇼핑백을 든 젊은 보호자가 고개를 끄덕인다. 그러면서 나를 쳐다본다. 왜? 내가 또 침 흘리고 있나? 왼손으로 턱 아래를 훑어보니 손등에 물기가 묻어나오긴 한다. 소변 줄이 불편한지 노인이 허리를 비틀고, 나는 자연스레 손을 내려 바지에 문질렀다.

"아휴, 아버니임— 안쪽이 불편하세요? 저희가 금방 봐 드릴 게요."

박 간호사 말투가 평소와 사뭇 다르긴 하다. 두유 빨대를 씹던 강 씨가 헐, 저 불여우. 이러면서 내 귓가에 입을 댄다. 처음엔 항상 저래. 입술 새빨갛게 해가지고…… 내가 간이고 뭐고 다 빼 줬다니까. 귓구멍에 바람을 넣어가며 속삭이는데, 풍기는 입 냄새가 고약하다.

저 노인은 얼마 만에 욕창이 생길까. 이불 밖이 위험하다지만 사실 침대가 제일 무섭다. 한번 침대와 친해지면 두 번 다시 일어나기 어렵다. 재활치료? 그거 삼십 분이면 끝난다.

"오늘도 승객 한 분이 탑승했습니다잉. 출바알."

강 씨가 다시 휠체어를 밀며 안내원 흉내를 낸다. 버스인가 했더니 달리는 기차라고 했다. 무슨 기차? 우주로 가는 기차. 지랄하고 있네. 어, 사실은 집으로 돌아가는 기차. 여행을 끝내고 돌아가는 거지. 그래서 사람들이 돌아가셨다. 이렇게 말하는 거야. 하, 우습지도 않다.

강 씨는 대체로 혼자 지껄인다. 앞뒤 없이 마구 지껄이는 건 아니다. 내가 한두 단어 웅얼거리면 용하게 알아듣고 장단을 맞춰준다. 무슨 재능인지 모르겠지만, 아무튼 그 덕에 우린 서로 통한다. 통할 뿐 아니라 제법 유명하다. 쉴 새 없이 지껄여대는 두부살 아저씨가 휠체어까지 밀며 들쑤시고 다니는데, 우릴 모르는 사람이 있을까. 뭐, 모를 수도 있겠네.

강 씨는 운동치료실에서 처음 만났다. 딴엔 왼팔에라도 힘을 붙이려 안간힘을 쓰고 있는데, 두부처럼 퉁퉁 불은 아저씨가 툭 건드렸다. 손으로 건드린 게 아니라 치료사 옆에 서서 옳지! 잘한다! 영차! 허이짜! 이따위 추임으로 신경을 건드리니 그러잖아도 후들거리던 팔뚝이 축 처져 버렸다.

보다 못한 치료사가 고개 돌려 그냥 가던 길 가시라고 타일렀다. 뭐? 가던 길? 그러잖아도 조용히 골로 가는 중이네. 근데 으째 말이 짧다? 눈알까지 배배 꼬아 달려드니 치료사 변명이 길어질 수밖에 없었다. 그 와중에 루게릭이라는 병명이 나와 버렸다.

루게릭? 순간, 강 씨 얼굴이 확 달라졌다. 몰라 봬서 죄송하다는 표정. 씨팍! 내 병이 그렇게나 유명해? 사인 해주랴? 오냐, 내가 바로 이 요양병원의 스티브 호킹이다! 물론 속으로 뱉은 욕이다. 웬만하면 속으로 얘기한 지가 좀 된다. 혀가 굳어 말이 어눌해진 뒤부터 말하기가 싫어졌다. 처음엔 창피해서 안 했는데, 시간이 지나니 말을 안 해도 하등 지장이 없어졌다. 뒤늦게 실감을 했다. 말이라는 게 본디 거짓말할 때 외에는 별 쓸모가 없었고, 거짓말을 못 하니 내가 점점 희미해지고, 그래서 이 세상에 있었는지도 모르게 사라질 내 신세를 말이다.

그 뒤부터 강 씨는 가끔 내 침대에 엉덩이를 걸쳤다가 가곤 했다. 삭은 얼굴과는 달리 나보다 두 살 어리고 노숙 생활 좀 하다가 친척 도움으로 여기 오게 됐다는 것. 정확히는, 친척이 다니는 교회 도움이며, 간이고 콩팥이고 다 상해서 종종 투석 받으러 나간다는 사실도 알게 됐다.

솔직한 고백에 감동받아 나도 꺼 놓고 몇 마디 털어놨다. 이 세상에 내가 태어난 이유가 분명히 있었을 텐데, 이건 너무 가혹한 처사가 아니냐고. 진짜 원통하다고…… 늘어진 내 발음을 해석하느라 눈을 끔벅이던 강 씨가 나를 번쩍 들어 휠체어에 태웠다. 저보다 두 살 많다는 것을 알면서도 반말 찍찍해대는 싸가지놈의 죄업을 일괄 사면해 줄 수밖에 없었다.

병실에서 중앙 휴게실을 지나 재활치료실을 찍고 턴해서, 다시 작업치료실까지 왕복하는 것이 우리 일상이다. 주기적으로 1층에도 내려가 본다. 병원에서 산책로라 이름 붙인 시멘트 길을 지나 에어컨 실외기가 있는 건물 뒤편까지 이어진 코스다.

왔다 갔다 하다 보면 이벤트가 생기기 마련이고 그 자리가 곧 무대가 된다. 이 부분이 가장 마음에 든다. 나는 무슨 짓이라도 하고 싶었고 강 씨도 마지막까지 무대에 서 있길 원했다. 그래서 그와의 산책은 늘 기대된다. 물론 안전사고는 조심해야 한다. 이 친구가 의외로 눈이 어둡다. 당뇨 때문이라 알고 있지만, 본인 말로는 세상이 저절로 움직이는 탓이랬다.

"어…… 어이, 어이."

"아잇, 말도 없이 화분이 튀어나왔어."

휠체어가 화분을 건드리고, 그 바람에 내 오른 다리가 흘러내리고, 벗겨진 슬리퍼가 강씨 발에 밟혀서야 밀던 휠체어를 멈춘다. 걸음은 멈췄지만 강 씨 시선은 담벼락 쪽 화단 모서리에 꽂혀 있다. 나도 고개를 돌려보니 정 영감과 박 할머니가 나란히 앉아 있는 것이 보인다. 바싹 붙어 앉은 두 사람. 말로만 듣던 현장을 목격한 것이다.

강 씨가 내 슬리퍼를 신겨주면서 배역을 정했다.

"넌 구경하는 행인 1. 나는 훼방 놓는 행인 1. 오케이?"

의뭉스럽게 얼굴을 고친 강 씨가 화단 쪽으로 휠체어를 밀기 시작했고 나도 침을 닦았다. 이게 뭐라고 제법 긴장된다.

"에헤이, 어르신들. 지나가는 애들이 보면 어쩌려고 이렇게……."

애들은커녕, 행인도 없지만 강 씨는 일단 엄포부터 놓는다. 효과가 없지는 않아서 박 할머니 가슴팍에 들어가 있던 정 영감 손이 슬그머니 빠져나온다. 이걸 보면 정 영감이 그나마 치매 정도가 덜한 것 같다. 정 영감 바지춤 안에 손을 넣은 박 할머니는 눈을 지그시 감고 꿈지럭대고 있다. 정 영감도 멀리 산만 쳐다보고 있다.

강 씨는 본격적으로 상황극을 시작했다. 두 손을 나팔처럼 모아, 우리 서로 사랑하게 해주세요! 제발 그냥 놔두세요! 외치더니 본관 병동을 향해 뒤뚱대며 뛰어간다. 그러고는 다시 돌아와 좌우를 두리번거리고 손바닥을 입가에 세워 속삭여준다.

"이제 곧 경찰이 들이닥칠 텐데 슬슬 마무리하시죠. 분위기가 너무 달달한데, 당뇨 조심하시고…… 그럼, 전 이만 바빠서…….."

다시 뚜벅뚜벅 걸어온 강 씨가 휠체어 손잡이를 툭, 치며 이봐. 조 기사 시동 걸어. 이렇게 씨월거린다. 구경하는 행인 하라며? 뭐라고 항의하기도 전에 강 씨가 낄낄대며 휠체어를 굴린다.

"야하. 막상 보니까 나도 민망하다야. 애드리브가 안 떠올라. 귀한 장면인데, 너무 빨리 끝내버렸어. 야, 근데, 어르신들 짱 멋지지 않냐? 체면 따위는 치매로 날려버리고 본능에 몸을 맡긴다. 정 영감 표정 봤지? 난 아직 수컷이오! 다리 쩍 벌려서…… 크아, 간지 쩔어. 나도 나중에 치매 걸리면 저래야지."

사이코 말을 자꾸 듣다 보면 왠지 빠져들 것 같다. 존재하고 있는 것이, 존재하려는 열망을 가졌는데 뭐가 이상하냐는 것이다. 세상을 비워갈 때라서 그 욕망이 추하다고 손가락질하는 놈들이 더 가소롭다며 침을 튀길 때는 왠지, 그 침 속에 헛소리하는 바이러스가 섞여 있을 것 같다. 요상한 사상에 감염될까 싶어 다시 한번 침을 닦았다. 솔직히 좀 안타깝긴 했다.

박 할머니는 아주 정숙한 어머니였다고 했다. 간호사들끼리 숙덕거리는 말이 그랬었다. 가끔 면회 오는 딸이 무척이나 마음 아파하더란다. 아버지 일찍 돌아가시고 홀로 남매를 키웠다면서 울고, 기억을 다 잃어버려서야 모든 걸 풀어버렸다면서 또 울더란다. 다행히, 엄마도 보는 눈이 있는지 아무 영감에게나 그러지 않는다니 딸은 또 그렇게나 웃더란다.

1층까지 원정 공연을 다녀오면 녹초가 된다. 우리 둘은 그렇다는 말이다. 특히 액션과 대사가 많은 강 씨는 표나게 절뚝거리기 시작한다. 그럴 땐, 그러잖아도 뜬금없던 강 씨 말장난이 갈피 없이 풀어진다.

"정말 기적 같지 않아?"

헉헉대며 휠체어를 밀던 강 씨는 왼편의 창틀에 손을 짚고 숨을 몰아쉬었다.

"쓸모없는 내가 태어났으니 말이야."

우주에서 지구 같은 환경이 만들어질 확률, 지구에서 생명체가 만들어질 확률 따위를 주절주절 들먹이지 않아 다행이라 생각하며 창밖으로 시선을 돌렸다. 휠체어에 앉은 시야로는 다른 건물 모서리와 그 틈의 희뿌연 하늘밖에 보이지 않는다. 3병동으로 넘어가는 복도 창이니 건물 모서리는 아마도 부속장례식장일 것이다. 어쩌면 강 씨는 장지로 출발하는 장례차를 보고 있을지도 모르겠다.

"어릴 때, 난 내가 별인 줄 알았어. 그런데 무심코 별똥별을 유성이라고 중얼거렸거든? 그 순간 끝나 버렸어. 어린 시절이 말이야. 그걸 어떻게 알았냐고? 맵고 뜨겁던 국물이 시원하게 느껴지더라고. 칼칼하고 시원한 게 뭔지 알아? 일종의 신호였어. 별의 정체를 눈치챘다는 신호. 윤이 나도록 깎을수록 점점 무뎌지고 있다는 신호. 그 뒤부터 내 입에서 나오는 말은 전부 거짓말이 되더라."

건물 모서리 위로 구름이 피어오른다. 뭉게구름이 아니라 회색으로 번지는 연기구름이다. 갑자기 담배를 피우고 싶어졌다. 담배가 무슨 맛이었더라.

"처음엔 그냥 당뇨병이었어. 근데, 할 말을 자꾸 삼키니 점점 나빠지더라고. 말이라는 게 원래 뱉는 거잖아. 자꾸 삼키니까…… 혈관이 썩고 콩팥이 썩고 뱃속이 다 썩어버렸지."

말을 삼켜? 순 거짓말. 알딸딸한 소주를 삼켰겠지. 유리에 코를 비비고 있던 강 씨가 복도 끝을 돌아본다. 주방 직원이 저녁 식판을 덤웨이터에서 *끄집어내고* 있었다. 음식 냄새를 맡은 강 씨가 갑자기 휠체어를 밀기 시작한다. 뒤뚱대며 걸음을 옮기면서도 강 씨는 여전히 새처럼 지저귄다.

"너도 알지? 35년 전에는 여기가 바다였다는 거. 리아스식 해안처럼 구불구불한 갯바위였어. 학교에서 배웠지? 리아스식 해안. 아, 해안이라 하니 프랙탈이 생각나네. 프랙탈이 뭔지 알아? 맨눈으로 봐도, 현미경으로 봐도, 망원경으로 봐도, 결국은 다 똑같은 모양이더라는 거야. 해안선을 현미경으로 본다고 생각해봐."

눈으로 보고 경험한 것들…… 우린 겨우 일부분만 봤다고 여기지만, 사실은 전부를 본 거나 다름없어. 다 똑같거든. 그러니까, 그걸로 충분하다는 거지. 숨겨진 비밀 기호 따위는 없는 거야.

아참, 소문 들었어? 내가 곧 죽을 거라는 소문. 그 소문 내가 퍼뜨렸어. 왜인 줄 알아? 쾌차하세요. 얼른 나으세요. 이런 말이 듣기 싫더라고. 시발, 죽을 거 뻔히 아는데. 자꾸 들으면 안 죽을 사람처럼 느껴지잖아. 아야, 혀 씹었네. 아우, 피 맛 비려……."

솔직히 강 씨에 대해 아는 게 별로 없다. 캐물어 알고 싶은 생각도 없다. 내 코가 석잔데 더 알아서 뭐하랴. 제 입으로 말해주면 그냥 그런가 보다 하고 만다. 좀 독특한 사람이긴 했다. 가끔은 심오한 과학을 연구했던 사람처럼 보이기도 했지만, 대부분은 막 굴러먹은 건달이다. 별이 어떻고, 별똥이 어떻고 주절거릴 때는 이 작자, 별 다섯 개쯤 붙은 전과를 얼결에 드러낸 게 아닌가 싶다. 내 몸뚱이를 침대에 내동댕이칠 때의 눈빛을 보면 건달이 맞다.

침대에 누우면 당장은 편하다. 목과 허리부터 시원해지면서

에구구, 소리가 절로 나온다. 한 30분 후부터 다시 목이 결려오기 시작한다. 관절에 쥐가 나고 살이 제멋대로 떨리면 나도 모르게 방언이 튀어나온다. 경련 일으키며 죽어가는 내 근육은 알아들을 것이다. 근육아, 제발 힘을 내라. 하느님 아버지 아브라 카타브라…….

옆 침대 노인이 고개를 치켜들고 나를 쳐다본다. 오전에 봤던 그 신입 환자다. 감방에 막 들어온 신입 죄수 얼굴이 저 표정과 비슷할까. 무얼 두려워하는지 나는 안다. 지금 그 침대가 송 씨 어르신이 누워있던 자리였답니다. 나흘 전까지도 살고 싶다고 발버둥 치던 노인이었걸랑요. 한 세월 주름잡았을 분이었어요. 그런데 어느덧 그 침대가 어르신 차지가 되었네요. 귓가에 그렇게 속삭여주면 깔딱깔딱 넘어갈지도 모르겠다.

송 노인이 살고 싶다고 노랠 불렀다는 건 진짜다. 나이가 일흔 아홉이던가? 가끔 자식들이 오면 노인은 떼를 썼다. 너희들이 이럴 수 있나? 이놈들아. 큰 병원에 가면 죽을병도 다 고쳐준다던데, 응?

자주 듣던 하소연이라 우린 귓등으로 듣는데, 자식들은 얼굴 벌겋게 붉히며 변명한다. 아부지. 금방 낫는 병도 아니고, 여기서 요양하시다가 좀 나아지면 다시 큰 병원에 모셔다드릴 거잖아요. 주위사람 다 들으라고 하는 말인 줄 안다. 알지만 모른 척해줬다.

가끔 오는 늙은 아내가 훨씬 솔직했다. 혼자 걷는다 뿐이지 병색은 영감 못지않은 할머니였다. 침대 곁에 앉아 온갖 애끓는 소리 다 들어주던 할머니는 할아버지 손을 꼭 붙잡으며 말했다. 마치 어린아이 달래듯 조곤조곤한 말투였다. 아이고, 살 만치 살았다 아잉교. 뭐시 그리 아숩는교? 애들도 저저끔 살아야 안 되겠는교. 쪼매만 먼저 가 있으소. 내 금방 따라가요. 알것소?

마누라가 곧 따라오겠다는 말을 듣고서야 잠잠해졌다. 팔불출인지 물귀신인지 모르겠지만 아무튼 조용해졌고, 며칠 뒤 큰 병원으로 옮겨졌다. 낮부터 열이 나더니 밤엔 혈압이 뚝 떨어져 급하게 종합병원으로 이송되었다. 폐렴이라고 그랬다. 그리고 바로 그제, 저기 부속장례식장 영안실로 들어갔다. 강 씨는 그 소식을 전하며 한마디 덧붙였다. 크아. 폐렴이 제일로 무섭다. 그냥 한방이다. 맞는 말이다. 특히나 내 입장에선 더 그렇다. 조만간, 호흡하는 근육까지 마비될 것이고, 난 숨을 못 쉬어서 죽을 것이다.

일전엔 마음먹고 숨을 멈춰봤었다. 죽는 연습으로. 얼마나 고통스러운지 궁금해서. 눈알이 튀어나올 만큼 숨을 참아봤다. 아주 철딱서니 없는 짓이었다. 파하, 하고 숨을 내쉬고, 다시 숨을 들이마시다가 침이 잘못 들어가 진짜로 기도가 막혀버렸었다. 기침하느라 숨 떨어지기 직전까지 가보니 내 소견머리에 정나미가 뚝 떨어졌다. 폐렴이고 뭐고 죽음과 관련된 것들은 전부 코앞에 얼쩡대는 놈들이었다.

그래서 쓸데없는 상상을 하지 않으려면 정신없이 바쁜 게 최고다. 쓸데없이 바쁘면 더 정신없는 법인데, 기왕이면 세상에서 제일 쓸데없는 짓을 하기로 했다. 쓸모없기로는 강 씨도 나 못지않으니, 아마 우리 둘은 쓸데없는 분야에서 근사한 족적을 남길 것이다.

"응, 큰애냐? 나다. 어디긴 병원이지. 저녁은 잘 먹었다. 그래. 그래. 근데, 일단 아무 소리 말고 들어라. 나 내일 퇴원할란다."

옆 침대 신입 환자 목소리다. 그 봐라. 누워서 천장만 멀뚱멀뚱 보고 있으니 별별 생각이 다 들지. 가련한 저 신입도 정신 멀쩡한 게 얼마나 힘든지 하루하루 겪어가며 깨달을 것이다. 이곳에 들어온 이상, 기억이 명료할수록 슬픈 법이다. 세월 탓하고 운명을 원망해봐야 저만 괴롭다.

아직은 살아있다. 그게 전부다. 무슨 가치를 따지고 의미를 헤아리나. 강 씨도 우린 있다와 없다 중에 하나만 선택하면 된다고 했다. 그걸 우리가 선택할 수 있어? 당연하지. 살아있는 사람이 어떻게 '없다'를 선택할 수 있어? 간단해. 없다, 라고 믿어버리면 돼. 살아있으니까 가능한 거야. 여기 종이컵이 '없다'라고 생각이나 할 수 있겠어? 기묘하게도, 강 씨 말이 그럴듯했다.

그래서 우리에겐 연극이 딱 맞다. 무대에서 우린 있기도 했고 없기도 했다. 누군가가 봐 줄 때는 주인공이고, 박 간호사가 기겁

하며 달려들 때는 환자가 되어 픽 사라진다.

뭘 하든 금기 사항은 있기 마련이다. 특히, 간병인은 건드리지 말아야 한다. 꼭 찍어 말하자면 우리 병실 담당 고 여사. 환자가 진상 부리는 역을 진심을 담아 해봤었다. 큰 실수였다. 뒤끝이 장난이 아니었다. 돌려 눕힐 때마다 몸을 반으로 접어 돌리지를 않나, 배변 주머니도 제일 마지막에 갈아주고, 목욕시킬 때는 물만 찰박찰박 묻히고 도로 닦아냈다. 내가 얼마나 깔끔한 성격인지 알면서도 그런다.

덕분에, 옷을 갈아입힐 때 내 다리를 보면 말라비틀어진 송충이 같다. 듬성한 털 사이로 허연 인비늘이 냉장고 성애처럼 돋아 있다. 그걸 보고 있자면 입안에 침이 고인다. 손톱으로 박박 긁어내고 싶어서…… 박박 긁어내면 내 다리는 허연 가루로 닳아 공기 중에 풀풀 날릴 것이다. 누구는 그 가루를 들이마시고, 누구는 삼켜버리겠지. 그거 괜찮네.

밤이라는 놈이 매일 찾아와 날 빨아먹는데, 차라리 가루로 사라지는 게 훨씬 낫다. 교활한 그놈은 내가 잠들기만을 기다린다. 깜박 잠에서 깨어보면 어느새 시커먼 것이 들러붙어 있다. 천천히, 다리부터 시작해서 점점 위쪽으로, 하룻밤에 한 모금씩…… 마지막엔 내가 마셔야 할, 한 모금 호흡까지 삼켜버리겠지. 아, 또 상상해버렸네.

나도 한때는 내 이름 석 자를 사랑했었다. 이젠 아무리 되뇌어도 별 감흥이 없다. 그냥, 계단 앞에서 끊겨버린 바퀴 자국만 연상된다. 게다가 매일 밤 굴러떨어지게 만드는 졸음은 왜 그리도 어지러운지.

잠에서 깨어나면 제일 먼저 내가 아직 살아있는 건지 확인해본다. 물론 제일 좋은 것은 아예 잠에서 깨지 않는 것이다. 하지만 죽지 않고 깨어났으니 오늘 하루도 숨 쉬어야 한다. 숨은 쉬고 있지만 할 수 있는 건 아무것도 없다. 나뿐만이 아니라 우리 병실 환자 전부가 그렇다. 와상환자만 모아놨으니 그럴 수밖에 없기는 하겠다.

그나마 내가 젊으니 모범적으로 상체를 일으켰다. 1등으로 꿈틀거려도 고 여사는 입구 쪽 환자부터 닦아준다. 혼자서 잘 해내는 두 번째 박 영감은 뛰어넘고, 살짝 치매 증상이 있는 세 번째 정 씨 영감은 양치까지 해준다. 나한테는 물수건 한 장으로 끝이다.

고 여사는 내가 엄살 부린다고 구박까지 한다. 왼손이 움직여지기는 한다. 꿈지럭거릴 수 있다는 것이지 내 뜻대로 사용할 수 있다는 의미는 아니다. 젊은 사람이 자꾸 도움받는 버릇하면 못써. 몸이 퇴화해 버린다니까. 이딴 소리로 끌끌대면 없던 용심이 혓바닥에 돋아난다. 퇴화 같은 소리 하고 있네. 더럽고 아니꼬워서 일단은 내가 닦고 양치한다. 질질 흘리든 말든.

식사할 때는 더 흘린다. 흘려도 이것만큼은 내가 한다. 왼손으로 밥 먹는 게 익숙해질 법도 한데, 갈수록 샛길로 빠지는 양이 많아진다. 나름의 지표이기는 하다. 70% 이상 흘려버리는 날이 바로 내 숟가락 놓는 날이다.

먹어야 할 약 복용하고 침상에 딸린 식판을 접어 넣고 나면 딱히 할 일이 없다. 이제부터는 선택의 시간이다. 먼저, 둘 중의 하나를 선택한다. 눈뜨고 숨쉬기, 아니면 눈감고 숨쉬기. 예전엔 눈을 감았는데 요즘은 웬만하면 눈을 뜬다. 뭘 선택하든 큰 차이는 없다. 숨 쉴 때마다 미세하게 들썩이는 환자 가슴팍이나 간병인과 박 씨 영감의 실랑이 따위를 면밀히 관찰한다. 매일 보는 똑같은 그림들이다. 그래서 틀린 그림 찾기에 딱 좋다.

서랍장 위에 놓인 물컵이 어떻게 달라졌는지, 박 간호사 손가락에 껴있던 반지가 언제 사라졌는지, 정 노인 꼬리뼈 욕창이 얼마나 커졌는지도 찾아낸다. 며칠 전, 송 노인 호흡이 달라진 것도 내가 처음 알아챘다. 그게 그렇게나 위중했었는지는 나도 몰랐지만……

끈기 있게 혼자 놀다 보면 드디어 강 씨가 등장한다. 나를 번쩍 들어 휠체어로 옮겨 줄 때는 왠지 특별대우를 받는 느낌이다. 하지만 이건 혜택이 아니다. 우린 쓸데없는 짓을 해야 할 숭고한 의무를 가졌다.

오늘은 2병동 방향이다. 그다지 달갑잖은 곳이다. 뭐, 내 의견 따위는 귓등으로 듣는 인간이니 강 씨가 미는 방향이 내가 가는 장소가 된다. 사실, 중증 치매 병동이 쉽게 들락거릴 곳은 아니다. 아니지만, 강 씨가 의외로 요령이 있다. 환자들도 재미있어하니 특별히 문제 있는 날이 아니라면 굳이 출입을 막지는 않았다.

강 씨는 우선 간호사에게 모형 곤충들을 선물해준다. 알루미늄 포일을 접어 만든 작은 거미나 전갈 같은 것들이다. 간호사들은 징그럽다고 호들갑 떨면서도 은근히 재미있어한다. 휴게실에 앉은 환자들에겐 색종이로 접은 꽃을 하나씩 나눠준다.

종이꽃을 나눠줘도 특별한 반응은 없다. 간혹, 누구여? 하고 묻기는 한다. 어떤 이는 받아든 종이꽃을 이리저리 살펴보기도 한다. 고맙습니다. 하며 연신 고개 숙이는 이가 있고, 어떤 이는 누고? 상철이가? 하며 반색하기도 한다. 그럴 때 강 씨는 곧바로 상철이가 된다.

"아이고, 예. 어무이. 상철이가 인자 왔심더."

누르팅팅하게 부은 얼굴로 아들이라 시인하는데, 막상 환자는 강 씨를 빤히 쳐다보고 입을 닫아버린다. 아무리 혼미한 기억이라도 이건 아니다 싶은 얼굴일 터이다. 당연히 강 씨는 개의치 않는다.

"어무이, 내가 돈 마이 벌어 왔심더."

강 씨는 어깨를 쩍쩍 벌리며 자랑하고는 환자의 짧은 머리칼을 슬쩍 어루만진다.

"좋은데 가서 빠마 해주고, 어무이 머리에 꽃도 달아 줄라꼬 왔다 아잉교. 아이고, 잘 안 들리네. 뭐라꼬예?"

알아듣지 못할 말을 연신 웅얼거리던 환자 입에 강 씨가 귀를 가까이 댄다.

"뭐라꼬예? 저년이 밥을 안 준다꼬예? 누가 우리 어무이한테 밥 안 드렸노?"

강 씨가 눈을 희번덕거리면 무심코 지나가던 간병인이 화들짝 놀라 걸음을 멈춘다. 강 씨가 슬리퍼 소리가 나도록 휴게실을 한 바퀴 돌아온다.

"어무이, 얼릉 밥 채리라 말해놓고 왔심더. 어무이, 기다리기 심심하지요? 그러면 내가 별 보여줄까?"

어찌 알아들었는지 환자는 고개 끄덕이고, 강 씨는 캬캬캬 웃는다. 강 씨는 자기 손바닥을 싹싹 비비더니 그 손바닥으로 환자 눈을 가린다.

"온 천지가 다 새까맣지예? 거서 파리맨치로 둥둥 떠다니는 거 보이지예? 그기 진짜 별입니더. 별이 원래 새카만데서 살거등예."

정말로 뭐가 보이는지 환자가 하으, 하는 소릴 내며 입술에 침을 바른다.

"아무나 구경 못 하는 별이거든예. 누가 따줬는지 아는교? 저게 앉아있는 스티븐 호킹 박사가 따 준거라요. 호킹박사. 여, 인사해라. 우리 어무이다."

환자는 눈을 껌벅이고, 구경하던 다른 환자들이 나를 쳐다본다. 당황스럽긴 해도 내가 대사를 쳐내야 할 순간이다. 멋진 인사말이 떠올랐지만 절제된 대사로 내 배역에 충실히 임했다.

"에…… 허어……."

강 씨는 이번 무대가 꽤나 마음에 드는 모양이다. 평소 안 쓰던 사투리도 과장스럽다. 그래도 열성적으로 공연에 임하는 자세가 기특하다. 1막으로 끝낼 상황극을 2막으로 연장하였고, 흥미 잃은 환자들이 종이꽃을 바닥에 툭툭 떨어뜨릴 때쯤에야 장소를 옮겼다.

역할은 다양했다. 남편이 되기도 하고 딸이 되기도 했다. 의도대로 환자가 몰입했는지는 중요하지 않았다. 강 씨는 그저 낡은 옷장에서 눈에 띄는 옷을 척척 꺼내 입어 보일 뿐이었다. 퇴색된 옷이었지만 환자들은 뭔가를 기억해냈다. 저만의 것으로 웃고 저만의 단어를 중얼거리기도 했다.

치매 병동에서 나갈 때도 비밀번호를 눌러줘야 한다. 간호 데스크에 번호 눌러줄 간호사가 보이지 않는다. 두리번거리는 강 씨 시선이 다급하다. 강 씨가 점심시간을 놓치는 일은 극히 드문 경우였다.

본격적으로 식판이 들어오기 시작하자 병동 전체가 들썩인다. 어떤 이는 입을 딱딱 벌려 받아먹고 어떤 보호자는 유동식을 챙긴다. 또 어떤 환자는 게걸스럽게 씹으면서 삼키지 못해 줄줄 흘려버린다.

"오올치. 꿀꺽 삼켜요. 이렇게. 꿀떡. 꿀떡."

턱으로 흐르는 음식을 숟가락으로 긁어내던 간병인이 꿀꺽꿀꺽 삼키는 시늉을 해준다.

출입문 비밀번호를 아무렇게나 눌러보던 강 씨도 꿀떡, 꿀떡, 소리를 흉내 낸다.

"저 봐. 저 봐. 본인은 복 받은 거야. 음식 삼키는 방법도 잊어버렸잖아. 살면서 하나하나 지워나가다가 이제 공기처럼 가벼워졌는데 뭐가 아쉽고 무섭겠냐? 인제 집으로 갈 준비가 다 된 거지. 아, 맥주 먹고 싶다. 흑맥주로. 꿀떡, 꿀떡……."

강 씨는 기분 좋게 목젖을 꿀렁거린다. 꿀렁대는 목 아래로 땀이 고여 번들거린다. 살짝 불안하다. 저건 필시 식은땀일 텐데, 짜증 덩어리 괴수로 돌변하기 직전의 징조가 아니었던가.

그렇게나 주절대고 나댔으니 파김치가 될 만도 하다. 병동 침대에 나를 내동댕이칠 때를 보니 호흡도 상당히 거칠었다. 오후엔 강 씨가 안 나올지도 모르겠다. 오후에 안 나오더라도 용서해줄 생각이다. 쓸데없는 짓을 아주 열심히 했으니까.

점심을 다 먹고 한참을 기다렸다. 정말로 나타나지 않았다. 재활 운동하고, 저녁밥 먹고, 하룻밤 잠자고, 틀린 그림 찾기를 온전히 견뎌냈는데도 강 씨가 나타나지 않았다. 투석하러 갔나? 가끔 투석 일정이 바뀔 때가 있으니 그럴 수도 있겠다.

그래도 그렇지. 어떻게 한마디 말도 없이 사람을 기다리게 만드나. 이래놓고 나중에 휠체어를 스윽 밀고 와서 뻘쭉 웃겠지. 그땐 내가 그냥 휠체어에 앉나 봐라. 흠…… 앉기는 앉겠지만, 쉽게 안기나 봐라. 이렇게 다짐했었다.

다음 날 아침에야 강 씨 소식을 들을 수 있었다. 갑자기 상태가 나빠져 큰 병원에 갔다고 했다.

"그제 저녁부터 혈압이 막 떨어졌다던데……."

환자복 갈아입히며 전하는 고 여사 말을 듣자마자 기침이 터져 나왔다. 혹시, 폐렴이래요? 이렇게 되물으려 했다. 그 순간 침이 기도로 넘어가 버렸다. 이미 약해진 기도 근육은 침 한 방울 해소해내는 것도 버거워했다.

들숨이 막힌 채로 쿨럭대다가 결국 눈을 까뒤집고 말았다. 아무리 용을 써도 숨은 쉬어지지 않고, 숨넘어가는 소리조차 낼 수 없었다. 고 여사가 박 간호사를 호출하고, 재빨리 기도확장제를 흡입시키지 않았더라면 그 길로 끝났을지도 모른다.

내 침과 눈물을 닦아주며 고 여사가 위로해줬다.

"아이고, 친구처럼 딱 붙어 지내더니 놀라기도 했겠다. 뭐, 별일이야 있겠나."

별일이 없기는 왜 없나. 그 인간이 없으면 침대에 눌어붙은 껌딱지가 되어야 하고, 틀린 그림 찾기도 종일 해야 하고, 무엇보다 쓸데없는 위업에 중대한 차질이 생기지 않는가. 전화라도 해보려 궁리를 했다. 그러다가 이내 포기했다. 휴대전화 없기는 저나 나나 똑같은 신세였다.

하룻밤을 더 자고 일어나니 시간이 멈춰버렸다. 틀린 그림 찾기에 일가견이 있는 내가 봐도 시계가 움직이지 않았다. 어이가 없어 노려보면 그제야 벽에 붙은 청개구리처럼 틱, 움직여 준다.

엄청난 중력 속에선 시간이 늦게 흐른다고 했다. 정말 그럴지도 모른다. 온 세상이 걸쭉한 타르 속에 빠져버렸다. 내가 칠 수 있는 발버둥은 호출 벨을 눌러 닦달하는 것뿐이었다.

간호조무사에게 다리에 경련이 났음을 알려주고 또 손가락으로 가슴을 가리켜 답답하다는 시늉을 해줬다. 그리고 강씨는…… 도저히 손가락으로 표현할 수 없어 입을 열어야 했다.

"강·성·태는 언…… 제?"

"다른 병동 환자는 저희도 잘 몰라요."

반복되는 질문에도 간호조무사는 인형처럼 나긋하게 똑같이 대답해줬다.

강 씨 소식은 이틀 후에야 들을 수 있었다. 그것도 내 몸을 돌려 눕히던 고 여사에게 들었다.

"아이고, 내가 딱해서 이야기를 안 해줄 수가 없네. 그 사람 죽었단다. 어제 새벽에 숨이 잠깐 끊어진 거를 의사가 달려와서 살려냈는데, 도저히 안 되겠는지 여태까지 보호자를 찾다가 인제 연락이 되어가지고…… 당연히 연명치료는 안 하겠다고 그래서……."

두서없이 알려주는 말 중에서 내 귀에 박히는 건, 죽었다는 단어뿐이었다.

"서엉…… 터어아 ― 서어…… 트으아 ―."

내 통곡에 화들짝 놀란 고 여사가 얼른 기도확장제를 움켜준다. 슬픔이나 눈물 따윈 다 닳아버린 줄로 알았었다. 그런데 이상하게 자꾸 터져 나온다. 뭔가가 내 속을 헤집고 할퀴고 있었다. 고 여사는 나를 침대에 모로 눕혀 놓고 슬쩍 자리를 피했다.

"아이여 ― 아이여 ―."

혼자서 곡을 했다. 빨리 죽을 거라는 걸 나도 안다. 아는데, 내가 불쌍해서 곡을 했다. 저는 한 번에 떠났지만 나는 어쩌란 말인가. 기대했던 멋진 이별 장면도 다 무산되었다. 쓸모없는 짓으로 큰 거 한방 터뜨리자는 계획도 틀어져 버렸다. 뭐 하나 온전히 마무리된 게 없다. 저 혼자 훌훌 털고 가버렸다. 그 소식에 나만 찔찔대고 있는 것도 억울했다.

그간 흘린 말을 돌이켜보면 강 씨는 늘 죽음을 헤아리고 있었다. 수시로 주절대던 말들은 언제든 떠날 사람의 변명이었다.

"그러니까 가설라무네. 서른하고 팔 년 동안 헛지랄만 했던 인생이었어도 말이야. 남들만치 조명발 한번 못 받고 떠나는 건 억울하더란 말이야. 근데, 조명발 한 번 못 받았는데 무슨 주인공이냐 따질 수는 있어도, 왜 태어났냐고 따질 일은 아니더란 말이지."

그래서 왜 하필 주인공으로 태어났냐고 열심히 따진 적도 있었지. 가만히 보니 삐까번쩍한 주인공이라고 재방송 틀어주는 것도 아니더라고. 흥행에 실패해도 작품성 좋은 거 많잖아? 어차피 관객도 나 혼자잖아. 맞잖아? 혼자 감상하고 내 알아서 살살 지워나가면 되겠더라고. 여기서 봤지? 좋은 기억 번듯하게 쌓아놔도, 결국 싹 다 퍼내야 하는 거. 그러니 내가 제목을 달 필요도 없어. 그런 건 전문가들이 알아서 지어낼 거잖아. 의미 있는 삶이었던 것처럼 만들어 내는 거 말이야."

살았다는 증거는 고사하고, 우릴 기억하는 사람도 없을 것이다. 기억 따위는 하나도 아쉽지 않다. 내가 죽고 없는데, 기념해봐야 어디다 쓴단 말인가. 내가 누구 남편이었고, 어떤 직업을 가졌고, 어떤 꿈을 꿨는지 누가 궁금해 하나. 나는 그저 태어난 게 억울할 정도로 현재가 괴로울 따름이다.

"이거 받을라요?"

청소하는 아주머니가 뭔가를 내민다. 색종이 뭉치였다. 그새 강 씨 사물함을 치워버린 모양이다. 아주머니 말로는 친척인지 교회 관계자인지 아무튼 사람이 와서 서랍장에 있던 소지품을 챙겨갔단다. 침대 아래를 청소하다가 잡동사니 상자에 담겨있던 색종이는 문득 내 생각이 나서 가져왔다고 했다.

색종이는 제법 두툼했다. 왼손을 꼼지락거려 한 장씩 펼쳐보았다. 회색이나 검은색이 대부분이었다. 빨강이나 노랑같이 화려한 색은 꽃을 접는 데 썼으리라. 강 씨에게도 쓸모없었던 색종이가 내게 전해졌다고 생각되니 묘하게 감격스러웠다.

"딱·한·번·만……."

고 여사에게 애처로운 표정 지어 보이기는 오랜만이었다. 그래서인지 효과는 있었다.

"어깨에 침 흘리기만 해봐라."

고 여사는 모인 내 다리 밑으로 손을 넣으며 으름장을 놓았다. 번쩍 들어 올려 휠체어에 놓아주는 동작이 강 씨보다 훨씬 부드럽다. 이 능력을 왜 이제 발견했을까. 고 여사는 나를 얌전히 앉혀놓고는 밀어줄까? 하는 표정도 지어 보인다. 조금 감동했지만 정중히 사양했다. 대신에 휠체어를 전동으로 전환해 달라고 부탁했다.

배터리 잔량이 한 칸밖에 안 떴지만 상관없다. 쓸데없는 짓 하려는 주제에 완벽하게 준비하는 것도 좀 그렇다. 병실을 나와 휠체어를 좌측으로 돌리고 복도를 지나가는 느낌이 새롭다. 내 조작에 굴러가는 바퀴가 생소하고 나를 쳐다보는 시선들도 낯설다.

3병동으로 넘어가는 복도 창문가에 휠체어를 멈췄다. 창문 잠금 손잡이로 손을 뻗어보았다. 강 씨가 쉽게 열던 반 여닫이창이 내게는 너무 뻑뻑하다. 창문이 열리자 찬바람이 화락 밀어닥친다. 무릎에 놓여있던 색종이 몇 장이 따귀라도 맞은 듯이 튕겨 나갔다. 색종이를 주우려 휠체어를 돌리다가 이내 포기했다.

회색 색종이 한 장을 창밖으로 내밀었다. 색종이는 낙엽보다 더 너울대며 비행한다. 그러고 보니 강 씨 걸음걸이와 비슷하다. 주춤대다가 넘어질 듯 내딛는 발걸음. 금방 땅에 떨어질 주제에 요란스레 펄럭대는 것도 비슷하다. 강 씨는 그놈 참, 잘 돌아간다며 웃을 것이다. 검은색 종이를 날렸다. 색종이가 순식간에 시야에서 사라진다. 강 씨는 그게 뭐 어때서라며 우겨낼 것이다.

색종이 뭉치를 크게 집어 창밖으로 던져 넣었다. 아래로 뚝 떨어졌다 싶은 뭉치가 수십 개 조각으로 나뉘어 솟구친다. 팔랑대며 흩어지는 색종이들이 멋지다. 쓸모없는 데다가 일거리까지 만드는 짓이니 더 멋져 보인다.

마지막 색종이를 물끄러미 쳐다봤다. 강 씨였으면 꽃으로 접었을 빨간색이다. 뭔가 특별한 색이라 생각하니 좀 망설여진다. 한 장은 가지고 있을까? 강 씨라면, 뭐든 선명할수록 슬프다며 주저 없이 날렸을 것이다.

색종이 한 장이 바람을 타고 날아간다. 눈으로 빨간 조각을 배웅해주고 턱 아래 침을 닦았다. 침 묻은 왼손을 들어 창문 손잡이를 잡아당겼다. 탁, 소리와 함께 와글거리던 귓전이 멍해진다. 갑자기 현실이 모호해졌다. 아무 소리도 들리지 않고 우주 한가운데에 둥둥 떠 있는 느낌이다.

상관없다. 내가 헷갈리든 말든, 쓸데없는 것에 대해 꿈을 꾸든 말든, 세상은 뒤뚱대며 흘러갈 것이다. 승객은 기차에 오르내릴 것이고, 주인공들은 저마다 죽느냐 사느냐를 외칠 것이며, 객석에 앉아 먹는 팝콘은 여전히 맛있을 것이다.

휠체어를 돌려 네모난 복도 끝을 향해 방향을 맞췄다. 바닥 저만치에, 아무렇게나 붙어 있는 색종이 한 장이 보인다.

문어

놈은 항상 에어스톤 부근을 얼쩡댄다. 위로 솟구치는 공기방울에 다리 두어 짝을 띄워놓거나, 아니면 에어스톤을 통째로 끌어안고 있다. 자잘한 공기방울들에 파묻혀 누두를 불룩대고 있으면 언뜻 태평스럽기도 하다. 한데도 놈은 항상 희멀겋다.

상철이 슬쩍 손님 동태를 살핀다. 겨드랑이에 손가방을 끼운 여자는 입 벌린 대합을 손가락으로 쿡 찔렀다가 빼기를 반복하고 있다. 놀란 대합이 짠물을 뱉으며 오므리면 여자는 오히려 입술을 실룩대며 재미있어한다.

수족관에 손을 넣고 놈을 움켜잡는다. 희멀건 주제에 빨판 힘은 제법이다. 손이 묵직하도록 잡아당겨도 짤막한 다리 한 짝은 여전히 바닥에 붙어 있다.

"아저씨. 걔는 다리가 이상하잖아요."

"아, 그렇죠? 제사에 쓸 건데."

슬그머니 놈을 놓아준다. 놈은 황망한 와중에도 짤막한 다리 하나를 휘두른다. 상철의 시선이 자꾸만 짧은 다리에 모인다. 가운뎃손가락 세워 보이며 도망치는 얄미운 모습이다. 상철은 모서리에 웅크리고 있던 다른 놈을 끄집어낸다. 비슷한 덩치에 불그레한 문어다. 왁살스럽게 건져진 놈이 사방으로 다리를 뻗댄다. 벌겋게 화가 난 대가리, 상철은 그 대가리 안으로 손가락을 쑤셔 넣는다.

수영모자 뒤집는 것과 똑같다. 한번 뒤집으면 혼자 힘으론 돌아올 수 없다. 손가락에 힘을 주자 내장이 풍선처럼 밀려 나온다. 의외로 질긴 것들이다. 한 움큼 뜯어낼 때마다 턱 아귀에 힘이 들어간다. 문어는 비명을 지르지 않는다. 할퀴지도 않는다. 그저 발버둥이다. 발버둥 칠수록 억세게 뜯어낸다. 심장과 소화기관, 쪼그라든 먹물주머니까지 뜯어낸다. 다리 힘은 여전히 억세다. 여덟 개 다리를 휘두르며 발악한다. 손님이 한 발 뒤로 물러선다. 그러나 흥미롭다는 얼굴이다. 왼쪽 눈을 살짝 일그러뜨리고 낱낱이 지켜본다.

손질에 허점을 보여서는 안 된다. 실수조차 의도된 행동인양 능숙하게 손질해야 한다. 먹물을 터뜨리거나 어설프게 문어 다리에 휘감겨서도 안 된다. 상철은 손질한 문어를 헹군 다음에 소쿠리에 옮겨 담는다.

"두 마리……."

여자가 뾰족하게 내민 입술로 조개를 가리킨다. 좀 전에 짠물을 갈겼던 놈이다. 상철은 그놈을 집어 든다.

껍데기 안쪽에 칼을 바싹 붙여서 쑤셔 넣는다. 엄지에 힘을 보태자 두꺼운 관자가 단번에 잘린다. 칼날이 오른쪽으로 한 번 더 스치고 살구색 덩어리가 철썩 떨어진다. 조갯살은 통통했다. 대합 두 마리를 까낸 상철이 홍합 소쿠리에 손을 얹는다. 시선은 여전히 여자를 향해 있다. 여자는 입술을 우아하게 벙긋거린다. 벙긋거리며 목이 아픈 시늉도 한다.

상철은 고개를 끄덕이고 홍합 다섯 마리를 골라낸다. 입 모양으로 알아챈 게 아니다. 엄마 수첩에 적혀있어서 안다. 그 집이 왜 연탄집인지, 저 아줌마가 왜 새댁인지는 모르겠지만 아무튼 음력 9월 10일은 연탄집 제삿날이다. 수첩엔 암호 같은 글씨로 문어 중짜, 오징어 2, 새우 1, 대합 2, 참담치 5, 군소 5,라고 적혀있다.

홍합은 대합보다 까기 어렵다. 헤프게 입 벌리지도 않는다. 껍데기 사이에 칼을 대고 힘껏 찔러야 한다. 그것도 껍데기 안쪽에 바싹 붙여 관자를 끊어내야 한다. 한 번에 해내지 못하면 이리저리 들쑤시게 되고 그 와중에 입술이 끊어지기 십상이다. 그렇게 배웠었다.

엄마는 홍합 살 테두리를 입술이라 불렀다. 가마이 놔뚜라. 그래야 주디를 사알 벌린다. 엄마가 시키는 대로 가만히 지켜보고 있을 땐 입을 열지 않았다. 한눈팔고 있다가 문득 돌아보면 어느새 입을 벌리고 있곤 했다. 상철은 칼끝으로 새카만 입술을 뒤집어 보기도 했었다. 겨우 홍합일 뿐인데 반들반들한 입술과 그 안쪽의 불그스레한 속살이 야릇했다. 그 안에 뭐시 있나? 엄마는 뭘 보는지 다 안다는 투로 물었고 고등학생이었던 상철은 공연히 부끄러웠다.

함부로 입 벌리지 않는 홍합이 왜 그리 보였는지 모를 일이다. 쉽게 몸을 여는 조개는 청순하기만 한데, 홍합은 일부러 드러낸 속살처럼 야했다. 상철은 입술이 끊어지지 않았는지 살펴보며 홍합 살을 비닐봉지에 담는다.

"팔만 오천 원요."

이천 원을 빼준 금액이다. 여자가 새삼 얼굴을 찡그린다. 아주머니 같았으면 만 원은 더 깎아줬을 거라고 불평한다. 엄마라면 정말 어쨌을까 떠올리며 실없이 문어를 한 번 더 헹군다. 어제 왔어야 할 제사 손님이 오지 않았던 것도 맘에 걸린다. 상철은 짐짓 졌다는 시늉을 하며 오천 원을 더 에누리해준다.

여자가 그제야 지갑을 연다. 손가락 끝엔 해물 체액이 묻어있다. 여자는 끄집어낸 지폐로 손가락을 닦는다. 상철은 가만히 기다리며 큐빅이 박혀있는 여자 손톱을 구경한다. 구경하며 콧물을 치릅, 빨아들인다. 지폐들이 서로 들러붙은 채로 상철에게 건네지고, 상철은 지폐를 한 장씩 떼어내며 다시 헤아린다. 다 헤아리고 고개를 드니 여자는 벌써 골목 저쪽을 빠져나가고 있다.

상철은 휴대폰을 눌러 시간을 확인하고 엄마 수첩을 펼쳐본다. 오늘 날짜를 넘기고 그 뒷장도 넘겨본다. 서로 들러붙은 종이가 자꾸 뭉텅이로 넘겨진다.

"1805호 제사. 9월 14일."

중얼거리며 큰 글자 아래까지 읽어본다. 1805호는 예전에 직접 배달해 준 적 있는 집이다. 고개를 두어 번 끄덕이더니 수첩을 전대 속에 넣고 고무장갑을 다시 낀다.

오징어 상자에 얼음을 채우고, 홍합 담긴 소쿠리는 마대로 덮는다. 새우 상자 앞에서는 잠시 머뭇거린다. 변색한 놈이 보이고 꼬리 빛깔도 거뭇하다. 대가리가 떨어진 놈도 있다. 떨어진 대가리 속엔 누런 덩어리가 고여 있다. 상철은 한 마리 집어 껍질을 까본다. 껍질이 흐물흐물해도 알맹이는 말끔하다. 쿵쿵 냄새 맡아보던 상철이 새우 상자를 통째로 냉장고에 넣어버린다.

엄마는 종종 팔다 남은 해물을 집에 가져왔다. 해물을 씻어 안치고, 마늘장아찌 담아내고, 김치를 썰기 시작하면 온 집안에 냄새가 퍼졌다. 역겨운 냄새는 바지락국 끓일 때도, 꽃게탕 끓일 때도 마찬가지였다. 엄마는 진짜 상한 것은 다 골라냈다고 변명했다. 말 그대로 변명일 뿐이었다. 해물을 씹다가 뱉는 일은 수시로 반복되었다. 상철은 이제 팔다 남은 해물을 집으로 가져가지 않는다.

집 안에 들어서자마자 습관처럼 코를 빨아들인다. 죽은 조개와 오징어 내장, 그리고 오래된 새우를 섞어놓은 냄새다. 상철은 코를 킁킁대며 벗은 바지를 신발장 옆에 걸고 소맷부리를 탁탁 털어낸다.

집에 배인 악취를 없애고 싶었다. 제일 먼저 신발장 옆에 걸려 있던 엄마 몸뻬바지부터 없앴다. 효과가 전혀 없었다. 다음 용의자는 안방 앉은뱅이책상 아래에 놓여있던 전대였다. 엄마는 전대를 세탁하지 않았었다. 끈적이는 지폐가 들락거리던 전대에선 특유의 돈 냄새와 해물 비린내가 풍겼다. 상철은 그 전대를 비닐에 싸서 쓰레기통에 버렸다. 그러나 냄새는 여전했다.

안방 문틈으로 실끈 같은 빛이 새어 나온다. 조용히 문을 열자 훅하고 구린내가 치민다. 상철은 변기통부터 찾아 두리번거린다. 변기는 서랍장 옆으로 옮겨져 있다. 통 안은 깨끗했다. 센터에서 파견 온 간병인이 씻어놨을 것이다.

킁킁대며 여기저기 탐색하던 시선이 앉은뱅이책상에서 멈춘다. 반듯하게 눕혀놨던 책에 누런 얼룩이 스며들어있다. 엄마가 평소 연습장에 베껴 쓰던 불경 책이다.

엄마는 틈틈이 글자를 옮겨 적곤 했다. 굳은살 박인 손아귀에서 볼펜은 십자루처럼 따로 놀았다. 건들거리며 지켜보던 상철은 피식 웃었다. 나무 사만다 못다남 옴 도로도로? 이기 무슨 말인중 알고 썼는교? 엄마는 홍합 까듯 입술을 깨물고 끝까지 손을 놀렸다. 마치 그림 그리듯이 길게 긋고 네모를 그렸다. 그렇게 글자를 완성한 다음에 상철을 올려봤었다. 이기 치매 예방에 좋다 데?

엄마는 아직 숨을 쉬고 있다. 턱이 반쯤 벌어져 있고, 눈꺼풀도 살짝 열려 허연 흰자위가 초승달처럼 비친다. 정신을 놓은 것인지 잠을 자는 것인지 구분되지 않는다. 하지만 오른손엔 여전히 손수건이 쥐어져 있다. 손수건 자락에도 누런 얼룩이 묻어있다. 끝을 잡고 살며시 잡아당기자 맥없이 빠져나온다. 엄마는 정신이 혼미한 와중에도 손수건으로 바닥 닦고, 또 그것으로 눈물을 닦았다. 무엇에 슬퍼해서 나온 눈물이 아니었다. 그냥, 재워둔 해삼처럼 녹아내리는 물이었다. 상철은 경중경중 발끝걸음으로 엄마 방을 빠져나온다.

보온밥통 뚜껑을 배꼼 열어보고 털썩 앉는다. 맞은편 꽃무늬 벽지에 잠시 시선을 놓더니 벌떡 일어나 숟가락을 챙긴다. 밥을 옮겨 담는 숟가락에서 밥알이 부스스 떨어진다. 밥통을 기울이자 밥덩이가 구르며 모여든다. 상철은 담아낸 밥그릇에 물을 조금 붓고 전자레인지에 집어넣는다.

밥은 아주 뜨겁게 데워졌다. 숟가락으로 가운뎃부분을 후비고 날달걀을 깨어 넣는다. 버터 한 숟갈 떠 넣고 간장도 붓는다. 노른자를 터뜨려 비비기 시작하자 밥알이 노랗게 물든다. 고소한 냄새가 번지자 비로소 식탁에 몰려있던 비린내들이 물러난다.

두어 숟갈 떠먹던 상철이 일어나 냉장고 문을 연다. 헐렁한 공간에서 밀폐 용기 하나를 꺼낸다. 뚜껑을 여니 김치는 없고 검붉은 양념만 묻어있다. 뚜껑을 닫고 다시 밥을 씹는다. 기계적으로 우무적거리며 눈알을 이리저리 굴린다. 냉장고에 붙은 할인 쿠폰, 벽지의 모기 자국, 각질 허옇게 인 뒤꿈치 따위를 더듬던 눈동자가 달력에 와서 멈춘다. 덩달아 턱 놀림도 멈춘다. 숫자 13 밑에 '영미생일'이라 쓰여 있다. 멈췄던 턱 놀림이 갑자기 빨라진다. 입안의 것을 삼키기도 전에 두 숟갈을 연거푸 퍼 넣는다.

카페 프시케 앞에서 상철이 머뭇거린다. 셔츠를 당겨 겨드랑이 냄새를 맡고, 손톱에도 코를 대어본다. 비누로 몇 번이나 씻었는데도 냄새가 남아있다. 하지만 손에 든 자그마한 쇼핑백은 그 자체로 향기롭다. 아주 유명한 제품이라 했다. 종업원이 그랬다. 광고 못 보셨어요? 메릴린 먼로가 썼다는 향수. 누가 이렇게 묻잖아요. 잘 때 뭐 입으세요? 그러니까 여자가 이렇게 대답해요. 저는 잠잘 때 이 향수를 입고 자요. 종업원은 손 위로 향수병을 반듯하게 올려 보였고 상철은 눈꺼풀을 세 번쯤 끔벅거렸었다.

카페 안은 냄새가 다르다. 플라스틱 냄새 같기도 하고, 화장품 냄새 같기도 하다. 양주에서도 비슷한 냄새가 났다. 그리고 막 퇴근한 영미에게선 더 진한 냄새가 났다. 상철이 코를 과장되게 킁킁대면 영미는 절대 취하지 않았다며 손으로 입을 가렸다. 그렇게 장난칠 때 영미는 웃고 있었고, 숨결도 달콤했었다.

상철을 봤을 텐데 영미는 아는 체를 않는다. 입술만 굳게 다물 뿐이다. 공연히 앞에 앉아있던 손님이 힐끗 돌아본다. 상철 눈은 때마침 손님 손을 더듬던 중이었다. 어두운 조명에도 빛을 발하는 시계에 딱 어울리는, 아크릴처럼 투명한 손이었다. 상철은 잇몸을 드러내며 웃었다. 웃으며 쇼핑백을 뒤로 감춘다.

"오백 하나랑……."

상철이 표나지 않게 곁눈질하더니 조금 목소리를 높인다.

"과일 하나."

"과일요?"

영미가 의외라는 듯 되묻더니 이내 맥주잔을 꺼내 능숙하게 돌려 잡는다. 생맥주 콕 아래로 잔을 비스듬히 대고 레버를 젖히자 노르스름한 액체가 빙그르르 돈다. 맥주가 차올라도 거품이 일지 않는다. 그냥 노랗기만 하다. 배를 문질러가며 받아냈던 엄마 소변과 똑같다. 영미 눈동자가 힐끗 상철 얼굴을 스친다. 영미는 받아낸 맥주를 보란 듯 쏟아버리고 냉장고에서 차가운 500cc 유리잔을 꺼낸다.

"재워둔 맥주는 첫 잔을 빼내도 맛이 없어요."

영미는 새로 채운 생맥주를 상철 앞에 놓는다. 그러나 시선은 맞은편 손님에 닿아있다. 손님은 상철 때문에 중단된 대화를 이어가는 중이다.

"그러니까, 가장 이상적인 남녀관계를 연구한 결과가 뭐냐 하면 말이야. 응?"

정수리 벗겨진 손님이 영미에게 자꾸 응? 응? 하며 다그친다.

"젊은 여자가 나이 많은 남자와 짝을 맺는 거야. 성적 경험과 경제적 조건을 다 갖춘 남자 말이야. 그렇게 살다가 남자가 늙어 죽으면 여자가 모든 것을 물려받지. 그다음에 곧바로 숫총각과 재혼하는 거야. 젊은 남자는 성숙한 여자에게서 경험을 얻고 사회적 기반을 닦는 거지. 어때? 합리적이지 않아? 응?"

상철도 곰곰이 생각해본다. 영미가 뭐라고 대답할까 궁금해하며 영미 입술을 훔쳐보기도 한다.

"좀, 징그럽네요."

영미 대답에 손님이 뻘쭘 웃는다. 웃으며 영미 가슴을 향해 손가락을 꾹 지른다. 허연 손가락이 놀랍도록 길다. 상철 눈매가 짐짓 사나워진다.

"징그럽다고? 니가 아직 한참 어리구나."

상철이 처음으로 손님 얼굴을 노려본다. 손님도 벙글거리는 얼굴로 마주 본다. 마주 볼 뿐 아니라 양주잔 치켜들어 건배하는 시늉까지 한다. 희한하게도 희끗한 머리칼, 번드레한 입술이 그의 반짝이는 시계와 어울린다.

상철이 몰래 마른 침을 삼킨다. 영미를 향해 흘깃대며 또 한 번 침을 삼킨다. 주책없이 움쭉대는 목울대에 영미는 아슬아슬한 장면을 목격한 여자처럼 입술에 힘을 준다.

영미 말대로 하룻밤 재워둔 맥주는 맛이 없었다. 운 없는 손님이 김빠진 맥주를 처리해 준다면 누군가는 새 통의 신선한 맥주를 마실 것이다. 오늘 밤 재수 없는 손님은 바로 자신이었다. 얼마나 더 마셔야 생맥주 통이 비워질지 알 수 없다. 영미는 자꾸 김빠진 맥주만 갖다 준다.

유난히 뜨겁게 안겨 왔던 날이 있었다. 같이 살자는 말을 꺼내고 일주일쯤 지난날이었다. 술기운에 던진 말이었지만 헛말은 아니었다. 진짜로 살림을 합칠 생각이었다. 영미 입술은 발갛게 부풀어있었고, 그녀는 입술에 침을 바르며 말했다.

"우리…… 혜정이 데려오면 안 돼?"

상철이 뭐라 대꾸하기도 전에 영미는 지레 목소릴 높였다. 계모 손에 죽은 아이 뉴스 봤어? 그런 나쁜 년이 어디 있어? 욕을 하다가, 요즘 혜정이가 자꾸 꿈에 나온다며 손가락으로 제 관자놀이를 꾹꾹 누르기도 했다.

상철은 말없이 담배를 당겨와 입에 물었다. 여느 때 같았으면 같이 담뱃불을 붙였을 텐데 홑이불로 가슴을 여민 영미는 상철 입만 빤히 올려 봤다.

"걔, 저거 아버지랑 잘살고 있다며?"

"자알 살아? 인간 같은 애비였으면, 내가 이 짓 하고 있겠어?"

앙칼진 영미 말투에 상철 턱에까지 힘이 들어갔다. 상철은 악문 이로 담배를 한 번 더 빨아들이고 연기와 함께 짜증을 뱉어냈다.

"지금 우리 형편에 아를 대꼬와서 우짤라고? 지금 어무이도 저 꼴인데……."

상철은 재떨이에 담배를 비벼 껐고, 상철을 노려보던 영미는 담배에 불을 붙였다.

이후로 영미는 반듯한 얼굴로 존댓말을 했다. 그런 뜻이 아니었다고 사정해도 영미는 똑바로 쳐다보지 않았다. 쳐다보지도 않고 깍듯하게 높임말을 했다. 저에게 하실 말이 아직 남았나요? 덕분에 존댓말이 이렇게나 기분 나쁠 수 있다는 것을 알게 되었다.

엄마도 상철에게 존댓말을 했었다. 엄마는 현관문 들어서는 상철을 와락 붙잡고 뜬금없이 미안해했다. 아이고, 우짜꼬. 이래 일찍 오셨네. 쫌만 기다리소. 인자 밥만 안치면 됩니더. 그래 놓고 화장실에 털썩 주저앉아 웅얼거렸다. 엄마 눈동자는 허공의 누구와 바삐 만나는 듯이 불불 날아다녔다. 다행인 것은 조금 시끄럽기는 했어도 참으로 얌전한 치매에 걸렸다는 것이다. 엄마는 조용히 과거로 거슬러 올라갔고, 결국에는 아기가 되어버렸다.

"영미야."

상철이 영미와 시선을 맞추려 애썼지만, 영미는 대답대신 비워진 잔을 치운다. 글라스 냉장고에서 꺼낸 새 잔은 금방 뿌옇게 흐려진다. 영미는 생맥주 콕에서 잔을 멀찍이 떨어뜨려 억지로 거품을 만들어냈다.

"영미야."

이번엔 맥주잔 거품을 핥으며 불렀지만, 영미는 몸을 돌려 손님 양주잔에 얼음을 채워준다. 상철의 잔이 빠르게 비워졌다. 영미는 맥주잔을 바꿔주고 얄팍한 김 몇 조각도 내준다. 연거푸 잔을 비웠지만 상철은 결국 새 맥주 통의 맥주를 맛보지 못했다.

프시케를 나선 발걸음이 버스정류장을 지나쳐 계속 이어진다. 창백한 얼굴이 편의점과 커피전문점 유리창에 붙어 울렁울렁 헤엄친다. 유리를 타고 흘러가는 제 모습을 쫓아가던 상철이 길게 숨을 내쉰다. 희한하게 일그러졌다가 저만치서 휘리릭 나타나는 놈의 분신술을 따라잡기 힘들다. 놈은 언제나 제멋대로였다.

발걸음이 흔들린다 싶더니 노래방 입간판 앞에서 멈춘다. 짧게 들이마신 호흡이 목구멍에 걸리자마자 울컥 토사물이 쏟아져 나온다. 쇼핑백에 토사물이 튀자 가슴에 안고 다시 토한다. 상철은 맨홀 구멍으로 빠져드는 거품을 구경하며 입을 항문처럼 뻐끔거린다. 목줄을 몇 번 더 꿀쩍거리고 몸을 일으킨다. 걸음걸이가 로봇처럼 어색해졌다.

집에 도착하자마자 식탁에 놓인 우유를 들이켠다. 그러나 이

내 뱉어버린다. 싱크대 수돗물로 입을 헹구고 냉장고 문을 연다. 좁은 공간에 갇혀있던 퀴퀴한 기운이 얼굴에 닿는다. 상철은 그제야 전원선 뽑아버린 것을 기억해낸다.

이상한 소리가 났었다. 유난히 큰 모터 소리뿐만 아니라, 헐거워진 뭔가가 서로 부딪히는 소리, 거기에 꾸르륵대는 괴상한 소리까지 겹쳐졌다. 그러다가 예고 없이 뚝 그쳤다. 방심하기 알맞은 정적이 흐른 후, 냉장고의 괴성은 처음부터 다시 시작되었다. 상철은 이틀 밤을 견뎌내다가 결국 전원을 뽑아 버렸다. 거슬리는 기계음 때문이 아니었다. 소음 사이의 초조한 적막 때문이었다.

엄마의 정적은 비명 지르기 직전의 숨 고르기였다. 독수리에게 쪼인 거인의 간이 새로 돋아나는 순간이기도 했다. 언제든 욕설 섞인 신음이 터져 나올, 그런 예고 없는 정적은 그저 무섭기만 할 뿐이었다. 냉장고 문을 닫고 돌아서는 상철 발걸음에서 쩍쩍, 들러붙는 소리가 난다.

나지막하던 코골이 소리가 어제보다 더 두껍게 들린다. 엄마는 원래 코를 골지 않았다. 이등병이었던 상철을 면회하고, 닭 두루치기 먹이고, 강원도 화천 어느 여관방에 나란히 누웠을 때도 엄마는 코를 골지 않았었다. 엄마를 가만히 내려 보던 상철이 엄마 코를 슬쩍 잡는다. 손가락으로 좌우로 흔들어보더니 킥, 웃는다. 코는 다 녹아내린 얼굴에서 유일하게 오뚝했다.

해골 같은 얼굴을 빤히 내려 보더니 엄마 옷깃 사이로 손을 넣는다. 앙가슴 한쪽으로 물컹한 것이 만져진다. 다 비워낸 먹물 주머니나 다름없다. 물기가 없어 까슬한 인비늘까지 느껴진다. 가죽 아래로 두드러진 가슴뼈도 만져진다. 뼈는 숨 쉴 때마다 삐걱거리며 남은 숫자를 헤아린다. 엄마 가슴에서 손을 떼고 이불을 젖힌다. 느슨하게 채워진 기저귀 사이로 골반뼈가 불거져있다. 흘러내린 뱃가죽에는 마약 성분의 패치도 붙어있다.

두리번거리던 상철이 앉은뱅이책상 밑에서 물티슈와 기저귀를 꺼낸다. 새 기저귀를 펼쳐놓고 엄마 기저귀를 푼다. 기저귀 안쪽엔 거무죽죽한 변과 함께 검붉은 피도 묻어있다. 아직도 나올 변이 있는지 신기하다. 요 며칠 엄마 뱃속에 들어간 것이라곤 약간의 물밖에 없다.

상철은 두 번째 간병인이 그만둔 그 날부터 유동식마저 먹이지 않았다. 엄마는 욕설을 퍼붓다가 아야, 아야 하며 신음했다. 이틀 전부터는 힘없이 웅얼거리다가 코 골며 잠만 잤다. 이젠 간병인이 유동식을 떠먹이려 해도 먹지 않는다. 새로 온 간병인은 알 턱이 없다. 잠만 자는 것이 얼마나 다행인지, 아무도 모를 것이다.

굵고 짧은 치매였다. 상철을 아버지로 착각하는 것으로 시작해서 대변 묻은 속옷이 빨래걸이에 걸리고, 갓난아기처럼 웅얼거리기까지 불과 반년밖에 걸리지 않았다. 속옷에 피가 묻은 것도 그저 치질이 심해진 거로만 알았다. 치질 고치러 갔던 병원에서 상철을 앉혀놓고 정중하게 깨우쳐줬다. 직장암입니다. 전이가 다 된 상태로 어르신 체력을 감안하면 어쩌고저쩌고 어지러운 말로 설명했었다.

퍼져있던 암세포들은 지리기 일쑤였던 오줌 통로도 막아버렸다. 엄마는 더 이상 오줌을 지리지 않았다. 오히려 불룩한 아랫배를 문질러 빼내야 했다. 슬슬 마사지하면 어렵잖게 흘러나오는데, 엄마는 공연히 몸을 틀며 할근거렸다.

덕분에 그리워했던 남편뿐 아니라 양복 입고 출근하길 소원했던 아들의 기억마저 배설해 버렸다. 아기처럼 변한 것도 잠시, 엄마는 결국 꿈틀대는 걸레가 되어버렸다. 그저 손수건으로 눈물 닦고, 싯누레진 천으로 방바닥을 문질렀다.

기저귀를 갈아주던 상철이 문득 사타구니를 살펴본다. 무릎을 세우자 말라버린 허벅다리가 맥없이 젖혀진다. 곳곳이 파이고 벗겨져 있다. 헐어 드러난 생살이 쭈그러진 피부에서 유일한 선홍색이다. 상철은 혀를 차며 서랍장 아래 연고 상자를 뒤적인다.

연고를 바르던 상철이 엄마 몸뚱이 한곳을 빤히 쳐다본다. 오래전에 자신이 통과했을 출구였다. 두 눈을 깜짝대며 한참 동안 쳐다본다. 이 좁아터진 문을 뭐 하러 버둥대며 빠져나왔을까 되씹는다. 시커멓게 닫힌 그 문은 두 번 다시 열리지 않을 것이다. 상철이 물티슈를 뽑아 그곳을 닦는다. 문틈에 낀 곰팡이 닦듯이

구석구석 닦는다. 어름어름 닦던 상철이 갑자기 서러운 아이처럼 코를 쿠룩, 빨아들인다.

무슨 생각이 들었는지 방문을 벌컥 열고 나간다. 금방 돌아온 상철 손에 쇼핑백이 들려있다. 상철은 포장지를 뜯고 향수 뚜껑을 연다. 코를 갖다 대 깊게 들이마시고 하아, 소리 내어 뱉는다.

상철은 손바닥 오므려 향수를 붓더니, 마치 광고 장면처럼 양 손바닥을 부딪친다.

"엄마, 이기 뭔중 아나?"

손바닥으로 엄마 사타구니를 톡톡 두드린다.

"이거 억수로 유명한 향수다."

왈칵 들이부은 손바닥에서 향수가 주르르 넘친다. 손등을 타고 내려와 엄마 아랫배에, 듬성한 음모에 떨어진다.

"누구는 암껏도 안 입고 이것만 입고 잔다카더라"

손바닥이 엄마 다리를 거쳐 발등까지 빠짐없이 흩어 내린다.

"와따매, 냄새 좋네. 엄마 직이제? 좋제?

상철이 프흐흐으, 하고 요상한 웃음을 흘린다. 엉거주춤 엎드려 엄마 젖가슴에도 향수 묻은 손바닥을 두드린다. 바지 뒤춤 사이로 드러난 상철의 등허리에 오소소 소름이 돋아있다.

자갈치의 새벽공기는 소름 끼치도록 차갑다. 가끔 방송사에서 활기찬 삶의 현장을 취재한답시고 카메라를 들이댈 때 상철을 코웃음을 쳤다. 활기차? 여긴 바다 수백 미터 아래 심해다.

어릴 적엔 자갈치가 그냥 자갈치였다. 엄마 꽁무니 따라다니며 주전부리하고 엄마 손으로 발려주는 생선살로 밥 먹던 시절에는 말이다. 하지만 삶의 방편이 이것밖에 없다는 것을, 갖은 핑계에도 불구하고 받아들여야 했던 날부터는 이곳이 깊은 바닷속으로 변해 있었다. 다리 잃은 문어는 살아갈 수 없는 곳. 이빨 날카로운 심해어가 시퍼렇게 불 밝히고, 대왕오징어와 고래가 싸우는 곳. 상철은 옷을 여미고 콧물을 킁, 빨아들인다.

36번 철호네에게서 오징어 세 박스를 주문하고, 61번 영진상회에서 냉동새우 대짜를 두 박스 주문한다. 공판장 안쪽으로 들어서다가 흠칫 몸을 비켜선다. 해물 옮기는 수레바퀴가 발등 위로 올라탈 뻔했다. 수레에는 파란 플라스틱 통 두 개가 실려 있고, 그 속에는 문어가 그득하다. 상철은 수레를 따라 발걸음을 옮긴다.

문어는 8번 영식이네 것이었다. 낙찰받은 물량이 많았다. 영식이네가 문어를 빨간 그물망에 옮겨 담기 시작하자 M모자 쓴 남자가 카메라를 만지작거리며 묻는다. 사진 좀 찍어도 되죠? 어떻게 이해했는지 영식이네는 엉뚱한 대답을 한다. 문어는 섞어놓으면 저희끼리 다리를 잘라 먹어. 어떤 놈은 제 다리도 잘라 먹는다니까.

영식이네는 문어 망을 산소가 공급되는 물통에 풍덩 던지더니, 이번에는 통을 뒤적여 제일 큰놈을 끄집어낸다. 구경하던 남자가 이야, 감탄하며 카메라를 눈에 갖다 댄다. 굵은 다리가 팔뚝을 휘감자 영식이네가 영차하며 더 높이 들어 올린다. 연거푸 찍히는 카메라 셔터 소리에 영식이네가 활짝 웃어 보인다.

상철은 마음을 바꿔 냉동 문어를 주문한다. 그간엔 일부러라도 살아있는 문어를 고집했었는데, 가만 생각해보니 바보짓이었다. 수족관 유지하는 비용도 만만찮고 문어가 죽어버려 본전도 못 건진 경우가 허다했다. 냉동 문어는 팔다 남아도 냉장고에 넣어버리면 그만이다.

아침 겸 점심으로 국수 하나를 시켜 먹을 때까지 시장은 한산했다. 구경하고 오가는 사람뿐이더니 오전 11시 넘길 무렵에서야 바지락 한 소쿠리를 팔았다. 그것도 생선 집 재봉이네에 외상으로 줬으니, 하얀 패딩을 걸친 여자 손님이 사실상 마수걸이였다.

처음에는 그냥 구경만하고 가버릴 줄 알았다. 한데, 여자는 수족관에 바싹 다가가 한참을 굽어봤다. 수족관엔 다리를 잘라 먹은 놈까지 포함해서 문어가 세 마리밖에 없었다.

"싸게 해드릴게요."

무심하게 던진 말이었는데, 여자가 대뜸, 그럼 얼마에요? 하고 묻는다. 떨이로 엄청 싸게 드릴게요. 라고 말하며 상철은 활짝 웃어 보였다.

문어는 수족관에서 건져지자마자 매달렸다. 다리 한 짝을 잃은 문어의 저항은 어설프기 그지없다. 상철은 대가리를 잡으며 고개를 과장되게 주억거린다. 다리 잘라 먹은 걸 잘 알고 있다. 그래서 네 애원도 다 이해한다는 투로 고개를 끄덕인다.

대가리를 뒤집으려는 순간 먹물이 튄다. 차가운 먹물이 앞치마에서 얼굴까지 흩뿌려졌다. 뿜어낼 것이 남아있다는 것이 신기하다. 어부 손에 잡혔을 때 뿜었을 것이고, 공판장에서 옮겨질 때 또 한 번 쏘았을 터인데 말이다.

손질을 멈추고 얼굴을 닦는다. 수건에 묻어난 얼룩이 핏물처럼 꺼림칙하다. 그러나 상철은 여자를 향해 웃어 보인다. 그 봐요, 문어가 이렇게나 싱싱한걸요. 하는 얼굴로 히죽 웃어 보인다. 하지만 젊은 여자는 상철을 보고 있지 않았다. 하얗고 하얀 패딩에 먹물이 튀었는지 살펴보기에 여념이 없다.

썩 괜찮은 날이다. 싸게 팔기는 했어도 손해는 보지 않았다. 게다가 손님도 심심찮게 드나든다. 길 커피 아줌마에게 커피 한 잔을 건네받았을 땐 벌써 저녁 시간이었다. 후후 불며 머금은 한 모금 커피는 달콤하고도 따뜻했다.

마음이 풀어지니 머릿속까지 물렁해진다. 영미와 함께 저녁 찬거리 사러 가는 상상이다. 버섯이 귀엽다며 호들갑 떨 것이며, 생선 굽고 찌개를 끓일 것이다. 맛없어도 맛나다고 말하는 자신의 익살스러운 표정을 그려보기도 한다. 그리고 때가 되면 제수용 음식도 장만할 것이다. 상상이 거기까지 넘어가니 머리가 조금 어수선해진다.

영미는 제사상 차리는 집이 부럽다고 말했다. 진짜? 너 웃긴
다. 시댁 제사라면 보통 질겁한다던데. 상철이 약간 흐뭇한 기분
으로 물었고, 영미는 상철 어깨에 머리를 기대며 대답했었다. 전
부 모이잖아. 얼마나 좋아.

상철은 대꾸 없이 고개만 끄덕였었다. 정작, 본인은 제사가 탐
탁잖았기 때문이다. 아버지 제사만 해도 그랬다. 학용품 하나에
도 벌벌 떨던 엄마가 아버지 제사 땐 넘쳐나도록 차렸다. 그렇
게 음식을 차려놓고는 넋두리하고 또 소원을 빌었다. 우리 상철
이 공부 좀 잘하게 해주이소. 우리 상철이 정신 좀 차리게 해주이
소. 손바닥 비비며 빌었지만 죽은 아버지가 엄마 소원을 들어줄
리 없다.

한마디 던져보기도 했었다. 엄마! 우리, 제사상만 줄였어도 벌
써 집을 한 채 샀겠다. 돌아오는 대답은 늘 비슷했다. 그래도, 니
를 이마이 키운 건 다 아부지 덕이다. 그윽하게 쳐다보며 그렇게
말해줄 때 상철은 왠지 가슴이 옥죄이는 느낌이었다. 뭔가가 오
기처럼 끓어올라 허공을 향해 마구 닦달하고 싶을 정도였다.

그래 맞다. 언제나 제물이 필요했었지. 제사가 어디 죽은 사람
만을 위한 제사였던 적 있었나. 제물을 어디 무어만 쓴다는 법이
있었나. 잘살고 싶을수록 더 귀한 것을 바쳐야 하잖아? 이런 푸
념들만 가릉가릉 끓이곤 했었다.

"보세요. 아저씨! 이게 뭐예요?"

어리둥절 돌아보다가 같이 서 있는 패딩 여자를 보고서야 누군지 기억해 낸다. 오전에 왔던 재수 좋은 손님이다. 패딩 손님은 한발 비켜서 있고, 노랑머리 아줌마가 대뜸 비닐봉지를 열어 보인다. 검은 비닐엔 벌겋게 익은 문어가 들어있다.

"아니, 어쩜. 이런 문어를 제수용으로 팔아요?"

제수용이라는 말을 듣자마자 언뜻 1805호라는 숫자가 스친다. 가만, 오늘이 음력 며칠이던가? 그러고 보니 저 아줌마도 낯이 익다. 패딩 여자의 시누이나 동서쯤 되려나? 상철이 우물쭈물 하는 사이 아줌마는 아예 판매대 위로 봉지를 뒤집어 놓았다. 문어는 영국 왕관처럼 멋지게 삶겨져 있었다. 다만 가지런히 말려 올라간 다리 하나가 짧아 마치 이빨 빠진 왕관처럼 보인다. 그러나 상철도 할 말이 있다.

"그래서 싸게 드렸잖아요? 데쳐서 썰어 먹으면 맛있다고."

"어머머, 웃긴다. 아저씨가 언제 그랬어요?"

이번엔 패딩 여자가 도끼눈을 하고 나선다. 문어 잘못 사 왔다고 얼마나 눈총을 받았는지 오전과는 확연히 다른 얼굴이다.

"제수용으로 쓸 걸 알았으면 저도 그 물건 팔지도 않았어요. 장사 한두 번 하는 것도 아니고……."

"아니, 때마다 여기 물건 팔아 준 지가 몇 년인데, 제수용인지 아닌지도 몰라요? 응? 오늘 당장 제사 올려야 하는데, 이거 어떻게 할 거예요?"

노랑머리 아줌마 가슴이 위압적으로 부풀어 오른다. 흠칫한 상철도 눈썹을 치켜 올린다. 그러나 상철은 애초 상대가 되지 못했다. 여자 목소리가 날카롭게 내꽂히고 사람들 시선이 우르르 몰려든다.

먹물을 뿜어야 할 때였지만, 상철이 뿌릴 수 있는 건 식은땀밖에 없었다. 도망칠 수 없다면 다리 하나를 잘라내야 한다. 상철은 수족관에서 문어를 끄집어냈다. 문어는 또 발버둥 쳤고, 대가리는 쉽게 뒤집혔다.

두 사람이 떠나자마자 판매대에 놓여있던 냉동 새우가 와르르 쏟아진다. 누군가가 몇 마리 집어 판매대 위에 올려주고, 누군가는 그냥 밟는다. 상철이 얼른 나가 바닥에 떨어진 새우를 줍는다. 겨우 두 마리를 집었는데 전화벨 소리가 울린다. 멈추지 않는 벨 소리에 다시 엉거주춤 일어서야 했다.

판매대 밑에 쪼그려 앉아 전화를 받는다. 목이 멨으나 가까스로 숨을 고른 다음에 여보세요 하고 말한다. 수화기 저쪽 목소리가 가파르다. 그러나 잘 들리지 않는지 수화기를 왼쪽 귀에 옮겨 붙인다. 간병인 목소리가 분명하다.

"지금 바로 올 수 있는교? 어무이가 지금…… 억수로 안 좋아요."

시커먼 먹물이 수화기를 통해 왈칵 쏟아진다. 엄마에게 여기도 상황이 안 좋다고 마구 떼쓰고 싶다.

"숨을 놔뿌린거 같은데…… 하이고, 우짜노. 119 부를까예?"

상철은 아무 말 없이 콧잔등에 맺힌 땀을 닦는다. 얼굴은 기이하게 무표정하고 그동안 눈이 네 번쯤 깜박인다.

"아입니더, 쫌만 기다리 주이소. 제가 지금 바로 갑니더."

상철이 몸을 일으킨다. 골목 끝쪽으로 사람들이 우르르 쓸려가고 있다. 여덟 개, 열여섯 다리가 서로 뒤엉켜 꿈틀대고 있다. 한두 개 먹혀도 재생될 다리였고, 당장 배고픔을 위해 잘려나가는 아픔쯤은 감수할 사람들이다.

상철은 짓밟힌 새우를 쓸어 쓰레기통에 쏟아버린다. 널브러져 있던 문어를 비닐에 담고 새우는 새 박스를 뜯어 챙긴다. 손놀림이 점점 빨라진다. 홍합도 큰 것으로 세 마리 까고, 오징어와 소라를 손질해서 봉지에 담는다. 상철은 허리를 펴고 판매대를 살펴본다.

바지락조개를 자세히 둘러보는 눈이 개운치 않다. 죽은 놈 몇 개를 골라내더니 결국 소쿠리를 번쩍 들어 올린다. 쓰레기통에 떨어지는 바지락 소리가 얼음처럼 얼얼하다.

실없이 부산떨던 상철이 돌연 꼼짝을 않는다. 가느스름히 뜬 눈도 허공에 굳어있다. 뻣뻣한 눈동자가 습기로 흐릿해지자 비로소 그의 왼손이 조금씩 움직인다. 천천히 휴대폰을 꺼내 번호를 누른다. 휴대폰을 귀에 대고 한참이나 기다린다. 잠시 후, 다시 재발신 버튼을 누른다. 바싹 붙인 귀 사이로 통화 연결 음악이 새어 나온다.

휴대폰을 귀에 붙이고 무르춤하게 선 상철이 코를 쿠룩, 빨아들인다. 시선은 어디에도 닿지 못하고 시장 안을 맴돈다. 발갛게 핏발선 눈동자가 문득 수족관에서 멈춘다. 수족관엔 문어 한 마리가 누두를 불룩대며 숨 쉬고 있다.

■ 해설

앓는 자들의 소리를 들어낸다는 것

전성욱(문학평론가, 동아대학교 기초교양대학 교수)

이 소설집에 실린 여덟 편의 소설들 중 대부분이 병원이나 질병과 관련된 이야기이다. 요양병원의 두 환자 이야기인 「프랙탈」이나, 지독한 외로움을 겪고 있는 한 남자의 입원과 퇴원을 그린 「엔트로피 증가의 법칙」, 주인공이 간호사인 「원 그리기」는 모두 그 배경이 병원이다. 「슈뢰딩거 고양이」에서 주인공 곁을 떠난 여자 친구 세현은 작은 병원에서 일하는 간호조무사이다. 「모든 곳에 언제나」에서 주인공 남자들의 부인이자 어머니는 수술 중에 숨을 거뒀고, 「문어」의 어머니는 치매와 직장암을 앓다가 끝내 숨을 거둔다. 「조형물」의 하영은 삼촌의 손에 이끌려서 성형

수술을 받았다. 우화 형식을 빌려 모세혈관의 단세포가 들려주는 이야기인 「단세포 참회」는 생리적인 차원에서 인간의 생명과 질병에 대한 사유를 펼쳐낸 작품이다.

신호철의 소설이 그렇게 질병이나 병원과 관련된 이야기들을 주로 펼쳐내고 있는 것은, 오늘날의 현실을 바라보는 작가 나름의 시선과 자의식이 투영된 결과가 아닐까 싶다. 요컨대 신호철의 소설이 주목하는 것은 오늘날 우리들의 삶이 드러내는 갖가지 병리적인 실태들이다. 생존을 어렵게 만드는 세계에서 살아남기 위해 몸부림치는 사람들의 이야기, 그러니까 이 작가는 그 환자들이 내지르는 비명과 신음에 주의 깊게 귀를 기울이고 있는 것이다. 그리고 그는 그 고통의 소리들을 전하면서, 공감함으로써 가능한 어떤 공명共鳴의 순간을 기다리고 있는 것처럼 보인다.

신호철이 그리는 병리적 현실은 개인적인 문제에서부터 가족이나 사회적인 차원에 이르기까지 복잡하게 얽혀있다. 작가는 그 복잡한 상황 속에서 인물들이 당하는 통각을 단순하고 명료하게 포착하고 기술한다. 그리고 그것은 구체적인 병인病因을 통해서 인과론적으로 드러나기 때문에 소설의 문법 역시 대단히 논리적으로 전개된다. 물론 통각에 대한 명료한 표현과 병리적 현실에 대한 논리적 선명함은, 독자들에게 그 사태와 상황을 명쾌하게 파악할 것을 요청하는 나름의 소설적 방법일 것이다. 진단이 명확해야 치료의 계획을 분명하게 수립할 수 있는 바와 같이, 그 고통의 원인에 대한 정확한 파악이야말로 질환에서 벗어나게 할 수 있는 단초가 되기 때문이다.

「원 그리기」의 주인공 정세림은 간호사이다. 세림은 헤어나기 힘든 고통에서 벗어나기 위해서 중독에 빠져든 여자이다. 세림의 고통은 유년시절에 당한 오빠의 사고에 대한 죄책감이 깊은 트라우마로 자리 잡은 데서 발원한다. 연놀이를 하다가 미루나무에 걸려버린 연을 그의 오빠가 대신 내리려다가 추락사고를 당했고, 결국 오빠는 평생을 휠체어에 의존해야 하는 장애를 입고 말았다. 오빠는 나날이 몸만 비대해지면서 돈 먹는 하마가 되어버렸고, 그를 벗어나지 못하게 꼭 붙들고 놓아주지 않았다. "부산에 도망가서 줄 끊어냈다고 착각하지 마라. 사랑하는 니 오빠가 오매불망 기다리고 있단다." 여기서 '줄'은 자기를 사로잡고 있는 무엇이고, 그래서 끊어내고 싶은 무엇이기도 하다. 아기가 탯줄을 끊어내고 세상 밖으로 나와야 온전한 인간으로 살아갈 수 있는 것처럼, 이 줄을 끊어내지 않고서는 여자도 온전하게 살아갈 수 없다. 그래서 소설의 서두에서, 시계 알람과 출근의 압박 속에서 여자가 이불의 포근함을 양수에 빗대고 있는 대목은 그냥 보아 넘길 수 없는 중요성을 갖고 있다. "베갯잇에 코를 비벼 여전히 이불 속에 있음을 확인했다. 무릎을 가슴께로 올리고 온몸을 동그랗게 감았다. 따뜻한 양수가 끼얹어진다." 연을 날리던 줄에서부터 자기를 놓아주지 않는 오빠의 그 속박하는 줄에 이르기까지, 줄의 상징성은 이것으로 한정되지 않는다. "수간호사는 몸소 보여줬다. 수액이든 소변 줄이든 어떻게든 줄과 연결되어 있기 마련이고, 능숙한 간호사는 환자와 연결된 그 줄을 조종할 줄 알아야 한다고. 나도 그러고 싶다. 하지만, 줄을 당기려면 줄 끝의 중력까지 견뎌야 한다. 나는 내가 딛고 있는 땅의 무게를 느껴본 적이 없다." 이처럼 줄은 자기의 삶을 스스로 조종하는 능동적인 역량이지만, 세림은 오빠의 사고에 대한 죄책감 때문에 그런 역량을 뒷받침할 '중력'을 잃어버렸다. 그래서 붕 뜬 채로 부유하고 있는 것이 지금 이 여자의 현재이다.

직업이 바이올리니스트라는 607호 환자 진용남은 진통제 중독자이다. "세상 사람 전부가 몇 가지씩 중독되어 있다고 봐야죠. 우리 같은 연주자는 마약 제조자가 되는 셈이고, 그러니 중독자가 중독자를 치료하고, 중독자가 또 사람을 중독시키고, 돌고 돌고…… 웃기지 않아요?" 그야말로 세상은 고해苦海이고, 그 고통을 진정시키려면 마취제가 필요하다는 것, 진용남은 그렇게 자기의 중독을 합리화하고 있다. "그거 알아요? 신이 사람들을 다 보살필 수 없어서 진통제를 만들었다는 거." 세림은 이런 진용남에게서, 고통에서 헤어나려고 몸부림치며 중독에 몸을 맡긴 자기의 역겨운 모습을 본다. 남자친구 희태와 관계를 끊고 싶지만, 약물과 성인용품으로 성애의 판타지를 제공하는 그에게 중독되어 여자는 끝내 그 줄을 끊어내지 못하고 있다. 트라우마와 강박, 죄

의식에 빠져 있는 그는 프로포폴에도 중독되어 있다. "약물이 전해주는 미세한 변화를 조금이라도 느끼고 싶었을 테지. 온몸을 짓누르던 벽돌이 사라지고 그 빈자리를 채워주는 평온함이 얼마나 대단한지 나는 안다. 사람들은 모를 것이다. 아무렇지 않은 것이 얼마나 희열인지." 그는 위내시경을 받으러 갔다가 관리가 소홀한 틈을 타서 프로포폴 앰플 두 개를 훔쳐서 나오기까지 한다.

여자는 위내시경 검사 후에 마취에서 깨어나지 않는 채로 운전을 해서 거제의 본가로 가다 결국 큰 사고를 당한다. 출혈과 골절을 입고 온몸에 통증이 파고드는 가운데서도 그는 이런 생각을 한다. "보잘것없는 하루하루가 왜 이리 아프고 불행한 걸까. 어디서부터 잘못됐는지 모르겠다. 이유를 따져보면 자꾸 과거로 거슬러 올라간다. 과거로 올라갈수록 하나씩 하나씩 잘못이 지워졌다. 전부 지워지게 거꾸로 돌아갔으면 좋겠다. 영화처럼, 아무것도 모르는 어린아이로. 아니, 엄마 뱃속으로…… 그러고 보니 내가 예정일보다 보름이나 빨리 태어났다고 했지. 열 달도 못 채우고 떠밀려 나온 년이 바로 나였네. 하, 그렇네. 거기서부터 잘못됐네." 소설의 서두에서 암시되었던 태아의 상징성은, 여기서 그것이 분명하게 의도적인 표현이었음을 확인시켜준다. 섣부르게 탯줄을 끊고 미숙아로 태어난 것, 충분하게 성숙하지 못한 채로 세상 밖으로 나왔다는 것, 그것이 지금 당하는 그 모든 고통의 원인이라는 자각. 그렇다면 여자는 자궁 속에서 보냈어야 할 그 성숙의 시간, 그렇게 채워내지 못했던 성장의 기간을 마저 채워야 한다. 그러므로 여자가 겪고 있는 그 수난과 고통은, 바로 그 미숙의 시간을 성숙으로 반전시키는 성장통의 과정이라고 할 수 있다. 그래서 소설의 이런 마지막 대목은 대단히 인상적이다. "갇혀버렸다. 그토록 아늑했던 나만의 공간이 숨 막히는 상자로 변해 있었다. 숨이 턱턱 막힌다. 발작적으로 차문을 밀었다. 다리 아래로 번개가 내려치고 옆구리에 거친 창날이 파고든다." 여자가 사고가 난 차에서 빠져나오는 이 장면은, 마치 태아가 자궁에서 이 고해의 세상으로 태어나는 것처럼 묘사되어 있다. 험난한 산도産道를 지나 밖으로 나온 아이가 울음을 토해내듯, 자동차 밖으로 벗어난 여자는 그렇게 장엄한 울음을 운다. "연이어, 허엉 허엉, 하는 울음이 어두운 둔덕과 대지를 빙 돌아 내게로 부딪혔다. 나는 겨우 구분할 수 있는 비탈을 향해 다시 울음을 내었다." 이것을 그 전에 다 채우지 못했던 그 미성숙의 기간을, 고통스럽게 채워내고 다시 여자가 새롭게 태어나는 거룩한 장면이라고 할 수 있지 않을까. 이제 세림은 자기가 만들어냈던 그 고해의 판타지, 자기를 가두는 그 환상의 '동그라미'로부터 벗어날 수 있을까. "원이라는 건 원래 이 세상에 없는 거거든. 그냥, 같은 거리에 있는 자취를 억지로 보이게 만든 거야. 근데 내가 비잉, 돌리면 동그라미가 딱 나타나지? 그 한 가운데에 누가 있어? 손이든 어깨든 무조건 내가 있지? 내가 만든 원안엔 언제나 내가 있는 거야." 요컨대 이 소설은 속박의 줄을 끊어내고 자기가 조종할 수 있는 능동적인 자율의 '줄'을 얻기 위해, 스스로가 만들어낸 중독과 환상이라는 그 지독한 감옥과도 같은 원(동그라미)에서 헤어나오는 드라마틱한 성장의 서사이자 탈출기라고 할 수 있겠다.

「문어」의 상철도 소설의 결말에서 눈물을 머금는다. 그는 지금, 어머니의 뒤를 이어 자갈치에서 생선 장사를 하고 있다. 아버지는 일찍 죽었고 어머니가 홀로 상철을 키웠다. 지금 어머니는 치매에다 직장암을 앓고 집에서 죽어가고 있다. 이제는 누구의 돌봄도 없이 스스로 자기의 삶을 꾸려가야 하는 상철에게 살아간다는 것은 만만한 일이 아니다. 억척같은 삶을 살아낸 어머니의 한 생애, 그를 키워낸 삶의 자취였던 생선의 비린내는 이제 지독한 악취를 풍기고 있다. 그 악취로부터 벗어나고 싶은 상철에게 카페 프시케의 영미가 풍기는 향긋한 냄새는 그에게 구원의 열망을 자극한다. "카페 안은 냄새가 다르다. 플라스틱 냄새 같기도 하고, 화장품 냄새 같기도 하다. 양주에서도 비슷한 냄새가 났다. 그리고 막 퇴근한 영미에게선 더 진한 냄새가 났었다." 그러나 영미 역시 식구들이 모두 모여 제사상을 차리는 집을 보면 부러워할 만큼 외로운 사람이다. 이혼녀인 영미가 힘들고 지쳐서 딸을 데려와서 같이 살면 안 되느냐고 제안했을 때, 상철은 선뜻 응하지 못했고 결국 영미의 마음도 돌아서고 말았다. 상철은 아직 누군가를 책임질 수 있는 사람이 아니었던 것이다.

어머니의 품 안에서 살았던 상철은 아직 온전하게 홀로 서지 못했다. 그는 아직 어머니의 품에서 벗어나지 못한 것이다. 아버지의 제사상을 거하게 차리는 어머니를 못마땅하게 여겼던 상철의 태도에서, 어머니로부터 떨어져 나와 아버지의 질서 안으로 귀순하는 오이디푸스 단계에 대한 저항의 욕망이 엿보인다. 여자의 성기를 닮은 홍합을 들여다보고 있는 그에게 농을 던지는 어머니로부터 미묘한 감정을 느끼는 대목 역시도 그와 무관하지 않다. 영미에게 거부당하고 돌아와서 시체처럼 누워있는 어머니의 앙상한 젖가슴을 만지며 쓰라린 마음을 위안하려고 하는 애틋한 모습도 마찬가지다. "해골 같은 얼굴을 빤히 내려 보더니 엄마 옷깃 사이로 손을 넣는다. 앙가슴 한쪽으로 물컹한 것이 만져진다. 다 비워낸 먹물 주머니나 다름없다. 물기가 없어 까슬한 인비늘까지 느껴진다. 가죽 아래로 두드러진 가슴뼈도 만져진다." 그리고 생일선물로 영미에게 주려고 했던 향수를 결국 건네지 못하고 그것을 자기가 나왔던 그 출구에 흘리는 장면은 너무도 처연하다. "왈칵 들이부은 손바닥에서 향수가 주르르 넘친다. 손등을 타고 내려와 엄마 아랫배에, 듬성한 음모에 떨어진다." 죽음을 눈앞에 둔 어머니의 성性은 더 이상 풍요로운 생명의 대지가 아니다. 펄떡거리는 생선을 손질하던 어머니는 기억마저 잃고 '꿈틀대는 걸레'가 되어버렸다. 향수도 어머니에게서 나는 그 죽음의 냄새를 지우지 못한다.

다시 태어남의 이야기였던 「원 그리기」에서 세림이 마지막에 토해낸 울음은 새로운 시작을 고지하는 것이었다고 할 수 있다. 그러나 이 소설의 끝에서 상철이 어머니의 죽음을 전해 듣고 흘리는 눈물은, 아직 어머니의 품에서 완전히 벗어나지 못한 미성숙한 자가 그 상실이라는 절망적인 사태에 처한 비애를 표현한다. "먹물을 뿜어야 할 때였지만, 상철이 뿌릴 수 있는 건 식은땀밖에 없었다. 도망칠 수 없다면 다리 하나를 잘라내야 한다." 제사상에 올리는 제물인 문어는 상철의 처지를 표현하는 메타포이기도 하다. 그러니까 「원 그리기」가 출생에 대한 이야기였다면, 이 소설은 죽음에 근접한 이야기이다. 요컨대 그것은 죽음 이후의 삶에 대한 이야기이다. 어머니의 죽음 이후에 상철은 홀로 설 수 있을 것인가. "실없이 부산떨던 상철이 돌연 꼼짝을 않는다. 가느스름히 뜬 눈도 허공에 굳어있다. 뻣뻣한 눈동자가 습기로 흐릿해지자 비로소 그의 왼손이 조금씩 움직인다. 천천히 휴대폰을 꺼내 번호를 누른다. 휴대폰을 귀에 대고 한참이나 기다린다." 그는 자발적으로 어머니에게서 독립해 나오지는 못했다. 그러나 이제 그는 문어와 같은 질긴 생명력으로 이 험난한 경쟁의 현실을 살아내야 한다. 그렇다면 상철이 지금 전화를 거는 상대는 누구인가. 어머니의 죽음을 전해들은 바로 그 순간에, 영미와 그의 아이를 받아들여 일가를 이루고 책임지겠다는, 그 새로운 시작을 알리기 위한 전화였다면 어떨까.

「엔트로피 증가의 법칙」의 주인공 박용태는 지독한 결핍과 외로움에서 헤어 나오지 못하고 고통 받는 남자이다. 「문어」의 상철이 죽어가는 어머니의 상실을 영미를 통해서 견뎌보려고 했던 것처럼, 이 소설에서 남자는 그 외로움과 결핍을 여자에 대한 성적 판타지로 이겨내려고 한다. 결핍의 공허함과 고독을 지독한 악취를 통해 표현하고 있는 것도 「문어」와 통하는 부분이다. 그는 불쾌한 수컷의 냄새를 지우기 위해 돈을 주고 여자를 사서 집으로 들이기까지 한다. "여자도 방법 중에 하나다. 비용이 만만찮긴 해도 효과는 괜찮다. 냄새뿐만 아니라 웬만한 감각까지 마비시켜준다. 무성했던 저항의 맹세가 녹아내린 그 체념의 흔적까지 두루 뭉술하게 지워준다." 「원 그리기」의 세림이 존재를 잠식하는 불안에 대해 성애의 판타지로 도피하려 했던 것과도 같은 맥락이다. 남자는 혼자임을 자각할 때마다 아랫배의 더부룩함을 느끼곤 했다. 외로움의 심리는 그렇게 복통의 통각으로 발현되었다.

방탕하고 비위생적인 생활을 이어가던 그는 심한 복통을 견디다 못해 병원에 갔고, 복막염을 동반한 충수염이라는 진단을 받고 수술을 한 뒤에 며칠간 입원을 하게 된다. 돌봄을 받아야 하지만 누구 하나 자기를 돌봐줄 수 없는 외로운 처지에서, 그는 간호사에게마저 성적인 욕망을 품는다. "주름 하나 없이 매끈한 목덜미가 유난히 희다. 와락 포옹해주고 싶었다. 미리 경고해주는데 눈물 펑펑 쏟아지도록 아플 거다. 이러면서 하얗고 탐스러운 목덜미를 힘껏 깨물어 주고 싶었다." 이처럼 그의 성애적 환상은 살아내려는 비루하고도 애틋한 자위의 방법이다. 수술을 위해서는 보호자가 필요했으나, 그는 이혼한 처지였고 유일한 가족인 어머니는 치매로 요양원에 있었다. 결국 그는 매월 명의를 빌려주고 대가를 송금해주는 최 대리에게 부탁을 한다. 그러니까 그는 자신의 명의를 빌려주고 벌어먹고 사는 처지인 것이다. 남자가 입원했던 708호의 정 씨와 염 씨와 같은 인간 군상 역시, 그들의 존재론적 결핍을 금식에 대한 포식의 일탈을 통해 그려내고 있다. 온몸이 망가질 대로 망가진 그들은, 낮에는 아프다고 신음하다가 밤이면 멀쩡하게 어딘가로 쏘다니다 들어와, 새벽녘엔 또 앓으며 환자의 정체성을 견지한다. 남자는 그들이 풍기는 냄새에 육감적으로 반응한다. "달콤하던 것이 노리착지근하게 변할 즈음엔 아랫도리도 부풀어 올랐다." 이처럼 식욕과 성욕은 서로 이반하지 않으며, 무언가를 채우려고 하는 그 필사적인 욕망은 그들의 결핍과 결여를 선명하게 부각시킨다. "병실엔 이미 지독한 냄새로 가득 차 있었다." 지독한 결핍과 외로움은 이처럼 악독한 냄새를 통해서 감각적으로 표현된다.

입원 9일째 날에 퇴원을 통보받고 다시 원룸으로 돌아갔을 때 냄새는 여전히 사라지지 않고 그를 괴롭힌다. 이 소설은 결핍의 극복에 주안점을 두기보다 결핍을 앓는 자의 고통과 취약함을 그 자체로 파고든다. 남자가 사는 원룸의 창문을 열면 다른 건물의

벽면이 손에 닿을 듯 가깝다. 바깥 풍경을 누릴 수 없는 그 감옥과도 같은 폐쇄는 이 남자가 처한 세상과의 단절을 함의한다. 남자는 구름무늬의 시트지를 사다가 바르는데, 인공 하늘의 판타지를 통해서라도 위안을 얻고 싶은 그 마음이 처절하다. 수술로 맹장을 제거했지만 계속되는 복통은, 충수염이라는 병리학적 진단으로는 짚어낼 수 없는 존재론적 결핍을 표현한다. 위로를 갈구하며 여자를 불러들인 남자는, 어쩌면 세상에서 가장 슬픈 물음을 던진다. "사랑한다고 말해도 돼?" 발기도 안 되는 몸으로 그녀의 몸을 애착하던 그는 여자의 어깨를 깨물고, 여자는 험한 욕설을 내뱉으며 남자를 걷어차 버린다. "점벙점벙해진 눈물을 감추려 눈시울을 추어올렸다. 창문이 보인다. 여전히 닫혀 있다. 닫힌 창문에서 양털 구름이 둥둥 떠내려가고 있다." 여기서도 소설의 마지막은 눈물이다. 이처럼 환상은 환상일 뿐이고 구원은 갈망일 뿐, 결코 그것이 충족한 현실로 이루어지지 않는다.

지금까지 보아온 것처럼, 신호철의 소설은 결핍을 앓아내는 몸을 통해 결여라는 형이상학적 주제를 표현한다. 그것은 「조형물」에서도 마찬가지다. 여기서 성장기의 한 청년인 상철은 아버지의 결여, 그 빈자리를 대체하고 있는 유사 아버지로서의 삼촌과 갈등을 벌인다. 요컨대 이 소설은 그 유사 부권의 권위와 속박으로부터의 탈주에 대한 욕망을, 청년을 사로잡은 순수한 아름다움을 통해서 표현하고 있다. 절대적이고 순수한 아름다움의 상징

체이자 육체적 현현인 하영은 결핍의 형이상학이 만들어낸 일종의 환상이다.

자세한 내막을 알 순 없지만 이 청년의 가족사를 대강이나마 유추할 수 있게 하는 한 대목을 보자. "처음 이 작업실에 왔을 때만 해도 삼촌은 멋진 사람이었다. 껌 좀 씹고 침 좀 뱉던 청소년 시절에 가출하여 당당히 대한민국 예술대전에 입상한, 콩가루 날리는 우리 집안의 입지적 인물이었다. 아버지 유언에 따라 삼촌께 빌붙어 살러 왔다는 말에도 빙그레 웃으며 내 머리를 쓰다듬었다. 검정고시 해서라도 고등학교는 마쳐라. 내 공식만 배우면 너도 공모전에 입상할 수 있다. 먹고 사는 데는 지장 없을 거다. 이렇게 격려해줬었다. 달랑, 삼촌 주소 적힌 쪽지 한 장을 유산으로 남긴 아버지보다 훨씬 괜찮은 사람이었다." 콩가루 집안을 탈출해 홀로 우뚝 섰던 삼촌은 부권의 규율에서 벗어나 스스로 자기의 질서(공식)을 만들어낸 입지전적의 인물이다. 그러나 검정고시를 해서라도 고등학교 과정을 마쳐야 한다고 생각할 만큼, 그는 질서를 존중하는 체제적 인간이다. 그러니까 삼촌은 체제를 해체하는 사람이 아니라 자기의 체제를 구축하려는 사람이다. 상철이 삼촌을 일컬어 '예술가를 사칭한 사기꾼', '맛이 간 인간', '알면 알수록 정나미 떨어질 인간'이라고 비난하는 것을 그런 맥락에서 이해할 수 있다.

삼촌은 자기가 만든 공식으로 상철을 순치시키려고 한다. 삼촌의 질서와 체제는 그가 만들어낸 아름다움의 공식을 통해서 분명하게 표명된다. "삼촌은 늘 공식을 강조했다. 황금비율, 대칭과 균형, 피보나치 수열 따위를 들먹이는데 공고 중퇴하기 전까지의 내 기억을 탈탈 털어 봐도 들어본 단어는 대칭과 균형뿐이었다. (……) 하나가 모자라야 균형이 깨지니까. 알겠어? 예술가의 언어는 바로 과장이나 왜곡인 거야." 삼촌이 말하는 아름다움의 공식은 완벽한 수학적 비례와 균형이라는 고전주의적 미학을 준거로 하되, 그 완전한 황금률을 약간의 왜곡으로 어긋나게 만드는 것이다. 그 어긋남에서 발생하는 구멍, 즉 형이상학적 결여는 사람들에게 그것을 채우고 싶도록 하는 강력한 갈망과 충동을 이끌어낸다. 삼촌의 '조형물'은 그 갈망을 불러일으킴으로써 사람들을 사로잡는다. "아름다움이 뭔지 알아? 그건 말이야. 시팔, 내가 가지지 못한 걸 말하는 거야. 그래서 끝내주게 아름답다고 하면 사람들은 존나 갖고 싶다고 달려드는 거지. 그런 건 잔기술로 충분해. 적확한 이론과 공식의 대입. 요만한 감수성만 표현되면 아, 예쁘다. 갖고 싶다. 그런 말이 저절로 나오게 되는 거야." 어느 날 삼촌은 녹내장으로 시력을 잃은 이십 대의 하영이를 데려와 자기가 주문한 공식대로 성형수술을 시킨다. 수술은 의사가 했지만 본인의 공식을 적용했기 때문에 하영이를 자기의 작품이라고 주장한다. 그리고 시력을 잃어 자신을 볼 수 없다는 그 맹점이, 하영이가 갖춘 완벽한 아름다운 조건이라고 했다.

아버지의 죽음 이후에 삼촌을 찾아왔던 상철은 그런 공식(질서)을 강요하는 삼촌에게 점차 반발심을 갖게 된다. 그러다가 결정적으로 삼촌이 데려온 하영의 아름다움에 사로잡히게 되면서 그 갈등은 더욱 깊어진다. 삼촌이 밤에 하영의 방에 들어가는 것을 목격하게 되면서, 그의 분노와 경멸감은 더욱 깊어간다. 하영의 몸에 성적인 매력을 느끼고 있는 상철은, 이십대인 하영을 오십대인 삼촌이 농락하고 있다고 여겼다. 그녀에게 이끌릴수록 삼촌에 대한 분노도 커져간다. 어머니를 사이에 두고 벌어지는 아버지와 자식 간의 오이디푸스적 갈등이, 여기서는 그 어머니의 자리를 하영이 차지하고 있는 형국이다. 삼촌의 후원자라고 할 수 있는 박태원 사장이 하영의 몸을 탐하고, 삼촌은 자기의 이익을 위해서 그에게 하영을 넘긴다. 마치 박태원의 회사와 집 정원에 그의 조형물을 설치하고 돈을 받았던 것처럼, 같은 맥락에서 그의 작품인 하영을 박태원에게 보낸 것이다. 상철은 격분했지만 삼촌의 질서 아래에 있는 그가 할 수 있는 것은 아무 것도 없었다. 그러나 얼마 뒤 하영이 다시 작업장으로 돌아오는데, 그 대목에서는 속물의식으로 아름다움을 소비하는 박태원과 같은 인간들의 본색이 잘 드러난다. 그리고 또 얼마 뒤에 외제차를 몰고 온 어떤 남자가 일본에서 모델로 데뷔시켜준다고 꼬드겨서 하영을 데려가 버린다.

상철의 입장에서 이 소설을 일종의 성장소설로 읽을 수 있다면, 그렇게 하영을 잃어버린 뒤에 그가 어떻게 되는가가 관건이다. 하영을 떠나보낸 쓰라린 마음이 성장통이라고 한다면, 그 상실을 겪어낸 뒤의 상철은 일반적인 성장소설의 공식에 따라 어떤 정신적 깨달음을 얻고 성장하는 것이 마땅하다. 그러나 소설은 그런 성장의 도식 대신에 지금까지 신호철의 소설에서 거듭해서 보아왔던 어떤 패턴을 따른다. "오늘 밤 시내 번듯한 술집에 들어가 질펀하게 마실 테다. 클럽에 들어가 여자도 꼬드길 것이다. 시팔, 나랑 한번 할래? 이게 원래 내 스타일이다." 상철은 그 상실의 사태 앞에서 오직 성적인 쾌락으로써 마음의 공허함을 채우려고 한다. 상철은 하영을 진짜로 사랑했다기보다, 자기의 결핍을 채우기 위한 일종의 관념이자 환상으로서 그녀의 아름다움을 탐닉했던 것이 아닌가. 삼촌이나 박태원이 그랬던 것처럼 말이다. "난 흑심을 품은 것이 아니다. 나는 삼촌이랑 박 사장과는 다른 놈이다. 내 것이 아니라도, 기꺼이 그녀를 그리워해 줄 수 있다. 욕심만 채울 여자라면 지금이라도 구할 수 있다." 과연 그럴까, 상철이 삼촌이나 박태원과 다른 마음으로 하영을 사랑했다고 할 수 있을까. 자기의 허기진 구멍을 채우기 위해서 만들어낸 환상, 상철을 비롯해 이 소설의 모든 남자들에게 하영은 바로 그 이기적인 환상의 조형물에 지나지 않았다.

「슈뢰딩거 고양이」에는 지금 한국사회가 겪고 있는 여러 가지 문제들이 담겨 있다. 소설의 주인공 우동국은 이른바 공시족으로 3년간 고시원 생활을 하다가, 그 좁은 문을 통과하지 못하고 결국은 시험을 포기한 청년이다. 소설은 취업을 포기한 이 취업준비생의 그 절박한 생활과 생존에 대하여 이야기한다. 자존감이 줄어든 만큼 열등감이 늘어났고, 열등감이 늘어난 만큼 그의 몸도 점점 비만해져 갔다. 현실을 자각하고 자기의 눈높이에 맞춰 작은 병원의 간호조무사로 취업한 여자 친구 세현도 그런 그의 곁을 떠나버렸다. 졸음이 와도 잠들지 못하는 불면의 시간 속에서, 그는 사는 것도 죽은 것도 아닌 좀비와 같은 자신의 처지를 자각한다. "소위, 잠들지도 깨어있지도 않은 명한 상태. 그때, 누가 나를 봤다면 이렇게 물었을 것이다. 죽었나? 아니, 잠들었나?" 지금 그는 세현이 남기고 간 원룸에 기거하며, 편의점 알바와 인터넷 방송으로 생계를 이어가고 있다.

어느 날 우연하게 편의점 안으로 날아든 말벌을 슬러시 컵으로 생포하게 되는데, 투명 용기 안에서 살려고 바둥거리는 말벌의 모습은 우동국 자신의 모습과 크게 다르지 않아 보인다. 곁에 있던 손님은 말벌을 얼른 죽이라고 다그쳤지만, 그는 말벌의 운명을 손아귀에 쥐고서 마치 자기의 손상 받은 자존감을 보상이라도 받으려는 듯이, 그런 결정을 내릴 수 있는 자기의 지위를 즐기고 있는 것처럼 보인다. "나는 놈을 죽여야 할지, 다시 날려 보내줄지를 결정하지 못했다. 내가 마음을 정하기 전까지 말벌은 산 것도 죽은 것도 아니다. 그러니 벌써 죽어버리면 곤란하다." 이렇게 약자가 또 다른 약자 위에서 군림하려는 심리의 저변에는, 치열한 생존경쟁이라는 사회적 문제가 도사리고 있다. 경쟁에서 낙오한 자들은 자기결핍을 채우고 자존감을 회복하기 위해서, 자기가 당한 모욕보다 더 심한 것을 자기보다 약한 존재에게 되돌려주려고 한다. 별의 별 내용들과 온갖 자극적인 것들을 전시하는 인터넷 방송을 소비하는 그 숱한 사람들 역시도, 어떤 의미에서는 그런 정신적 결핍과 허기를 가학과 피학의 변태적인 영상들을 통해서 만족시키고 있는 것인지 모른다. "오빠도 그렇고, 나도 그렇고…… 우리 사는 게 왜 이리 자꾸 꼬여? 왜 하필 우리가 상자 안에 들어가 있는 거야? 세현이는 그렇게 물으며 습기 찬 눈을 끔벅거렸고, 왜 스스로를 판정할 수 없게 되었는지, 왜 남의 시선이 필요하게 되었는지 따지며 목소리를 높였다." 그러니까 투명 용기 안에서 바동거리는 말벌을 지켜보고 있는 자신이나, 인터넷 방송에서 스스로를 자극적인 볼거리로 전시하고 있는 우동국이나 다를 바가 없다. "사실, 나도 부끄러웠다. 벌레 먹는 것이 부끄러운 게 아니라, 골방에 처박혀 남의 배설물이 되기 위해 골몰하고 있는 것이 부끄러웠다. 그래서 괴로웠다." 생존을 위해서 그렇게 누군가의 시선을 받아내며 바동거리고 있다는 점에서는 그와 말벌은 같은 처지다.

별풍선을 갈망하며 자발적으로 구경거리가 되어버린 우동국은, 바퀴벌레를 튀겨서 먹는 등 점점 방송의 자극적인 강도를 높이다가 마침내 말벌에 쏘이는 고통을 전시한다. 벌에 쏘여 말벌의 독이 온몸으로 퍼져나가는 가운데 마침내 그는 의식의 파열을 일으킨다. "나는 모니터에 비친 내 얼굴로 눈을 돌렸다. 카메라에 손등을 비추며 호들갑 떨던 남자도 나를 응시하고 있다. 남자를 노려보며 물어봤다. 몇 번을 더 쏘여야 널 끄집어낼 수 있을까? 남자가 왼손으로 양파망을 들어 올리며 대답한다. 난 과거까지 바꿀 거야. 과거는 정해진 것이 아니잖아. 까짓것 몇 번을 쏘여도 상관없어. 모니터 속 남자가 헤실헤실 웃으며 말벌이 든 양파망을 오른팔에 갖다 댄다." 생존을 위해 스스로를 파괴해야 하는 그 모순이 이와 같은 자기분열을 가져온다. 비참하고도 비애로 가득한 소설의 마지막 장면에는 절박한 구원의 마음이 담겨있다. 말벌의 독이 퍼지면서 몸과 정신이 마비되어가는 가운데 들리는 환청과도 같은 초인종 소리, 그전에도 이따금씩 들리곤 했던 그 종소리는, 말벌을 가두었던 투명 컵과 같은 그 감옥에서 탈출하고 싶다는 의지와 욕망을 암시한다. "아픔 따위는 없었다. 이건 기회였다. 내가 문을 열어젖힐 수 있는 마지막 기회. 손을 버둥거리며 엉금엉금 기었다. 낡아빠진 내 운동화가 손에 만져진다. 그 운동화를 짚고 상체를 들어 올리려 몇 번이나 용을 썼다. 드디어 현관문의 둥근 손잡이가 왼손에 잡힌다. 그 차갑고 동글동글한 감촉에 그만 울음이 터져 나왔다. 그리고 손잡이를 힘껏 돌렸다." 이것은 형이상학적인 냄새가 나는 '구원'이라는 거

대한 말보다, 차라리 당장의 생존을 위한 '구조'에 대한 갈망이라고 해야 옳을 것 같다. 「원 그리기」, 「문어」, 「엔트로피 증가의 법칙」의 주인공들이 결말에 이르러서 그랬던 것처럼, 여기서도 주인공은 구조의 절박함 속에서 울음을 우는 것으로 끝이 난다. 이제 문밖으로 탈출하게 되면, 자기를 구경거리로 만드는 그 상자에서 벗어나면, 세현이 들려주었던 슈뢰딩거의 고양이와는 다른 삶, 그러니까 타인의 시선에 의해서 내 삶이 결정되지 않고 스스로 내 삶의 주인으로 사는 삶이 펼쳐질까?

「모든 곳에 언제나」는 먹고 먹히는 참혹한 현실의 알레고리이다. "먹혀서 바뀐 것이니 순순히 받아들였다. 누구든 남을 먹으며 살아가고 있으니 말이다." 조필재와 그의 아버지, 안현지와 24살의 마트 계산원은 서로를 먹고 삼킨다. "저 호래자식이랑 몸을 섞었던 내가 나인지, 저 호래자식이 나인지, 호래자식의 아비가 원래 나였는지 말이다. 그렇게 헷갈리고 보니 나는 나로 인해 흥분하고 나로 인해 돌변하고 나로 인해 상처받은 셈이었다. 아, 씨발. 진상 아저씨가 했던 욕설을 따라 하고 말았다. 인정하기 싫지만 인정해야 할 것 같았다. 나는 원래부터 나였던 것을 먹었고, 내 속에 온전히 나만이 있었던 적은 없었다." 서로를 잡아먹으면 시점도 이동한다. 그래서 이 소설의 서사는, 먹고 먹히면서 계속 시점을 이동하며 이야기가 혼란스럽게 펼쳐진다.

이 소설집에 등장하는 남성 중에는 여성들을 성적으로 대상화

하는 등의 난폭한 모습을 드러내는 인물들이 있는데, 그것은 역시 우리 사회의 어떤 폭력성에 대한 작가 나름의 시각이 반영된 것이라 할 수 있을 것이다. "여자, 가진 것과 먹은 것의 차이. 내 블로그에 올렸던 제목이다. 진행 단계별로 후기를 덧붙이는 중이다. 작업 완료 인증사진으로 무얼 쓸 것인지는 아직 정하지 못했다. 잠든 모습이면 충분하지 싶은데, 회원들은 늘 전라의 사진을 원한다." 인테리어 회사에서 자재를 실어주는 계약직 기사인 조필재는 스스로를 '픽업 아티스트'라고 지칭하며 이처럼 여자를 유린하는 일을 하고 있다. 조필재의 아버지는 더한 부랑자이고 방탕한 인간이다. "저런 인간에게서, 저렇게 씹어 삼켜진 것들로 만들어진 정자로 내가 잉태되었다는 사실을, 왜 하필 지금 떠올렸을까." 조필재에게 아버지는 벗어나고픈 폭군이다. 그렇게 서로를 먹고, 서로에게 먹히면서 폭력의 악순환은 계속된다. "내 몸은 타인으로 쉴 새 없이 낯설어졌다. 시시때때로 생겨나는 '나'를 감당하기에 나는 너무 버거웠다. 내 안의 나라고 해서 무조건 내가 아니었다. 그렇다고 그것들을 타인이라고 단정할 수도 없었다. 나는 그저 혼란스럽고, 무기력하고, 그래서 화가 났다." 나이면서 나가 아니고, 내가 타인이고 타인이 곧 나이기도 한, 그런 주체성의 참담한 혼란상 속에서 과연 나는 무엇인가라는 물음이 남는다. 이 소설이 혼란스럽게 읽혀지는 것은, 먹고 먹히는 그 폭력 속에서 나와 너의 경계가 모호하게 파괴되기 때문이다. 그리고 그것을 풀어내는 언술이 관념적이기 때문이다. "시린 빛 한 덩이가 왈칵 터져 나오고 별들은 우윳빛 땀을 닦아내며 숨을 고른다. 새파란 아기별이 태어나는 순간이었다. 울음도 없었다. 둥개질도 못 해줬는데 아기별은 또 하나의 내가 되어버렸다." 특히 '울음도 없었다'는 구절이 눈에 띤다. 신호철의 다른 소설들에서도 볼 수 있었던 별에 대한 언급, 여기서 그것은 희망인가 절망인가? 위로인가 다그침인가? 그것은 조필재의 아버지로부터 행패를 당하고서 집으로 돌아가는 마트 여자를 지켜보는, 오직 그 새카만 고양이만이 알 수 있는 것이 아닐까?

「관측 가능한 불두덩의 중력장」은 사람이 살기 위해서 이런 짓까지 하는구나, 그런 것들을 생각해 보게 만든다. 살기 위해서 몸을 팔고, 마음을 팔고, 신념을 판다. 내가 살기 위해서 너를 죽인다. 이 소설 역시 삶의 결핍과 결여에 관한 것으로서, 사이비 교단의 살벌한 이야기를 우습게 풍자한 작품이다. 삶의 불행을 현실적으로 해결하기 어려울 때 사람들은 초월적인 것에 의지하게 된다. 그 초월적인 것마저 압도하는 것이 불두덩, 그러니까 여자의 성性이다. "불두덩 곁에는 언제나 교주들로 북적거린다. 아무나 가질 수 없는 보물이라며 고함을 치며 서로 차지하려 한다. 두 눈을 멀쩡히 뜨고도 그랬다. 구불구불한 음모들 속에 덫처럼 어웅한 구멍을 보고서도, 머리채 풀어헤친 유령에 질질 끌려가면서도, 눈먼 개 젖 탐하듯 흙바닥에 얼굴을 비비며 쭉쭉 파고

들었다. 내 불두덩이 그만치 탐나고 아리땁기 때문이리라." 초월을 팔아서 생존하려고 하는 남근들의 살벌한 다툼을, 아주 오싹하지만 유쾌하게 뒤집어엎는 여자의 슬기(?)가 돋보인다. 은근하게 그 남근들의 자멸을 방조하면서, 마침내 여자는 자기를 성적인 탐닉의 대상으로만 여겨왔던 그들의 죽음 위에서 최종의 승자가 된다.

「프랙탈」은 요양병원에 입원한 두 남자 이야기이다. 더 정확히는 죽음을 앞둔 두 사람의 이야기이다. 루게릭병에 걸린 '나'보다 두 살 어린 강 씨는 노숙 생활을 하다가 간과 콩팥이 망가져서 친척이 다니는 교회 도움으로 이곳에 오게 되었다. 그러니까 역시 이 소설도 생존 자체가 위기에 처한 사람들의 이야기이다. "어릴 때, 난 내가 별인 줄 알았어. 그런데 무심코 별똥별을 유성이라고 중얼거렸거든? 그 순간 끝나 버렸어. 어린 시절이 말이야. 그걸 어떻게 알았냐고? 맵고 뜨겁던 국물이 시원하게 느껴지더라고. 칼칼하고 시원한 게 뭔지 알아? 일종의 신호였어. 별의 정체를 눈치 챘다는 신호. 윤이 나도록 깎을수록 점점 무뎌지고 있다는 신호. 그 뒤부터 내 입에서 나오는 말은 전부 거짓말이 되더라." 강 씨의 말처럼 성장이란 마음에 품었던 꿈을 빼앗기고 현실을 자각하게 되는 일인지도 모른다. 숨겨진 비밀 기호 따위는 없는 것, 일부만 겪어봐도 전체를 알 수 있는 그런 것이 인생이라는 자각을 그는 일찍부터 깨달았다. 그는 프랙탈과 같은 인생의 의미를 너무 일찍 깨쳤는지도 모른다. 살아내기 위해서는 거짓말도 할 수 있는 그런 것이 삶이다. "아직은 살아있다. 그게 전부다. 무슨 가치를 따지고 의미를 헤아리나." 생존한다는 그것 자체로서 고귀한 일이다. 삶에 대한 집착을 놓지 못하는 송 노인이 그렇고, 치매 걸린 정 영감과 박 할머니가 보이는 성애의 욕망도 그런 것이다. "존재하고 있는 것이, 존재하려는 열망을 가졌는데 뭐가 이상하냐는 것이다." 숨은 쉬지만 할 수 있는 것 아무것도 없는 루게릭 환자이지만, 그런 상황에서 그런 그에게 강 씨의 존재는 살아있다는 것을 일깨워주었다. 그래서 그는 강 씨가 죽었다는 소식을 듣고 통곡을 한다. 더 이상은 둘이서 함께 '쓸모없는 일'을 할 없게 된 남자는, 마치 강 씨의 죽음을 애도하듯이 색종이 뭉치를 창밖으로 던지는 '쓸데없는 짓'을 한다. "팔랑대며 흩어지는 색종이들이 멋지다. 쓸모없는데다가 일거리까지 만드는 짓이니 더 멋져 보인다." 세상에 아무 짝에도 쓸모가 없는 존재가 있을 수 있는가. 이 소설은 인간이 퇴물로 취급받는 그 요양병원에서, 쓸데없는 짓들로써 쓸모없이 여겨지는 것들의 고귀함을 온몸으로 알리고 싶었던 두 남자의 이야기이다.

쓸모없어 보이는 것의 쓸모에 대한 또 다른 이야기가 「단세포 참회」이다. 이 소설은 대단해보일 것 없는 단세포를 서술자로 하여, 생존의 투쟁을 넘어 생명의 가치에 대해서까지 이야기한다. "혈관을 구성하는 우리 같은 존재가 없으면 수조 개의 생명으로 구성된 이 세상은 굶주린다. 그래서 나 또한 가치 있다는 판에 박힌 논리이지만, 이것 또한 명백한 사실이네." 단세포라고 쉽게 봐서는 안 된다는 말이다. 생명을 유지하기 위해서는 크든 작든, 잘났든 못났든 각자가 저마다의 역할을 담당하면서 서로 유기적으로 이어져 있어야 한다. 그런데 자꾸 경쟁을 하고 내가 나 아닌 것들을 압도하려고 하다보면, 그 생명은 건강을 잃고 마침내 목숨을 잃는다. "세상은 제가 좋을 대로 착각하는 버릇이 있어. 그것도 모자라, 스스로를 자꾸 '나'라고 떠벌리고 다닌다는 말일세. 우리가 모여서 세상을 이뤘는데 말이야." 다른 세포를 살리기 위해서 자살을 택하는 세포들은 그렇게 함으로써 하나의 생명을 살게 한다. 그래서 죽음도 삶의 한 과정이고, 죽음이 없으면 살아 있을 수도 없다는, 그러니까 죽어야 산다는 역설이 성립하게 되는 것이다. 단세포가 '자네'에게 이야기를 전하는 형식으로 전개되는 이 소설에서, '자네'는 아마 생존경쟁에 치어 죽기 직전인 사람들, 그렇게 이 시대의 결핍을 앓는 자들이라고 할 수 있을 것이다. 그들에게 그다지 대단해 보이지도 않고, 어쩌면 쓸모도 없이 보이는 그 단세포가 세상의 자네들에게 이렇게 말한다. "그래서, 어쩔 것이냐고? 어쩌긴 뭘 어째. 그냥저냥 사는 거지. 살다가 못 살게 되면 그때 죽는 것이야. 언제는 우리가 세상 쳐다보고 살았나?" 산다는 것은 그냥저냥 살아가는 것, 그러니까 무성의하게 자포자기적으로 산다는 것이 아니라 자기의 할 수 있는 일을 성실하게 해내면서 그렇게 살아가는 것이 아닐까.

　아픔을 모르는 사람은 아마 아무도 없을 것이다. 누구든 아팠거나 아프고, 또 아프게 될 것이기 때문이다. 그 누구도 아픔을 피할 수는 없다. 그러므로 아픔은 삶 그자체이다. 신호철의 소설은 무엇보다 바로 그 아픔으로서의 삶에 주목하였다. 작가는 이 소설집에서 그 아픔을 앓아내고 있는 사람들이 내는 소리를 들어내는 데 오롯하게 집중했다. 그는 저마다의 이유와 사연들로 아파하는 자들이 내는 비명, 신음, 울음, 호소들에 정성껏 귀를 기울였다. 그러므로 이제 우리는 들릴 듯 말 듯 더 내밀하고 미약한 소리들까지 세심하게 들어낸 그의 다음 작품들을 기대하며 기다려도 좋지 않을까.

원 그리기

초판 1쇄 인쇄일 • 2022년 9월 15일
초판 1쇄 발행일 • 2022년 9월 20일

지은이 • 신호철
펴낸이 • 임성규
펴낸곳 • 문이당

등록 • 1988. 11. 5. 제 1-832호
주소 • 서울시 성북구 동소문로 65-2 삼송빌딩 5층
전화 • 928-8741~3(영) 927-4990~2(편)
팩스 • 925-5406

ⓒ 신호철, 2022

전자우편 munidang88@naver.com

ISBN 978-89-7456-546-6 03810

값은 뒤표지에 표시되어 있습니다.

잘못된 책은 바꾸어 드립니다.
저자와의 협의로 인지는 생략합니다.
이 책의 판권은 지은이와 문이당에 있습니다.
양측의 서면 동의 없는 무단 전재 및 복제를 금합니다.

이 책은 출판문화산업진흥원의 출판지원사업의 지원을 받아 발행되었습니다.